KB274343

파령 판타지 장편 소설
FANTASY FRONTIER SPIRIT
브레이브
THE BRAVEST OF THE BRAVE

브레이브 4

파령 판타지 장편 소설

초판 1쇄 찍은 날 § 2007년 4월 23일
초판 1쇄 펴낸 날 § 2007년 5월 3일

지은이 § 파령
펴낸이 § 서경석

편집장 § 문혜영
편집책임 § 최하나
편집 § 문정흠

펴낸곳 § 도서출판 청어람
등록번호 § 제1081-1-89호
등록일자 § 1999. 5. 31
어람번호 § 제1-0825호

주소 § 경기도 부천시 원미구 심곡1동 350-1 남성B/D 3F (우) 420-011
전화 § 032-656-4452 팩스 § 032-656-4453
http://www.chungeoram.com
E-mail § eoram99@chollian.net

ⓒ 파령, 2006

ISBN 978-89-251-0672-4 04810
ISBN 89-251-0315-X (세트)

BRAVE
EVASIP

파령 판타지 장편 소설 **4** _ 깨달음

FANTASY FRONTIER SPIRIT

브레이브

THE BRAVEST OF THE BRAVE

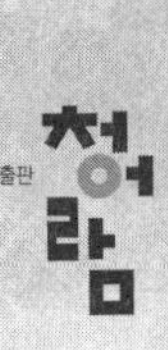

C O N T E N T S

지금까지의 줄거리 /6

Chapter 35 누군가를 찾아서 /11

Chapter 36 검을 겨루는 즐거움 /43

Chapter 37 옅어진 고향의 향기 /81

Chapter 38 새로운 통과점 /110

Chapter 39 무너지는 마탑 /145

Chapter 40 깨어나는 아렌 /177

Chapter 41 아렌의 검 /204

Chapter 42 제안 /234

Chapter 43 성령의 단 /260

Chapter 44 또 하나의 고향 /295

지금까지의 줄거리

대륙 변방의 작은 도시 토루. 그곳엔 신입 용병들과 대련을 해주고 돈을 받는 노인이 살고 있었다. 그 노인에게는 어린 손자가 하나 있었는데, 그 손자의 이름은 아렌이었다.

아렌은 어릴 때부터 놀이 대신 할아버지의 대련을 보며 자라왔고 그 결과, 검로를 보는 특이한 능력을 가지게 된다.

아렌이 10살이 되었을 때 아렌의 특별한 능력을 알게 된 노인은 아렌이 제대로 검을 배울 수 있도록 아렌을 용병길드 연합총단의 수련단으로 보낸다.

그곳에서 가장 하급반인 D반에 배정받은 아렌은 갖은 고생을 겪으며 검을 배우기 시작했고, 검만 있으면 시간이 가는 줄 모를 정도로 검에 빠진 아렌은 수련에 매진한다.

시간이 지나 아렌에게 네린이라는 친구가 생겼고, 보라색 괴신사와의 인연을 통해 바카스라는 친구도 사귀게 된다.

아렌이 네린과 바카스, 이 두 친구와의 우정을 키우던 중 지금까지 배워왔던 것을 시험받는 시간이 찾아오게 된다. 아렌은 시험에서 자신이 배운 모든 것을 담아 검을 펼쳤지만 친구인 네린과 바카스마저 그의 검을 이해할 수 없었다.

시험 결과, 네린과 바카스는 상급반으로 올라갔고, 아렌은 지금의 학급에 조금 더 남게 된다. 그러나 갑자기 혼자가 된 아렌은 외로움의 충격에 조금씩 잘못된 길을 가게 된다. 그러다 디프론 교관에 의해 다시금 바른 길을 걷게 된 아렌은 디프론 교관을 스승으로 모시고 그에게 검을 배우게 된다.

6년이 지나 아렌은 더 이상 아이가 아닌 청년이 되어 있었다. 아렌은 디프론의 배려로 네린과 바카스, 두 친구와 재회를 가졌고 아렌은 네린과 첫 키스의 추억을 가지게 된다.

한편, 용병길드 연합총단의 총재인 전장의 야수 용병왕 타이온은 아렌에게 호기심을 가지고 그를 주시하고 있었다. 그러던 중 황태자가 황제를 시해하려다 실패하고 도주하는 사건이 발생한다. 제국에서는 용병길드에게 황태자를 붙잡는 의뢰를 했고, 타이온은 이 의뢰에 아렌이 속해 있는 수련단을 데리고 가기로 결정을 내렸다.

출전을 하기 전날, 아렌은 스승 디프론에게 벨 수 있다는 믿음이 극에 달하면 펼쳐지는 광검을 배우게 된다.

다음날 처음 출전을 하게 된 아렌과 그 친구들이었지만, 그들은 곧 억울한 누명을 쓰고 도주 중인 황태자 데미안을 보호하던 세븐스타의 일인 화염의 파오덴에 의해 죽음의 위기에 처하고 만다.

네린이 불의 정령을 부려 간신히 살아날 수 있었지만 파오덴은 기사를 시켜 아렌들을 죽이려 했고, 이에 분노한 아렌은 기사를 쓰러뜨린 후 황태자를 보호하던 다른 기사들과 전투를 치르게 된다.

　기사들과의 전투를 통해 깨달음을 얻은 아렌이었지만 파오덴의 화염 마법에 당해 정신을 잃는다. 그런 그를 또 다른 세븐스타의 일인인 대지의 빅톤이 구해낸다.

　대지의 빅톤은 아렌을 구해준 대가로 그에게 자신을 따라 1년간 자신의 일을 거들라고 한다. 선택의 여지가 없는 아렌은 결국 빅톤을 따라 대륙을 떠돌게 된다.

　한편 용병왕 타이온과 황태자를 보호하는 또다른 세븐스타인 제국의 검 카고라스가 맞붙게 되고, 결국 타이온이 승리하며 카고라스는 죽음을 맞는다. 그리고 카고라스 대신 타이온이 세븐스타에 오르며 용병길드 연합총단은 전성기를 누리게 된다.

　네린과 바카스는 아렌의 실종에 슬퍼하면서도 그가 반드시 돌아올 것이라 믿으며 용병길드 연합총단으로 돌아간다.

　아렌은 빅톤을 따라 대륙을 돌아다니며 그에게 많은 것을 배우게 된다. 디프론이 아렌의 검의 스승이라면 빅톤은 아렌의 정신적 스승이었다. 빅톤은 아렌에게 많은 것을 가르쳐 주고 그가 올바른 길을 걸을 수 있도록 인도하여 준다.

　그러던 중 아렌과 빅톤은 어떤 괴물에게 습격을 당한다. 괴물을 물리친 그들은 괴물의 흔적을 역추적하여 괴물이 키메라이며 한 흑마법사의 음모가 진행되고 있음을 알게 된다.

　그 와중에 바람의 정령을 다루며 세븐스타의 일인인 그리모스를 물리치기 위해 대륙을 돌아다닌다는 반야를 알게 되고, 그와 동행하여 흑마법사와 그의 키메라들과 전투를 벌이게 된다.

아렌은 전투 중에 광검의 작은 깨달음을 얻어 키메라를 물리치고, 빅톤은 악전고투 끝에 흑마법사를 물리친다.

곧이어 반야가 빅톤과 아렌을 떠나지만 곧 반야에 의해 키메라가 또 있음을 알게 된다.

빅톤과 아렌은 키메라를 계속해서 추적하다 대륙의 서쪽 끝에서 엄청난 수의 키메라가 모여 있는 것을 목격하게 된다. 하지만 그러는 중 적에게 들켜 전투를 벌이게 되고, 아렌은 의문의 엘프 검사 센티넬에게 패해 절벽으로 떨어진다.

아렌이 절벽으로 떨어지는 것을 목격한 빅톤은 적들에게 그 분노를 표출한다.

한편, 절벽으로 떨어진 아렌은 스스로를 대마신이라고 주장하는 이상한 슬라임을 만나 목숨을 부지하게 된다. 아렌은 보노보노라는 슬라임과 함께 절벽을 탈출하고, 빅톤에게서 부탁받은 일을 해결하기 위해 수도 밀리온으로 향한다.

그러던 중 아렌은 평생을 산속에서 수련을 하다 하산을 하게 된 레이나와 만나 그녀를 제자로 받아들이게 된다. 레이나는 천재적인 검의 재능을 가지고 있었는데, 거기에 아렌의 깨달음이 더해져 큰 발전을 하기 시작한다. 그리고 아렌 또한 레이나를 가르치며 새로운 깨달음을 얻어 발전을 거듭한다.

아렌과 레이나, 보노보노는 발걸음을 서둘러 밀리온에 도착한다.

한편 마족 메니데스에 의해 마검의 주인이자 핏빛의 사신이라는 이름을 얻게 된 황태자 데미안은 복수를 위해 수도 밀리온에 도착하고 복수를 하려는 순간, 아렌에 의해 방해를 받게 된다.

1년여 만에 재회를 하게 된 그들은 서로를 향해 검을 겨누고, 결국 아렌의 광검에 데미안은 패배하고 만다. 그러나 데미안의 마검이 마지막 힘을 발휘하여 데미안은 위기의 순간에 탈출하는데…….

Chapter 35

누군가를 찾아서

리치(Lich).

그것은 스스로 생명을 봉인하고 언데드의 삶을 택한 마법사를 뜻한다.

마법사의 삶은 짧다.

삶은 누구에게나 불공평하지만, 특히 하나의 마법 연구에만도 수십 년의 시간이 필요한 마법사에겐 고작해야 백여 년의 수명을 가진 인간의 삶은 너무나 짧은 것이다.

그런 그들에겐 영원한 삶이란 유혹은 너무도 달콤하다. 그리고 그 달콤한 유혹에 넘어가 인간으로서의 모든 것을 포기한 이들은 강력한 언데드로서의 삶을 살아가게 되는 것이다.

영원히.

그것이 바로 리치였다.

리치는 여러 가지 특징을 가지고 있는데, 그중 가장 대표적인 특징을 꼽으라면 눈동자가 바로 그것이다.

보는 것만으로도 오금이 저려오는 새파란 빛.

망자의 눈동자.

사람들은 새파란 빛을 그렇게 불렀다.

살아 있지 못한 자, 고위급의 언데드만이 가질 수 있는 죽음의 눈동자. 망자의 눈동자는 언데드 사이에선 힘의 상징이며 더 이상 생명의 길을 걷고 있지 않음을 뜻하는 증거였다.

그런데 지금, 망자의 눈동자의 불이 꺼져 가고 있었다.

[이, 이럴 수가…….]

턱뼈가 달그락거리며 그 속에서 목소리가 울려 퍼지듯 새어 나왔다.

서서히 꺼져 가는 망자의 눈동자의 주인은 리치였다. 리치의 망자의 눈동자엔 경악과 불신의 빛이 떠올라 있었다.

[어떻게 인간이 이런 힘을……!]

경악과 불신으로 가득 찬 리치의 시선은 멀지 않은 곳에서 몸조차 가누지 못하고 비틀거리는 푸른 머리카락의 사내를 향하고 있었다.

사내의 푸른 머리카락은 온통 흙먼지와 땀과 피로 범벅이 되어 있었다. 입고 있는 옷은 군데군데 뜯겨 나가고 찢어진

데다 그가 흘린 피에 절어 애초의 색깔이 무엇인지 구별조차 하기 힘들었다. 그것은 옷이라고 하기보다는 누더기에 가까웠다.

옷뿐만이 아니라 그의 신체 역시 누더기가 되어 있었다.

전신에 크고 작은 상처들이 가득했고, 개중에는 치명상도 몇몇 눈에 들어왔다. 당장 죽어도 이상하지 않을 정도의 상태였다.

심장이 터질 듯이 거친 숨을 토해내는 입술은 부르트고 터져 버렸으며, 두 푸른 눈동자는 초점을 잃은 듯 반쯤 감겨 있었다. 지금 그가 느끼는 눈꺼풀의 무게를 잰다면 천근만근이라도 부족하지 않을 듯했다.

하지만 그는 끝내 쓰러지지 않았다. 그리고 이미 통제를 벗어난 몸뚱어리를 억지로 이끌어 리치를 향해 다가갔다.

사내가 다가오고 있었지만 리치는 아무것도 할 수 없었다. 리치의 목 아래로는 아무것도 존재하지 않았기 때문이다. 정확히 말해서 목 아랫부분이 강제로 뜯겨 나가 버렸기 때문이다. 그리고 그것은 단숨에 잿더미로 변해 버렸다.

바로 그를 향해 다가오는 푸른 머리카락의 사내에 의해!

리치는 지금 벌어지고 있는 상황이 꿈이 아닌지 의심했다. 기억도 나지 않는 까마득한 옛날부터 꿈 따윈 꾸지 않았지만, 지금은 마치 꿈인 듯했다. 아니, 꿈이길 바랐다.

하지만 꿈이 아님은 누구보다도 그가 가장 절실히 깨닫고 있었다.

그는 현실을 인정했다.

그가 패배했다는 사실과 셀 수조차 없이 오래 살았던 그에게 지금 완전한 소멸의 시간이 코앞으로 다가왔다는 사실을.

어느새 가까이 다가온 사내가 리치의 해골밖에 남지 않은 머리 위로 발을 얹었다. 약간의 힘만 준다면 리치의 해골 따위는 단숨에 부서질 터였다.

그런 상황임에도 리치는 침착했다. 아니, 그보다는 모든 것을 달관했다고 표현하는 것이 정확하리라. 하지만 일말의 아쉬움이 흘러나오는 것은 부정할 수 없었다.

[나의 불사의 군단이 네놈을 만나기 전에 큰 타격을 입지만 않았다면, 정반대의 상황이 펼쳐졌을 것이야.]

"……인정하지."

사내는 부르튼 입술과 진정되지 않는 숨 때문에 말을 하는 것이 힘들었지만 리치의 말에 고개를 끄덕였다.

리치의 말대로 만약 그랬다면 분명 지금 땅바닥에 쓰러져 죽음을 기다리는 이는 자신이었을 것이다. 그만큼이나 리치는 강했다.

[하지만 결국 이렇게 되었구나. 신은 네놈을 택한 것 같다.]

"신이 준 생명을 버린 리치가 신을 찾다니… 어리석어."

[낄낄! 네놈의 말이 맞다. 신의 뜻에 태어나 신의 뜻에 살다

신의 뜻에 죽는 게 싫어 네크로멘서가 되고, 리치가 되었건만 이제 와서 신을 찾다니. 난 너무 어리석었구나. 낄낄낄!]

리치의 자조 섞인 웃음에 사내는 아무런 말도 하지 않았다.

[낄낄! 하지만 나만 어리석은 것은 아닌 것 같다. 농락당하면서도 그것을 모르는 대륙 전체가 다 어리석은 것이지.]

"농락?"

[머지않아 대륙은 피의 홍수에 잠길 것이다. 그때가 오면 아무리 날 소멸시킬 정도의 힘을 가진 네놈이라 하더라도 제 한목숨 부지하기 힘들 터. 낄낄! 곧 지옥에서 다시 보겠구나.]

"그게 무슨 소리지?"

사내는 리치의 말의 의미를 알 수 없었기에 되물었다. 하지만 리치는 더 이상 대답하지 않았다. 리치의 망자의 눈동자에 남은 마지막 남은 불씨마저도 거의 다 꺼져 가고 있었다.

[아쉽구나! 나, 그리모스가 이런 황량한 곳에서 최후를 맞이하다니! 너무도 아쉽구나!]

그것이 리치가… 아니, 네크로멘서이자 세븐스타의 일인이 된 죽음의 그리모스가 남긴 최후의 한마디였다.

그 한마디를 남긴 채 그리모스의 망자의 눈동자는 빛을 잃었다.

세븐스타로서 시대를 풍미하며 악명을 높였던 대악인의

최후로선 너무나 허망한 결과였다.

푸른 머리카락의 사내는 그리모스가 소멸했음을 깨달았다. 그리고 다리에 힘을 주었다.

큰 힘을 주지 않았음에도 해골은 마치 원래 그랬던 것처럼 산산이 부서지더니 곧 가루가 되어 살며시 불어오는 바람에 쓸려 날아갔다.

사내는 최강의 존재라는 세븐스타의 일인이자 최악의 악인을 죽였음에도 그리 기쁜 표정을 짓지 않았다. 마냥 기뻐하기엔 그가 남긴 마지막 말이 너무도 의미심장했기 때문이다.

"피의 홍수……."

그는 그리모스가 남긴 말을 되뇌이다 고개를 돌려 저 먼 서쪽 방향을 바라보았다.

"빅톤을 만나봐야겠어."

그렇게 중얼거린 사내였지만, 사실 그에겐 더 이상 버티고 서 있을 힘조차 남아 있지 않았다. 그의 몸이 스르르 무너져 내렸다.

그리모스와 사내가 싸운 곳은 본디 황무지로 이루어진 넓은 평원이었다. 그러나 그리모스와 사내의 싸움 끝에 그곳엔 거대한 언덕이 생겨났다.

셀 수조차 없는 수많은 언데드들의 잔재로 이루어진 거대한 언덕이.

파란 머리카락의 사내. 그는 반야라는 이름을 가지고 있었다.

눈에 띄는 거라고는 무엇 하나 찾을 수가 없는 회색 머리카락의 평범한 사내. 그는 문을 등지고 무엇인가를 기다리는 듯 서 있었다.

그런 그의 귓가로 누군가의 목소리가 들려왔다.

"재미있지 않아?"

"무엇이 말입니까."

회색 머리카락의 사내는 고개를 돌려 목소리가 들려온 곳, 그곳에 서 있는 메니데스를 바라보았다.

그러자 미소 짓고 있던 메니데스가 슬쩍 앞으로 나서며 말을 이었다.

"인간이란 존재는 무척이나 재미있어. 어떤 때는 가장 단순하면서 어떤 때는 정말 복잡하지. 녀석만 봐도 그래."

메니데스의 보랏빛 눈동자가 사내의 등 뒤, 문 쪽을 바라보았다.

"스승과 제자. 인간들은 이런 사이를 무척 중시하더군. 스승을 부모처럼 여기고 제자를 자식처럼 여긴다. 이게 인간 사회에선 보통이란 말이야. 그런데 녀석은 아니야. 제자의 죽음을 말해줬더니 너무 가볍게 수긍을 하더군. 마치 그럴 줄 알았다는 듯이."

"……"

"녀석은 내가 찾아올 것임을 예상하고 있었어. 그건 곧 자신의 제자가 죽을 걸 알았다는 거야. 내 말이 무슨 뜻인 줄 알겠나?"

메니데스의 물음에도 사내는 아무런 대답도 하지 않았다. 그러자 메니데스가 실소를 터뜨렸다.

"쿠쿡! 녀석은 결국 제자가 죽을 걸 알면서도 내몰았어. 그리고 뒤에서 제자의 죽음을 지켜보며 웃음 지었겠지. 스스로의 예상이 들어맞았다며. 키킥!"

낮게 깔린 정적을 메니데스의 조소가 흩어놓았다.

메니데스의 비웃음. 그것이 특정한 누군가를 가리키는 것이 아닌, 인간 전체를 가리키는 것임을 사내는 알고 있었다. 하지만 그는 침묵만을 지킬 뿐이었다.

그러길 잠시, 어느새 메니데스는 사라져 있었다. 시위를 울리던 조소도 사라지고 다시 정적만이 감돌았다.

사내는 묵묵히 기다렸다. 그리고 마침내 문이 열리며 누군가가 걸어나왔다.

노인이었다. 얼굴을 덮은 자글자글한 주름은 단지 늙었음을 표현할 뿐, 오히려 나이를 점치기 힘들게 만들었다.

굽은 허리에 지팡이로 몸을 지탱하며 문밖으로 걸어나오던 노인은 몇 걸음 채 걷지 못하고 지팡이를 놓친 채 그 자리에 무너지듯 주저앉아 버렸다.

노인의 주름 가득한 얼굴 위론 땀이 비 오듯 흐르고 있었다.

"그, 그분은 정말 대단하신 분이구먼."

노인은 홀로 중얼거리듯 말을 내뱉었다.

그분과의 첫 대면 후의 숨길 수 없는 소감이었다.

"그 거대한 위압감이라니… 단지 잠시 대면했을 뿐인 데도 심장은 미친 듯이 제멋대로 날뛰고, 전신에선 힘이 빠져나가서 있을 수조차 없었어."

노인은 부들부들 떨리는 자신의 손을 바라보았다.

평생을 살아오며 단 한 번도 느끼지 못했던 감정이었다. 수많은 강자들을 만나왔고, 정말 죽음의 끝자락까지도 가보았던 노인이었지만 이런 경험은 처음이었다.

그만큼이나 그분이 자연스레 흘리는 위압감은 대단했다. 조금만 더 그곳에 있었다면 모든 기력이 다 쇠하여 며칠이고 몸져누웠을지도 몰랐다.

"나, 데아칸. 근 백여 년을 살아왔건만 오늘에서야 진정한 하늘을 보았구나."

한때 대륙 전역에 악명을 떨치며 세븐스타에 비견될 정도의 위세를 자랑했던 최악의 흑마법사 데아칸은 한탄을 터뜨리며 그간 하늘을 모르고 살아왔던 자신이 얼마나 어리석었는지 깨달았다.

그렇게 주저앉은 채 한탄을 하고 있는 노인에게로 회색 머리카락의 사내가 다가왔다.

"쉬실 수 있는 곳으로 안내해 드리겠습니다."

사내의 눈동자에는 여전히 아무런 감정도 깃들어 있지 않았다. 데아칸이 중얼거리는 말을 옆에서 모두 들었음에도 마찬가지였다.

그의 말에 데아칸은 고개를 저었다.

"괜찮소. 명색이 최악의 흑마법사라고 불렸던 내가 위압감에 눌려 하루 종일 몸져누웠다는 건 말이 안 되지. 낄낄! 암, 그렇고말고. 제자 놈의 연구실을 봐야겠소. 내가 해야 할 일이 무엇인지 좀 가르쳐 주겠소?"

"……안내해 드리죠."

사내는 그렇게 말하고는 뒤돌아 걷기 시작했다. 그러자 데아칸도 부들부들 떨리는 몸을 억지로 일으켜 세워 사내의 뒤를 따랐다.

그렇게 도착한 곳은 온갖 서류들과 괴이한 물체들로 둘러싸여 있는 곳이었다. 수많은 실험이 행해졌음을 증명하듯 여러 가지 흔적들이 곳곳에 남아 있었다.

"이곳이 팔론님이 키메라를 연구하던 곳입니다."

사내의 말에 데아칸이 고개를 끄덕였다.

"정리 하나 제대로 하지 못하는 버릇은 여전하군. 낄낄! 죽어서도 못 버릴 버릇이야."

데아칸은 그렇게 중얼거리며 팔론의 연구실을 둘러보기 시작했다. 그러던 그는 한쪽에 쌓여 있는 서류들을 훑어보았다.

"마법적 재능은 뛰어났지만 키메라에 대한 것은 한참이나 모자랐던 놈이 공부를 많이 했군. 아주 뛰어난 키메라를 만들어났어."

그가 보기에도 팔론이 만들어낸 키메라는 무척이나 뛰어난 것이었다. 지금까지 대륙을 피로 물들였던 수많은 키메라들과 함께 나열해 놔도 바로 눈에 들어올 정도의 것이었다.

특히나 다른 몬스터들을 흡수하여 스스로 진화한다는 것은 정말 대단한 성과였다. 그것엔 데아칸 역시 감탄을 터뜨릴 수밖에 없었다.

그렇게 서류를 훑어보던 데아칸의 눈빛이 이채를 띠었다.

그의 시선은 수많은 이상 기호로 빽빽이 채워져 있는 몇 개의 서류에 박혀 있었다.

데아칸은 더 이상 혼잣말도 중얼거리지 않았다. 그저 눈앞의 서류에만 미친 듯이 빠져들고 있었다. 한참을 그렇게 서류를 읽어가던 데아칸이 탄성을 터뜨렸다.

"노, 놀랍군. 이건 정말 놀라워. 팔론, 이놈… 정말 이것을 만들어낼 생각이었나? 이것이 정말 가능한 것이었단 말인가!"

데아칸의 놀라움은 단순한 놀라움을 넘어 경악 수준에 도달해 있었다.

"그것을 완성하는 것이 데아칸님이 하셔야 할 일입니다."

　회색 머리카락 사내의 목소리였다. 사내는 말없이 데아칸이 스스로 해야 할 일을 찾아내기를 기다리고 있었던 것이다.

　"이제야 알겠군. 왜 나여야 했는지, 팔론을 버리면서까지 나를 이곳으로 데려온 것인지."

　"……."

　"좋소! 그분의 선택이 틀리지 않았음을 내 증명하리다."

　데아칸의 시선이 다시 서류로 향했다. 그런 그의 눈빛은 조금씩 열망과 광기로 물들어가고 있었다.

　"낄낄! 이제부터 아주 바빠지겠어!"

　처음엔 그저 심심했을 뿐이다.

　지루한 마계의 일상이 못 견디게 괴로웠을 뿐이다.

　처음엔 단지 그뿐이었다.

　새로운 세상을 알게 됐다. 찢어진 차원의 틈을 발견한 것이다. 그것은 우연이 이루어낸 쾌거였다.

　새로운 세상은 그야말로 별천지였다. 마계에선 볼 수 없는 푸른 하늘과 파릇파릇 피어나는 새싹들, 언제나 같은 계절인 마계와는 달리 시간에 따라 변하는 계절들은 무척이나 새로운 것이었다.

　새로운 세상의 존재들은 모두 살기 위해 노력했다. 어떤 생물은 천적에게서 달아나기 위해 스스로 꼬리를 자르기도 했

으며, 어떤 생물은 살아남기 위해 다른 이들과 힘을 합쳐 천
적을 물리치기도 했다.

그저 싸움밖에 모르고, 그것을 위해선 죽음조차 가볍게 여
기는 마족들과는 전혀 다른 모습이었다.

새로운 세상은 무척이나 생명력이 넘치는 곳이었다. 그래
서 그곳이 마음에 들었다.

새로운 세상은 넓었다. 또한 좁기도 했다.

세상 전체라면 한도 끝도 없을 것 같았지만 거대한 결계가
하나의 땅 주변으로 단단히 쳐져 있어 그 땅을 벗어나지 못하
게 만들고 있었다.

갖은 수를 써봤지만 결계 밖으로는 나가지 못했다. 땅의 동
서남북 네 곳에서 발생하는 결계는 땅을 완전히 덮은 채 어디
로도 빠져나가지 못하게 완전히 틀어막고 있었다.

오기가 생겼다. 무슨 수를 써서라도 결계 밖으로 나가고 싶
었다. 그래서 힘을 모았다. 온 힘을 모아 결계의 일부를 부수
려 한 것이다.

무척이나 오랜 시간을 보내며 힘을 모아 마침내 결계의 일
부를 부수려 할 때, 누군가가 찾아왔다.

그 누군가는 세상을 구경 다닐 때 가장 흔히 볼 수 있었던
인간이란 종족이었다. 가장 흔히 볼 수 있었지만 잘 알지 못
하는 종족이었다. 인간이 싫었기 때문이다.

그들은 항상 싸움을 멈추지 않았다. 누구도 인정하지 않았

건만 자기들끼리 좁디좁은 땅을 나누고, 그것으로 서로의 피를 흘리며 죽음을 가볍게 여겼다.

그들의 모습은 어딘가 마족과 닮았고, 그것이 싫었다. 그들은 지겨운 마계를 떠올리게 했다. 그래서 일부러 그들을 깊이 관찰하지 않았으며, 그들이 무엇을 하든 신경 쓰지 않았다.

그들은 관심 밖의 존재였다.

그런 인간들 중 한 명이 찾아왔다. 그리고 신의 의지를 부르짖으며 칼을 들고 덤벼들었다.

가소로웠다. 그는 인간들 축에서는 제법 강한 듯했으나 고작해야 하급 마족에게나 미칠 만한 힘일 뿐이었다. 하지만 신의 의지를 따르는 것은 사실 같았다. 그가 들고 있는 한 자루의 검에서 미약한 신성이 느껴졌기 때문이다.

그 순간 깨달았다.

땅을 덮고 있는 결계는 신이 만든 것이라는 사실을.

결국 결계를 깨뜨리길 포기했다. 신의 뜻에 거스를 생각 따위는 없었기에.

물론 이유는 그것뿐만이 아니었다. 결계 밖의 세상에 대한 호기심 대신, 인간이란 대상에게 흥미가 생겼다.

신은 어째서 인간을 신의 사자로 삼았을까?

진정 결계를 유지하길 바란다면 허약한 인간 따위보다는 이 세상의 최강자라는 드래곤이나 하다못해 여타의 종족을 내세우는 것이 훨씬 효율적이었을 것이다.

하지만 신은 인간을 보냈다.

도대체 신은 인간에게서 무엇을 보았던 것일까.

무엇을 보았기에 인간을 신의 사자로 내세워 결계의 파괴를 막았던 것일까.

그런 궁금증과 함께 인간에 대한 호기심은 점점 더 커져 갔다. 그리고 지금껏 외면해 왔던 인간을 관찰하기 시작했다.

족히 수만 번의 아침과 밤이 지나갔다.

인간은 마족과는 달랐다. 처음 마족과 비슷하다고 느꼈던 것을 바보 같은 착각이라 단정 지을 정도로 인간과 마족은 달랐다.

인간은 끈질겼다. 수많은 종족들이 땅에서 사라지고 또 생겨나는 와중에도 인간은 꿋꿋이 살아남았다. 아니, 오히려 더욱더 번성하여 땅을 완전히 장악하다시피 해버렸다.

놀라운 일이었다. 허약하다고 생각했던 인간은 때때로 놀라울 정도의 능력을 발휘했고, 그들보다 훨씬 더 강한 이들을 땅에서 멸족해 버리기도 했다.

게다가 생명과 그들이 부귀영화라고 부르는 것에 대한 집착이 유난히 강해 때로는 서로 단단히 뭉치기도 했고, 때로는 서로를 서슴없이 죽이기도 했다.

인간은 알 수 없는 종족이었다.

마족이 파괴의 종족이라면, 드래곤이 관조의 종족이라면, 엘프가 보존의 종족이고, 드워프가 창작의 종족이라면……

인간은 혼돈의 종족이었다.

끝없는 욕망과 순간의 만족, 멈추지 않는 불안과 흔들리지 않는 안도를 비롯한 수많은 감정을 지니고 표출하는 종족.

감히 무엇이라 정의를 내릴 수 없는 종족.

그것이 인간이었다.

인간은 무엇에도 쉽게 물들었지만, 또한 쉽게 물들지 않기도 했다. 그래서 혼돈이었다.

신기했다. 난생처음 느껴보는 혼돈이라는 것이, 인간이란 종족이.

조금 더 자세히 혼돈을 느껴보기 위해 인간에게 손을 뻗었다. 하지만 그의 손에 닿기도 전에 혼돈은 사그라지고 그 자리를 암흑이 채워갔다. 마치 새하얀 종이 위로 검은 잉크 방울이 떨어져 단숨에 종이를 검게 만들 듯, 인간은 암흑에 물들었다.

암흑에 물든 인간에겐 파괴와 광기가 넘쳐 났다. 그것은 이미 마족의 모습과 다를 바 없었다.

그 모습을 보고 깨달았다.

혼돈은 인간에게밖에 허락지 않은 것임을. 다른 누군가가 혼돈을 침범하려 하면 혼돈은 사라지고 그 자리를 다른 것이 채워간다는 것을.

그것이 신의 뜻이었다.

신의 뜻에 거스를 생각은 없었다. 땅을 감싸는 결계가 신의 의지였기에 파괴하지 않았듯, 신이 인간에게만 혼돈을 허락했음을 깨달았기에 혼돈에 대한 욕심을 거두려 했다.

하지만 그것은 생각처럼 쉽게 되지 않았다.

가질 수 없기에 더 욕심이 났다. 계속해서 탐욕이 일었고, 가질 수 없는 것을 허락받은 인간을 향한 질투가 커져 갔다.

그래서 인간을 부숴 버리기로 했다.

무슨 수를 쓰더라도 가질 수 없는 것이라면 차라리 부숴 버리는 게 낫다고 생각했다. 그것이 공평했다.

인간을 부숴 버리기란 힘들지 않은 일이었다. 손짓 한 번에도 수백, 수천의 인간 정도는 단숨에 죽여 버릴 수 있었다. 하지만 그것은 진정 인간을, 혼돈을 부수는 일이 아니었다.

언젠가 혼돈을 자세히 보기 위해, 그것을 가지기 위해 인간에게 손을 뻗었던 것처럼 이번에도 인간들을 향해 손을 뻗었다. 그들은 너무도 쉽게 유혹에 넘어와 손을 잡았고, 금세 그들이 가진 혼돈은 사라지고 그 자리를 암흑이 채워갔다.

이것이 진정 인간을 부수는 일, 혼돈을 부수는 일이다.

그것을 깨달았을 때 느껴지는 희열이란!

얼마나 많은 인간을 부순 것인지 셀 수조차 없었다. 하지만 여기서 만족할 순 없었다. 인간은 많았고, 그 많은 인간들을 혼자서 모두 부수기란 요원한 일이었다.

처음 이 세상으로 넘어왔던 찢어진 차원의 틈을 통해 마계로 돌아갔다. 그리고 많은 마족들을 모았다.

파괴와 싸움밖에 모르는 마족들에게 그것보다 더욱 재미난 일이, 더욱 신나는 일이, 더욱 희열을 느낄 수 있는 일이 있음을 알렸다.

단순한 마족을 회유하는 것은 쉬운 일이었다.

수많은 마족들이 열광했고, 그들과 함께 인간들이 있는 세상으로 나왔다. 그리고 닥치는 대로 인간을 부숴 나갔다. 아니, 인간들뿐 아니라 세상의 거의 모든 존재에게 손을 뻗쳤다.

파괴와 광기가 세상에 넘쳐 났다.

미칠 듯한 웃음과 고통의 비명이 들리지 않는 곳이 없었다. 세상은 인간들이 흔히 말하는 지옥이 되었다.

하지만 무엇일까? 부서지는 인간들을 보며 알 수 없는 감정이 생겨나고 있었다.

혼돈을 향한 탐욕? 가질 수 없는 것을 가진 인간을 향한 질투? 인간을 부순 끝에 가진 희열?

아니, 그것이 아니다. 다른 무엇인가… 정체를 알 수 없는 감정.

그 감정이 무엇일까 고민하고 있을 때, 드래곤들이 나타났다.

관조의 종족 드래곤.

그들은 세상에 무슨 일이 생기든 모습을 드러내는 일이 없었다. 그들은 세상을 지켜보는, 말 그대로 관조의 삶을 살았기 때문이다.

그런 그들이 나섰다. 도저히 마족의 행태를 두고 볼 수 없다는 뜻이었다. 그리고 마족과 드래곤의 전투가 시작되었다.

드래곤들은 강했다. 평생을 싸움밖에 모르고 살아온 웬만한 마족들보다 훨씬 강했다. 하지만 대신 그 수가 적었다.

반면 마족들은 드래곤들에 비해 힘이 약한 대신 그 수가 월등히 많았다. 전투가 시작되자 처음엔 이 세상에 건너오지 않았던 수많은 마족들이 세상으로 건너오기 시작한 것이다.

게다가 그들 중에는 드래곤들에 비해 힘이 뒤지지 않는 마족들도 더러 섞여 있었다.

마족과 드래곤의 전투는 오랫동안 지속되었다. 죽이고 죽이는 참혹한 전쟁이었다.

그렇게 세상엔 전쟁의 불길이 화산이 폭발하듯 번져 가고 있었지만, 자신과는 상관없는 일이었다. 그들이 서로 죽이고 죽이는 전쟁을 해서 모두가 죽어버려도 상관없는 일이었다.

그것보다는 가슴속에 남아 있는 알 수 없는 감정이 무엇인가를 알아보는 게 더 중요했다.

방해받고 싶지 않았기에 땅의 북쪽, 숲 속 깊숙한 곳에 몸을 숨기고 오랫동안 고민에 빠졌다. 아무것도 보지 않고, 아무것도 듣지 않고, 아무것도 느끼지 않은 채 오직 고민만을 계속했다.

얼마나 지났을까. 답을 구하지 못한 채 오랫동안 고민에 빠져 있을 때, 누군가가 찾아왔다.

그 누군가는 인간이었다.

알 수 없는 일이었다. 이곳에 몸을 숨긴 것은 아무도 모를 텐데, 드래곤들이나 다른 마족들조차도 찾지 못했는데 어떻게 찾은 것일까? 그리고 왜 하필 찾아온 이가 인간인 것일까?

정말 알 수 없는 일이었다.

인간은 신의 의지를 부르짖고 있었다. 그리고 그 손에는 신성이 느껴지는 한 자루의 검을 쥐고 있었다.

오래전, 결계를 부수려 할 때 나타난 그 인간처럼.

그 순간 불현듯 깨달았다. 오랫동안 고민했음에도 도저히 알 수 없었던 감정의 정체. 그것이 역사를 반복하는 한 인간의 모습을 보자 갑자기 떠올랐다.

허무.

그래, 그것은 허무다.

그 무엇도 존재할 수 없었고, 없고, 없을…….

절대적인 허무.

그것을 깨달은 순간 고통이 느껴졌다. 왼쪽 가슴속, 심장에서 느껴지는 차디찬 고통. 그리고 볼 수 있었다. 내 심장을 찌른 인간의 검을.

앞이 흐려졌다. 귓가의 소리가 멀어졌다. 심장의 고통이 사라졌다. 어둠이 주변을 감싸 안았다.

볼 수 없고, 들을 수 없고, 느낄 수 없었지만 하나의 호기심만은 남아 있었다. 그것이 계속해서 떠올랐다.

인간은… 대체 무엇일까?

데미안은 눈을 떴다.

밤인 듯 주변은 어두웠다. 하지만 그에게 어둠은 아무런 장해가 될 수 없었다. 주변의 모든 것이 속속들이 그의 시야에 들어왔다.

'지금 그건?'

한 마족의 심심함에서부터 시작된 드래곤과 마족의 처절한 용마전쟁. 그리고 마지막 물음.

너무도 생생했다. 마치 그가 처음 이 세상에 모습을 드러냈던 그 마족이 된 듯한 착각이 들 정도였다.

인간을 향한 호기심, 욕심, 질투, 희열, 그리고 허무까지.

모든 것이 생생했다.

'꿈인가?'

꿈이라기엔 너무도 생생했지만, 그렇게밖에 생각할 수 없었다.

데미안은 천천히 몸을 일으켜 세웠다. 엄습해 오는 극심한 고통에 정신이 아득해지는 것 같았지만 애써 참으며 주변을 둘러보았다. 그리고 한 가지 사실을 깨달을 수 있었다.

"살았군."

정신을 잃기 전의 모든 기억이 또렷했다. 마지막에 그를 베어오던 빛의 검까지.

그런데도 그는 살았다.

주체할 수 없던 자신을 이제야 멈출 수 있다고 생각했는데, 기어코 살아남아 버렸다.

그의 입이 달싹였다.

"왜 날 살렸지?"

데미안의 나직한 물음에 대답해 온 것은 마검이었다. 마검은 데미안의 물음에 또 다른 물음으로 답했다.

[왜 죽으려 했지?]

엉뚱한 대답에 데미안은 매서운 눈빛으로 자신의 옆에 뉘여진 마검을 쳐다보았다. 그리고 발견했다. 새까만 검신 위로 거미줄처럼 퍼진 작은 선들을.

마검은 잔뜩 금이 간 채 간신히 형태를 유지하고 있었다.

아마도 온 힘을 다해 빛의 검을 막은 탓이었으리라. 다름 아닌 데미안을 살리기 위해.

그 사실을 깨달은 데미안은 결국 순순히 마검의 질문에 대답했다.

"……그냥."

[나 또한 그렇다. 그냥 너를 살렸을 뿐.]

"농담 따윈 하고 싶지 않다."

[네가 죽으면 난 또 다른 주인을 기다리면 되었겠지. 다소

얼마간의 시간이 걸렸겠지만 내게 시간은 무의미한 것. 죽어가는 널 살리려 애쓰기보단 다른 주인을 구하는 것이 더 나았겠지.]

"그런데 어째서 날 살린 거지?"

[대답했을 텐데. 그냥 널 살렸다. 그게 내 의지였을 뿐이다. 최소한 그때 넌 나의 주인이었고, 난 너의 검이었으니.]

마검의 말에 데미안은 침묵을 지켰다. 그를 따라 마검 역시 아무런 말도 하지 않았다.

잠시간의 시간이 흐르고, 먼저 침묵을 깬 것은 데미안이었다.

"훗, 꼴이 우습게 됐군. 한때 내가 다스려야 한다고 믿었던 이들은 모두 날 죽이지 못해서 안달인데, 오히려 마검이 나를 살리려 한다니."

[최소한 모두가 널 죽이려고 하는 것 같지는 않군.]

"무슨 뜻이지?"

마검은 대답하지 않았다. 하지만 데미안은 마검을 더 이상 추궁할 수 없었다. 누군가가 다가오고 있음을 느낀 탓이었다.

데미안은 반사적으로 마검을 쥐고 침상에서 빠져나오려 했다. 그러나 극심한 고통에 신음을 흘리며 동작을 멈추었다. 그러는 사이 문이 열리고 누군가가 방 안으로 들어왔다.

그 누군가와 눈이 마주쳤다.

데미안은 그가 낯이 익다는 것을 깨달았다. 하지만 선뜻 그가 누구인지 깨달을 수 없었다.

"황태자 전하!"

누군가가 데미안을 불렀다. 낯익은 목소리였다.

데미안은 그가 누군지 깨달을 수 있었다.

"파오덴 경……."

화염의 파오덴. 세븐스타의 일인이자 제국의 후작으로서 대륙 전체에 가장 큰 영향력을 가진 사람 중 하나이며, 또한 마지막까지 데미안을 지키려 했던 충신.

문을 열고 방 안으로 들어온 것은 그 파오덴이었다.

데미안은 그 순간 지금까지의 일이 어떻게 된 것이었음을 어느 정도 예상할 수 있었다.

빛의 검에 정신을 잃은 그를 마검이 홀로 빼내기란 쉽지 않았을 것이다. 아니, 그 자리를 벗어난 것만으로도 기적에 가까운 일. 그런 그를 구한 것이 바로 파오덴이었을 터.

데미안이 밀리온에 도착하기 전부터 핏빛의 사신이 폐위당한 황태자이며 밀리온으로 향하고 있다는 소문이 퍼지고 있었던 바, 파오덴이 거기까지 알고 있었다면 데미안을 빼돌릴 수 있는 준비를 했을 것이다.

갑자기 파오덴이 무릎을 꿇으며 오열을 터뜨렸다.

"황태자 전하, 전하를 제대로 보필하지 못한 소신에게 벌을 주시옵소서!"

파오덴은 무릎을 꿇는 것으로도 모자라 머리까지 바닥에 박으며 벌을 청하고 있었다. 데미안은 그 모습에 급히 그를 말리려다 두 손을 꽉 쥐며 애써 고개를 돌렸다.

"그만 하시오. 이곳에 황태자 따위는 없소."

"황태자 전하!"

"난 황태자가 아니오. 황태자는 죽었소. 아바 마마… 아니, 황제 폐하를 시해하려 했단 누명을 쓰고 도망치다 비참히 죽음을 맞았소. 그게 황태자요. 난… 핏빛의 사신일 뿐이오."

데미안은 그렇게 현재와 과거를 끊어버렸다.

더 이상 과거로 돌아갈 수 없음을 알았기 때문이다. 그러기엔 너무 많은 길을 와버렸다. 또한 너무 많은 죄를 저질렀다.

수많은 목숨을 빼앗고, 그들의 미래를 짓밟았다. 비록 그에게는 복수라는 명분과 덤비는 이들을 죽였을 뿐이라는 핑계거리가 있었지만, 그건 말 그대로 핑계거리일 뿐이었다. 아무리 수많은 명분과 핑계거리가 있다 한들 그의 죄는 지워지지 않는다.

그런 자가 황태자라? 그런 자가 미래에 이 나라를 이끈다?

설령 이 세상의 모든 이들이 그를 용서한다 할지라도 그런 건 그 스스로가 용서할 수 없었다.

데미안의 시선이 무릎을 꿇은 채 일어날 생각을 하지 않는 파오덴에게로 향했다. 그는 왜 처음 파오덴을 봤을 때 그임을 눈치 채지 못했는지 깨달았다.

너무 늙어 있었다.

파오덴은 분명 적지 않은 나이지만 이미 인간의 한계를 초월했다는 세븐스타의 일인이었다. 1년 전까지만 해도 전혀 그런 기색을 찾아볼 수 없었건만, 지금은 얼핏 봐도 너무나 늙어버렸다.

심적으로 많은 고생을 했기 때문이리라.

데미안은 파오덴의 그 차이가 너무 커 알아보지 못한 것이다.

데미안은 파오덴에게도 많은 죄를 지었음을 느꼈다. 제국의 후작이자 대륙 누구에게도 뒤질 것이 없는 인물이 자신 때문에 이렇게 늙은 노인이 되어버렸다는 사실에 미안해졌다.

"황태자 전하! 소신은… 소신은……!"

눈물을 흘리며 목이 메여 말을 잇지 못하는 파오덴을 바라보는 데미안의 눈빛이 지금까지와는 달리 따스한 기색을 띠었다. 하지만 그것은 잠시뿐이었다. 다시 데미안의 눈빛이 차가워졌다.

"나를 죽일 생각이 아니거든 나를 막지 마시오."

데미안은 그렇게 말하며 마검을 손에 쥔 채 파오덴을 지나쳐 문밖으로 나가려 했다.

[지금의 상태로 밖에 나가는 것은 어리석은 행동이다.]

마검이 데미안에게 경고했지만 무시해 버렸다.

데미안 역시 자신의 몸 상태가 최악임을 깨닫고 있었지만 더 이상 파오덴과 함께 있을 수는 없었다. 그랬다가는 모든 것을 잊고 그에게 기댈 것만 같았다.

하지만 그럴 순 없었다.

이미 돌이킬 수 없는 길을 걷고 있는 데미안이었다.

"크윽!"

고통이 물밀듯이 밀려오며 데미안은 신음을 흘렸다.

[어리석군. 지금의 상황에 그곳은 가장 안전한 은신처였다. 그곳을 왜 빠져나온 것이지?]

"훗! 마검 따위에게는 말해줘도 모를 것이다."

데미안은 고통을 억지로 참으며 대답했다.

데미안은 마검에게서 또다시 마기를 뽑아내어야 했다. 파오덴이 그의 앞을 막은 탓이었다.

물론 그를 죽이기 위함이 아니라 그를 걱정했기 때문이지만, 데미안은 더 이상 파오덴과 함께 있기를 원치 않았기에 결국 마기의 힘을 빌려야 했다.

비록 마기도 제대로 운용하지 못할 정도로 데미안의 상태가 최악이고 상대가 화염의 파오덴이라고는 하나, 데미안의 상태에 조그마한 이상이라도 갈까 봐 변변찮게 힘조차 쓰지 못하는 파오덴이었다. 그렇기에 데미안은 마기를 사용하여 그의 눈을 속이고 그곳을 빠져나올 수 있었다.

하나 그 대가로 데미안은 몸속에서 제멋대로 움직이는 마기를 제압하느라 진땀을 빼야 했다. 온전하지도 않은 몸으로 억지로 마기를 사용한 결과였다.

거리의 어둡고 외진 골목에 몸을 숨긴 채 마기를 진정시킨 데미안은 거친 숨을 토해내며 벽에 등을 기댔다. 그러더니 작게 웃음을 터뜨렸다.

"후후! 우습군."

[뭐가 우습지?]

"죽으려고 발악하던 주제에 이제 와서 살기 위해 마기나 진정시키는 꼴이라니. 날뛰는 마기를 내버려만 뒀어도 죽는 건 시간문제였을 텐데."

자조적인 웃음을 흘리던 데미안은 고통이 느껴지는 복부를 바라보았다. 그러자 자연스레 그를 향해 펼쳐지던 빛의 검의 모습이 떠올랐다.

"그 마지막 빛의 검… 대단했어."

[무서운 위력이었다. 만약 내가 끼어들지 않았다면 죽음을 피하지 못했을 것이다. 그 빛의 검이 한 치만 더 깊게 들어왔더라면 너는 물론 나 또한 산산조각 났을 것이다.]

마검이 다른 무엇인가를 이토록 높게 평가하는 것은 처음 있는 일이었다. 그만큼 아렌의 마지막 일검이 대단했다는 뜻이리라.

마기로 보호되는 마검의 검신은 부수려 한다고 해서 부서지는 것이 아니었다. 그 강도는 일반 금속으로는 상상도 하지 못할 정도였기에.

그런 마검이 잔뜩 금이 간 채 부서지기 일보직전이었다. 아니, 마검 스스로가 떨어지려는 마검 조각을 마기로 끌어당기고 있지만 않다면 지금이라도 산산조각 날 터였다.

이것이 단 일검을 막은 결과였다.

마검이 상대를 높게 평가하지 않으려 해도 그럴 수가 없는 것이었다.

[또한 그 일검은 몸속에 흐르는 마기의 흐름을 완전히 베어 버렸다. 복구할 수 없는 것은 아니지만 하루 이틀 안에 되는 것 역시 아니다. 그리고 그동안은 네 상처 역시 지금까지처럼 빨리 낫지는 않을 것이다.]

데미안의 신체는 보통 사람들과 달랐다. 단단하고 질겼으며, 상처가 나더라도 금방 회복이 되었다. 이 모든 것이 마검으로부터 그의 몸속까지 흘러드는 마기 덕분이었다.

그런데 아렌의 일검은 그런 마기의 흐름마저 완전히 베어버려 그의 상처가 빠르게 회복되지 못하도록 한 것이었다.

하나 그런 것 따윈 데미안에겐 아무래도 좋았다. 데미안이 대단하다고 느끼는 것은 그 위력이 아니었다. 데미안은 아렌의 마지막 일검에서 순수함을 느꼈다.

새하얀 백색의 물들지 않은 순수함.

검을 향한 애정과 믿음으로 똘똘 뭉쳐진 순수함.

왠지 모르지만 데미안은 그것을 느꼈다. 그 때문에 오히려 마지막 죽음을 택하던 길이 편했던 것일지도 몰랐다. 그 일검이라면 자신을 죽여줄 것이란 절대적인 믿음이 생겼던 것인지도 몰랐다.

비록 그 일검이 자신을 죽이지 못하고 이렇게 고통 속에 살아남도록 했지만 데미안은 그 일검과 부딪친 것을 후회하지 않았다. 아니, 오히려 그토록 열망하던 강함이라는 것을 끄트머리라도 보았다는 것에 만족감마저 느껴질 정도였다.

데미안은 복수와 광기에 밀려 마음 깊숙한 곳에 숨어 있던 작은 감정 하나가 떠오르는 것을 느꼈다. 그리고 자신도 모르게 그 감정을 중얼거리고 말았다.

"강해지고… 싶다."

[넌 강하다. 비록 그에게 졌지만, 그가 너무 강했던 것이지 네가 약한 것이 아니다. 지금도 나를 통해 네겐 수많은 검술과 마기가 흘러들어 가고 있다. 넌 강하다. 그리고 앞으로도 더욱 강해질 것이다.]

"훗! 넌 역시 어리석은 마검일 뿐이다. 내가 바라는 강함이 그런 강함이 아님을 넌 아직도 깨닫지 못하고 있어. 그러니 넌 어리석은 마검일 뿐이다."

[반복되는 수련, 자아 성찰, 스스로 이겨내는 강함을 원하는 것인가? 그것이 네가 바라는 강함인가?]

"글쎄, 나도 내가 바라는 강함이 정확히 무엇인지 모르겠다. 그것을 알고 있었다면 애초에 지금 이렇게 되지도 않았겠지."

데미안은 그렇게 중얼거리며 자리에서 일어섰다. 몸을 움직이자 또다시 고통이 엄습해 왔지만 언제까지고 그렇게 벽에 기대앉아 있을 수만도 없었기에 데미안은 몸을 일으켰다.

그러자 마검의 물음이 들려왔다.

[이제 어떻게 할 것이지?]

"또다시 그에게 찾아가 날 죽여 달라고 덤벼볼까?"

[이것만 말해두지. 지난번과 같은 기적은 두 번 다시 없다. 만약 네가 그를 찾아간다면 넌 반드시 죽는다. 너뿐만이 아니라 나 역시 산산조각이 나겠지.]

"후후후, 그것도 그것 나름대로 재미있지 않겠느냐."

[인간이란 정말 알 수 없는 존재다.]

이해할 수 없다는 듯이 중얼거리는 마검에 데미안은 문득 깨어나기 전 꾸었던 꿈이 생각났다.

한 마족의 유희, 인간을 향한 호기심, 질투, 파괴, 고뇌, 허무.

왠지 그 모든 것이 마검과 맞아떨어진다는 생각이 들었다.

'혹시 그 꿈은 내 꿈이 아니라……'

거기까지 생각하던 데미안은 고개를 저었다.

지금 그런 것은 아무래도 상관없었다. 그것 때문에 괜히 고민할 필요가 없다는 뜻이었다. 대신 그는 천천히 발걸음을 옮기며 나직이 중얼거렸다.

"아직 난 죽을 것인지 살 것인지 결정을 내리지 못했다. 하지만 내가 잊고 있던 것이 하나 떠올랐다. 메니데스… 내게 벌어진 모든 일의 곁에 있는 간악한 놈. 녀석을 찾아봐야겠다."

검을 겨루는 즐거움

아렌과 레이나, 그리고 보노보노는 데미안과의 일이 있은
후 곧바로 짐을 챙겨 밀리온을 떠났다.

그것은 아렌의 의사였는데, 그는 빅톤과 함께 다니며 여러
일을 벌이고 해결하는 동안 이런 일에 엮여서 좋을 게 없다는
것을 깨우쳤기에 얼른 밀리온을 벗어나고자 했던 것이다.

이와 같은 경우, 본디 후작을 죽이려 했던 살인범을 물리친
영웅의 이야기가 펼쳐져야 마땅하겠으나 대개의 귀족들은 하
찮은 평민들에게 빚을 지지 않는다는 우월주의를 가지고 있
기 때문에 오히려 자신을 범인과 한패로 몰아갈 위험이 컸다.

설령 영웅 취급을 해준다 할지라도 그런 것은 아렌에겐 아

무런 관심도 없는 일이었고, 시간을 지체하고 싶지도 않았기에 마치 도망치듯 밀리온을 벗어난 것이었다.

또한 귀족들이 보통 끈질기지 않음을 아는 아렌은 큰 도시를 피해 작은 마을들만 전전하며 이동했다. 때문에 그들은 사람들의 왕래가 적은 한적한 거리를 걷고 있었다.

"배고프다."

"좀 전에 먹었잖아."

"좀 전이라는 게 혹시 아침을 뜻하는 것이냐!"

"아니, 방금 전에 네가 간식이라며 잔뜩 먹은 주먹밥을 뜻한다."

"웃!"

보노보노는 아렌의 어깨에 앉아 한 방 먹었다는 듯한 제스처를 취했다. 아렌의 말대로 정말 방금 전에 간식이라며 점심으로 준비한 듯한 주먹밥 삼 인분을 혼자 먹어치운 장본인이 바로 자신이었기 때문이다.

물론 보노보노의 입장에선 정말 간식거리밖에 되지 않는 양이었지만 아렌은 그렇게 생각하지 않는 듯했다. 하지만 겨우 이 정도에 먹을 것을 포기할 보노보노가 아니었다.

그는 계속해서 아렌에게 먹을 것을 재촉하기 시작했다.

"그렇게 배고프면 주변에 널려 있는 것들을 적당히 알아서 뜯어 먹어."

"어허! 이 몸께서 아무리 무엇이든지 소화시킬 수 있는 위

대하고도 위대한 능력을 가졌다 하나 그런 능력을 함부로 선
보일 수야 없는 노릇 아니겠느뇨!"

얼마 전까지만 해도 잘만 써먹던 능력을 이제 와서 함부로
선보일 수 없다는 보노보노의 말에 아렌은 황당한 표정을 지
었다. 하지만 보노보노는 아렌의 시선을 피하지 않은 채 꿋꿋
이 버텨내었다.

아렌은 그런 보노보노를 보며 한숨을 내쉬었다.

"조금 있으면 점심때니까 조금만 참아."

"그러니까 그 조금만 빨리 먹자니까."

보노보노는 아렌의 말에 그렇게 항변했지만 아렌은 더 이
상 대답조차 하지 않았다.

아렌도 웬만해서 먹을 걸로 이러진 않지만 보노보노의 요
구를 다 들어주다간 그와 레이나는 하루 온종일 쫄쫄 굶어야
할지도 모르기 때문에 끝까지 뜻을 굽히지 않는 것이었다.

아렌은 보노보노의 투정에 대답해 주는 대신 옆에서 걷고
있는 레이나를 바라보았다.

"심심하지 않아? 그냥 걷고 또 걷는다는 게 지겨울 거야."

"아녜요. 즐거워요. 걷는 것도 즐겁고, 걸으면서 주변의 경
치를 감상할 수 있는 것도 즐거워요. 전 여행이 좋은걸요."

활짝 웃으며 대답하는 레이나의 모습에 아렌 역시 미소를
지어주었다. 그는 레이나의 말에 약간의 거짓말이 섞여 있음
을 알고 있었다.

그 역시 용병길드 연합총단을 떠나 처음 여행을 하기 시작했을 때 모든 것이 새롭고 신기했다. 지금까지 보지 못하던 것을 잔뜩 볼 수 있다는 게 너무도 즐거웠었다.

그러나 시간이 조금씩 지나면서 경치를 감상하는 것은 시큰둥해졌다. 용병단의 행보에 맞춰 빠른 걸음걸이로 몇 날 며칠이고 걷다 보면 다리도 아팠고, 또 무엇보다도 검을 휘두를 수 있는 시간이 거의 없다는 게 그를 힘들게 했다.

레이나도 별반 다르지 않을 것이다. 경치 감상도 하루 이틀이지 비슷한 산세에 비슷한 길을 계속 걸으니 이제 와선 그다지 구경할 것도 없을 것이고, 그렇다고 달리 길을 걸으며 할 만한 것도 없으니 심심할 것이 분명했다.

하지만 레이나는 웃음 지으며 즐겁다 말해주었고, 달리 뭔가 해줄 수 없는 아렌은 미안한 마음이 들면서도 같이 웃어줄 수밖에 없었다.

아렌은 레이나의 머리를 쓰다듬어 주고선 앞을 바라보았다.

아렌이 머리를 쓰다듬어 주자 약간 붉어진 얼굴로 미소 짓던 레이나는 문득 뒤를 돌아보았다. 그리고 멀지 않은 곳에서 따라오는 후드를 깊게 눌러쓰고 망토를 걸친 이남일녀로 이루어진 사람들의 모습을 보았다.

조금 거리를 두고 걷고 있었지만 분명 그들은 아렌과 레이나를 따라오고 있었다. 그렇게밖에 생각할 수 없는 것이 벌써 며칠을 저렇게 뒤따라 걷고 있었기 때문이다.

하지만 아렌은 그들의 존재에 그다지 신경 쓰지 않는 듯했다. 한번은 레이나가 아렌에게 저들이 따라오고 있음을 말했지만, 그때 아렌은 이렇게 말했을 뿐이다.

"우리에게 볼일이 있다면 저들이 알아서 다가올 거야. 그렇지 않다면 저들은 저렇게 걷다가 우리완 다른 길로 가겠지. 우리가 크게 신경 쓸 필요는 없어."

레이나는 그런 아렌의 말에 고개를 끄덕이면서도 왠지 신경이 쓰이는 것을 막을 수 없었다. 하지만 이제 제법 시간이 흐르고 나자 레이나 역시 그들의 존재를 그다지 신경 쓰지 않게 되었다.

물론 보노보노야 말할 것도 없었고.

아렌과 레이나는 그 후로 한 시간 정도를 더 걷고서야 대충 자리를 잡고 쉬기 시작했다. 옆에서 쫑알쫑알거리던 보노보노가 결국 포기했는지 주변에 널린 풀잎 같은 것들을 먹기 시작하고 얼마 지나지 않아서였다.

그들은 자리를 잡고 보노보노 몰래 레이나의 가방에 넣어온 주먹밥을 꺼내어 점심 식사를 하기 시작했다.

그들이 마침내 점심 식사를 하기 시작하자 그제야 그들의 뒤를 따르던 이남일녀 역시 쉴 수 있었다. 하지만 그들은 아렌들과는 달리 주먹밥은 고사하고 딱딱하게 굳은 육포나 씹을 수밖에 없었다.

어제저녁 아렌이 작은 마을에 들러 그곳에서 하루 묵었고, 그 덕분에 그들 역시 하룻밤 푹 쉴 수 있었던 것까진 좋았다.

그런데 문제는 아렌들이 다음날 아침 해가 뜨자마자 마을을 나섰다는 것.

그토록 이른 시간에 아렌들이 마을을 떠날 줄 몰랐던 이남일녀는 미처 여행 보급품도 제대로 챙기지 못한 채 부랴부랴 아렌들을 따라 마을을 떠나와야 했다.

그나마 그들이 가지고 있던 육포가 조금 남아 있어서 다행이지, 그렇지 않았다면 점심은 아렌들이 주먹밥 먹는 모습을 보며 쫄쫄 굶는 수밖에 없었을 터였다.

"그런데 우린 도대체 왜 저들을 따라가고 있는 거지?"

이남일녀 중 한 사내가 딱딱한 육포를 뜯어 씹으며 말했다. 그러자 여인이 황당하다는 표정으로 그를 바라보았다.

"너 때문이잖아, 너! 네가 저들을 따라가 보자고 우겨서 따라오게 된 거잖아!"

"아, 그랬나?"

정말 생각이 안 난다는 듯이 말하는 사내의 모습에 그녀는 고개를 절레절레 저을 수밖에 없었다.

그들은 다름 아닌 트리폰과 미넬, 그리고 브리드였다.

　게틀린 후작의 보호를 위해 푸우의 신전에서 보낸 두 명의 성기사와 한 명의 여사제로, 데미안이 게틀린 후작을 죽이기 위해 침입했을 때 그를 막아선 이들이었다.

　힘이 부족해 오히려 데미안에게 죽임을 당할 뻔했지만 다행히 레이나와 아렌의 도움을 받아 간신히 위험을 넘긴 그들은 아렌들이 밀리온을 빠져나오는 그날, 그들을 뒤따라 밀리온을 벗어났다.

　그들에겐 본디 후작을 보호해야 할 임무가 있었지만, 밀리온에서 대기 중인 푸우 신전의 다른 이들에게 임무를 전가하고선 성역 라빈스로의 상황 보고라는 명목으로 밀리온을 떠나온 것이었다.

　이런저런 핑계를 대며 그런 의견을 가장 먼저 제시한 이가 바로 트리폰이었다. 그런 주제에 이제 와서 뭐 때문에 저들을 따라가고 있는지 불평을 터뜨리니 미녤이 황당해할 만했다.

　"너무 그러지 말라고. 내가 따라가자고는 했지만 브리드도 찬성했잖아. 나를 향하는 화살은 곧 브리드를 향함과 동일함이다!"

　"이익!"

　브리드에게 책임을 전가하는 트리폰의 모습에 미녤은 발끈했지만 달리 아무런 말도 할 수 없었다. 그의 말대로였던 것이다.

　분명 의견을 제시한 것은 트리폰이었지만 결정을 내린 것은 일행의 리더인 브리드였다. 때문에 임무가 어긋나고 있음에도 여태껏 아무런 말도 하지 않은 것이었다.

자신에게 더 이상 아무런 말도 하지 못하고 브리드만 힐끗힐끗 쳐다보는 미넬의 모습에 트리폰은 히죽 웃으며 입을 열었다.

"어차피 우리가 할 일은 더 이상 없었잖아. 핏빛의 사신이라고 했던가? 그자도 어차피 다 죽어서 간신히 도망쳤으니 당분간 또다시 쳐들어오진 못할 테고, 후작 각하는 우리 말고 신전의 다른 형제들이 보호하니 우린 거기 있어봤자 식충이밖에 안 될 처지였어."

"식충이라니!"

"그럼 거기서 우리가 해야 할 일이 뭐가 있었을 것 같아?"

"그건……."

"것봐. 할 일 없이 죽치고 앉아 있으면 그게 식충이지. 식충이가 뭐 별거 있는 것 같아? 핏빛의 사신이 쳐들어왔을 때도 사실 따지고 보면 우리가 막은 게 아니잖아. 그러니 한 일 없이 그동안 밥만 축낸 식충이 맞지 뭐."

트리폰의 주장에 약간의 억지가 없진 않았건만 미넬은 거기까진 간파하지 못한 채 설득당해 버렸다.

"내가 그토록 한심한 인간이었다니……."

그녀는 그동안의 자신이 그저 식충이였다는 사실에 충격

을 받고는 그 자리에서 무릎을 꿇은 채 주신 푸우께 기도를 하기 시작했다. 그간 식충이로 지내온 것을 반성하고 회개하는 뜻에서였다.

그런 그녀를 재미있단 표정으로 잠시 바라보던 트리폰은 곧 고개를 돌려 멀지 않은 곳에서 점심 식사를 하고 있는 아렌 일행들을 흘낏 쳐다보며 입맛을 다셨다.

"쩝, 하루 이틀쯤 뒤를 따라가면 자연스레 일행이 될 수 있을 줄 알았는데 계획이 완전 빗나갔는데?"

"일행이 되었다면 뭘 어쩔 생각이었지?"

그때까지 잠자코 조용히 육포를 먹고 있던 브리드가 트리폰의 말에 물음을 던졌다.

"당연한 거 아냐? 한번 붙어보자고 해야지! 아니, 이런 상황에서는 한 수 가르침을 부탁한다고 해야 맞는 건가?"

"……."

"뭐, 그게 아니더라도 흥미가 가잖아. 아무리 많이 쳐줘도 20대 초반을 넘지 않은 듯한 인물이 그렇게 무지막지하게 강하다는 건 보통 있을 수 있는 일이 아니지 않아?"

브리드나 트리폰도 나름대로 엘리트 과정을 거친 이들이었다.

주신 푸우를 섬기는 성기사단, 템플 나이츠는 대륙에서도 손꼽히는 기사단이다.

검술이 뛰어남은 물론이고 거기다가 신성력까지 갖추고

있기 때문에 특히 몬스터들을 상대함에 있어 두각을 보였으며, 신의 의지에 반하는 흑마법사들을 처단하는 데 가장 앞장서는 자들이 바로 이들이었다.

그런 템플 나이츠가 그냥 만들어지는 것은 아니었다. 신전의 전폭적인 지지하에 골격이 좋은 아이들을 선별하여 어릴 때부터 수련 기사로 키워진 이들이 바로 훗날 템플 나이츠가 되는 것이었다.

브리드와 트리폰도 이 템플 나이츠에 소속되어 있었다. 한 마디로 말해 어릴 때부터 엘리트 훈련을 받은 엘리트 중에서도 엘리트라는 말이었다.

덕분에 나이에 비해 비정상적으로 강한 그들조차도 아렌이 보여준 무위에는 입을 다물 수가 없었다. 차원이 달라도 너무 달랐다.

그러나 트리폰이 아렌을 따라가자고 제안한 것이나 브리드가 그 제안에 응한 것은 그 이유 때문만이 아니었다.

"게다가… 그 마지막 일격."

트리폰은 다시 그때의 상황을 떠올렸다.

미친 듯이 날뛰는 마기를 전신에서 뿜어내며 달려드는 핏빛의 사신과 그 앞을 막아선 아렌. 그리고 핏빛의 사신을 단숨에 갈라 버리는 빛의 검.

기억에서 지워지지 않는… 아니, 지울 수가 없는 그 장면이 다시금 떠올랐다. 그리고 기억 속에 존재하는 한 구절의 말을 중얼거렸다.

"한 줌의 빛이 발할 때 거짓된 관조가 흩어지리라."

"어라? 그건 마지막 신탁이잖아."

마침 기도를 마친 미넬이 트리폰이 중얼거리는 말을 듣고는 중간에 끼어들었다.

푸우의 신전에는 주신의 신탁을 기록해 놓은 계시록이라는 책이 존재했다. 그리고 2백여 년 전 신께서 신탁을 내렸으니, 그것이 바로 '한 줌의 빛이 발할 때 거짓된 관조가 흩어지리라' 였다.

특이한 것은 여태껏 신탁이 내려지면 적어도 백여 년 안에 어떤 뜻으로든 그것이 실행되었는데, 이 마지막 신탁만은 2백여 년이 지나도록 아직 실행되고 있지 않았다. 그리고 그 신탁을 마지막으로 2백여 년간 어떠한 신탁도 내려지지 않았다.

때문에 신전에서는 '그들이 알지 못하는 방향으로 신탁이 실행되었을 것이다' 와 '신께서 그들에게 내린 신탁에는 이유가 있다. 그러니 아직 실행되지 않았을 것이다' 라는 두 가지 주장이 팽팽히 맞붙고 있었다.

트리폰은 빛의 검이 핏빛의 사신을 베었을 때 이 신탁이 문득 생각났다. 여러 가지 이유를 대긴 했지만 트리폰의 내심은 문득 그런 신탁이 떠올랐기 때문에 아렌을 따라가 보자 했던 것이다.

트리폰은 브리드를 바라보곤 히죽 웃음 지으며 말을 이었다.

"어때? 너도 느꼈을 텐데? 그래서 내가 한 제안에 찬성한 거잖아."

트리폰의 말에 브리드는 아무런 대답도 하지 않았지만 분위기를 보아하니 트리폰의 말이 맞는 것 같았다.

그제야 미넬은 평소답지 않게 명령에 어긋나는 결정을 내린 브리드의 행동을 이해할 수 있었다. 그리고 자신도 모르던 것을 트리폰 같은 둔탱이가 미리 눈치 채고 있었다는 사실에 놀란 표정을 지었다.

트리폰은 브리드가 아무런 말도 없자 머리를 긁적였다.

"아아, 물론 정말 저 남자와 신탁이 상관있을 리는 없겠지만… 그래도 신전 내에서 신탁의 내용을 확인하기 위해 혈안이 되어 있는 마당에 일말의 가능성이라도 쫓아봐야 하지 않겠어?"

"네가 정말 그렇게 깊이 생각하고 행동했단 말이야?"

"미넬, 아무리 내가 믿음이 조금 부족한 축이라 하더라도 엄연히 템플 나이츠의 일원이라고. 당연하지!"

"헤에?"

"물론 그보다는 한판 붙어보는 게 주목적이었긴 하지만!"

주먹을 쥐며 당당히 말하는 트리폰의 모습에 미넬은 그럼 그렇지 하는 표정을 지으며 시선을 브리드 쪽으로 돌렸다.

"브리드, 그렇다고 언제까지 저들을 따라갈 수는 없어. 아무리 명목상이라고 해도 라빈스로 보고하러 가야 하는 건 변하지 않아. 더 이상 늦었다간 무슨 변명을 하더라도 사제님께 추궁을 들을 거야."

보통 미넬은 브리드의 의견을 모두 따르는 편이었다. 트리폰과야 티격태격하는 사이였지만 브리드의 앞에선 얌전한 숙녀에 불과했던 것이다.

그런 그녀가 이렇게 브리드에게 직접적으로 말을 한다는 것은 그만큼 많은 시간을 허비했다는 뜻이었다.

그녀의 걱정이 담긴 말에 브리드는 고민에 빠졌다. 그런 그를 보며 트리폰과 미넬은 가만히 기다릴 수밖에 없었고, 잠시 후 브리드는 자리에서 일어나며 입을 열었다.

"결정을 내렸어."

"오! 어떻게 할 셈이야? 내가 가서 한판 붙자고 해볼까?"

결정을 내렸다는 말에 호들갑을 떠는 트리폰을 향해 브리드는 짧게 대답했다.

"아니, 그와 겨루는 건 네가 아니라 나야."

"그래, 내가 아니라… 뭐?"

트리폰이 브리드의 말에서 이상함을 느끼고 그에게 다시 시선을 던졌을 때, 그는 이미 빠른 걸음으로 아렌 일행을 향해 다가가고 있었다. 그의 갑작스런 행동에 트리폰은 얼빠진 표정을 지을 수밖에 없었다.

“무슨 일이시죠?”

“실례가 되는 줄은 알고 있습니다. 하지만 실례를 무릅쓰고 부탁드립니다. 저와 한번 검을 겨루어주실 수 없으시겠습니까?”

마침 주먹밥을 다 먹고 조금 쉬고 있던 아렌을 향해 브리드가 다가와 정중히 고개를 숙이며 한 말이었다. 그런 그의 말에 옆에 있던 레이나는 눈을 동그랗게 뜨며 아렌과 브리드를 번갈아 보았다.

그때 얼빠진 표정으로 서 있던 트리폰과 미넬이 브리드의 곁으로 다가왔다.

“이 자식! 먼저 선수를 치다니!”

대충 상황을 이해한 트리폰이 브리드를 노려보면서 말했지만 브리드는 들은 척도 하지 않았다. 그저 숙였던 고개를 들고 아렌을 바라보며 서 있을 뿐이었다.

그런 브리드를 보며 아렌이 빙긋 웃음을 짓더니 곧 자리에서 몸을 일으켰다.

“좋아요.”

그의 간단한 대답에 각자의 표정이 엇갈렸다.

아렌과 붙어볼 기회만을 호시탐탐 노리던 트리폰은 뭐 씹은 듯이 표정을 일그러뜨렸고, 뒤에서 그들을 바라보던 미넬은 브리드를 걱정하는 표정이 가득했다.

웃고 있는 것은 아렌과 작은 미소를 짓고 있는 브리드뿐이었다.

"어떻게 할까요? 지금 당장 시작할까요?"

"아, 아니… 잠깐만! 잠깐만 시간을 주십시오. 잠깐이면 됩니다."

아렌의 물음에 대답한 것은 브리드가 아닌 트리폰이었다. 그는 고개를 끄덕이는 아렌을 일별하고는 브리드를 이끌고 스무 걸음 정도 뒤로 물러섰다. 그리고는 대뜸 브리드를 향해 소리쳤다.

"이 자식! 도대체 무슨 꿍꿍이야?!"

"아무런 꿍꿍이도 없어. 다만 이제 결정을 내릴 때가 왔을 뿐."

"뭔 말을 하는 거야! 좀 알아들을 수 있도록 얘기를 해봐!"

알 수 없는 브리드의 말에 소리를 버럭 지른 트리폰이었지만 브리드는 더 이상 대답하지 않았다. 다행히 때마침 미넬이 따라와 트리폰을 말림으로써 험악한 분위기는 가라앉을 수 있었고, 결국 트리폰은 한숨을 내쉬었다.

"좋아, 뭐가 어찌 되었든 어떻게 해볼 작정이냐?"

"무엇을 어떻게 한다는 거지?"

"작전 말이야, 작전. 설마 아무런 작전도 없이 저 무지막한 사람이랑 겨루려는 건 아니겠지?"

"난 내 검을 믿는다. 그게 내 작전이다."

딱 잘라 말하는 브리드의 모습에 결국 트리폰은 고개를 절레절레 저었다.

"그래, 네 맘대로 해라."

트리폰은 그렇게 말하며 브리드의 어깨를 두드렸다. 그의 표정엔 포기의 기색이 다분히 담겨져 있었다.

브리드는 트리폰의 말에 고개를 끄덕이며 망토와 후드를 벗어 그에게 건네주곤 자신을 기다리고 있는 아렌을 향해 발걸음을 옮기기 시작했다. 그러자 미넬이 트리폰에게로 다가왔다.

"그렇게 보내면 어떻게 해!"

"그럼 어떻게 해? 저 녀석이 내 말을 귓등으로라도 들을 것 같아?"

"그래도……."

"냅둬. 뭐, 어차피 상대가 상대이니만큼 급조된 작전이라면 먹히지도 않을 거야. 차라리 저 녀석의 말대로 제대로 된 검술로 정면 승부를 하는 게 나을지도 모르지."

트리폰은 그렇게 말했지만 미넬의 얼굴엔 걱정스러움으로 가득했다.

한편, 트리폰이 브리드에게 소리칠 동안 아렌의 곁에는 레이나가 있었다.

"아렌 사부, 뭔가 특별한 이유라도 있는 건가요?"

"응? 무슨 이유?"

"아무런 이유도 없는데 대뜸 모르는 사람의 대련 신청에 응하지는 않았을 거 아녜요."

그제야 아렌은 레이나가 말하고자 하는 바를 이해할 수 있었다.

그는 언제나처럼 미소를 지으며 레이나의 머리를 쓰다듬었다.

"너에게 아직 뭘 안 가르쳐 주었나 했더니 그걸 빼먹었구나."

"네?"

"검이라는 건 혼자 휘두를 때도 즐거운 거지만 함께 휘둘러 서로를 견주는 것도 즐거운 거란다."

레이나는 고개를 갸웃거렸다.

그것도 잠시, 영특한 그녀는 동문서답을 하는 아렌이 말하고자 하는 바가 무엇인지 깨달았다. 하지만 쉽게 이해할 수는 없었다.

레이나에게 검을 겨루는 것, 즉 대련이란 즐거운 일이 아니었다.

산에서 지낼 땐 그녀의 대련 상대라고는 사부님이 전부였다. 그리고 사부님과 대련을 하는 날에는 언제나 호되게 당하고서야 끝이 났다.

그런 기억이 생생한 레이나에게 검을 겨루는 것은 그다지 기분 좋은 일이 아니었다. 그런데 아렌은 즐거워서 검을 겨룬다고 말하고 있었다. 그녀로선 이해할 수 없는 게 당연했다.

하지만…

"나중에 가르쳐 줘야겠구나. 검을 겨루는 즐거움을."

빙긋이 웃으며 이렇게 말하는 아렌의 모습에 레이나는 왠지 이유를 알 수 없는 막연한 기대감이 생기는 것을 느꼈다.

"네! 잘 부탁드려요!"

그녀는 힘차게 대답했고, 아렌은 다시 한 번 미소를 지으며 그녀의 머리를 쓰다듬었다. 그때 마침 브리드가 다시 그들을 향해 다가왔다.

"준비는 다 되셨나요?"

"네."

"레이나, 조금 물러나 있으렴."

아렌은 어느새 자신의 어깨에서 꾸벅꾸벅 졸고 있는 보노보노를 레이나에게 맡기며 말했고, 그녀는 보노보노를 받아 들고는 뒤로 물러났다.

그러자 아렌과 브리드를 중심으로 작은 공터가 만들어지게 되었다.

먼저 검을 뽑은 것은 아렌이었다. 그는 가볍게 검을 뽑아 중단에 놓고 브리드를 바라보았다. 그러자 브리드 역시 검을 뽑아 들었다.

스르릉!

브리드의 검은 명검이라 할 만한 것이었다. 푸우를 섬기는

제일 기사단 템플 나이츠에 지급되는 검이다. 웬만한 검으로
는 강하게 부딪쳐도 흠집 하나 내기 힘든 강도와 예리함을 자
랑했다.

그에 반해 아렌의 검은 낡고 볼품없었다. 잘 관리가 된 듯
핏자국이 남아 있거나 녹이 슬어 있진 않았지만 검신 이곳저
곳에 상처가 무척이나 많았으며, 게다가 검신의 중간엔 작은
구멍마저 나 있었다. 레이나와 아렌이 조우하던 날 레이나의
레이피어에 의해 뚫린 것이었다.

그렇게 볼품없는 검이었지만 브리드는 잊지 않았다. 저 검
으로 자신들은 제대로 막아낼 수도 없었던 검은빛의 마검을 어
렵지 않게 막아내고, 또 핏빛의 사신을 베어버렸다는 사실을.

"가겠습니다!"

선공을 한 것은 브리드였다. 그는 검을 밑으로 내리고 땅을
박차며 아렌을 향해 달려들었다. 그리고 거리가 잡히는 순간,
급정지와 함께 세차게 검을 올려쳤다.

부웅!

무서운 파공음이 귓가를 찌릿찌릿하게 만들었다. 하지만
브리드의 검은 아무것도 가르지 못했다. 아렌이 몸을 비스듬
히 움직여 브리드의 일검을 피해냈기 때문이다.

하지만 브리드는 멈추지 않았다.

애초에 상대가 피할 것임은 예상했던 바!

그는 피하는 아렌을 향해 짧게 따라붙으며 다시 횡으로 검

을 휘둘렀다. 비스듬히 몸을 기울인 상태로는 쉽게 피하지 못할 것이었다.

그러나 아렌은 자세조차 잡히지 않은 상태로 검극을 하늘로 향한 채 위로 찔러 넣었다. 그러자 아렌의 검극이 그를 베어오는 브리드의 검신을 정확히 때리며 방향을 완전히 틀어 버렸다.

"큭!"

생각지도 못한 아렌의 방어에 브리드는 손끝이 저릿해 오는 것을 느꼈다. 게다가 상대의 검은 자신의 검신을 때린 것으로도 모자라 유연하게 휘어지며 그를 노리고 있었다.

브리드는 저릿한 손에 신경 쓸 틈도 없이 급히 몸을 뒤로 띄워야 했다. 그리고 손에 힘을 꽉 주어 검을 세차게 휘두르며 다가오는 아렌을 공격했다.

아렌은 거센 공격이 닥쳐오는 데도 검을 거두고 물러나기보단 한 발자국 더 앞으로 나가며 가볍게 검을 피해 버렸다. 그리고 길게 검을 뻗었다.

브리드는 땅에 발이 닿자마자 자신의 공격이 실패했음을 깨닫고는 급히 몸을 비틀어 아렌의 검을 피해내었다. 하지만 그 차이는 겨우 한 치!

조금만 늦었더라도 그의 얼굴이 아렌의 검에 꿰뚫렸을지도 모를 일이었다.

분명 이와 같은 수는 생사대전이라면 모를까 대련에서는

잘 사용되지 않는 수였다. 하지만 아렌은 거리낄 것이 없다는 듯 아무렇지도 않게 펼쳐 내었다.

그런 아렌의 한 수에 브리드는 이를 악물었다. 그는 서서히 자신의 검을 펼쳐 가기 시작했다.

대련은 오랜 시간 동안 이어졌다.

사실 누구나 예상하기에 오랫동안 이어질 대련이 아니었다. 그러나 대련은 오랫동안 계속되었다.

그렇다고 둘 간의 실력 차이가 없는 것은 아니었다. 실력 차이는 확연했다. 그것은 전신이 흠뻑 땀에 젖은 브리드의 모습과 아무렇지도 않은 듯 처음 그대로인 아렌의 모습만 봐도 알 수 있는 사실이었다.

하지만 끝내 브리드는 검을 거두지 않았고, 아렌 역시 마찬가지였다. 브리드는 계속해서 검을 휘둘렀고, 아렌은 침착히 그런 그의 검을 받아주었다.

하나 체력이 무한할 수는 없는 법. 아렌은 이제 끝을 내야 할 때가 왔음을 느꼈다.

카앙!

그는 가볍게 검을 휘둘러 자신을 베어오는 브리드의 검을 걷어내곤 그대로 품 안으로 파고들어 그의 목 앞에 칼을 가져다 대었다. 오랜 시간 이어진 대련의 결과치고는 허무한 것이었다.

"아아……!"

브리드는 승부가 난 것을 깨닫고는 자신도 모르게 탄성을 흘렸다. 그리고 검을 거두며 물러나는 아렌을 향해 정중히 고개를 숙였다.

"상대해 주셔서 감사합니다."

"아니에요. 저도 즐거웠는걸요."

아렌의 말은 진심이었다. 그는 정말로 즐거웠다.

검을 혼자서 휘두르는 것도 즐거웠지만 누군가와 검을 겨룬다는 것 역시 그의 즐거움 중 하나였다. 실력 차이는 상관없었다. 그는 검, 그 자체를 좋아할 뿐이었다.

"당신의 검은 무척이나 멋지고 또 재미있었어요. 너무 앞만 보고 우직하게 걸어가는 느낌이 없진 않았지만, 그것도 나름대로의 매력이 있었어요."

아렌은 브리드와의 대련에서 느낀 몇 가지를 그에게 알려 주었다. 다른 생각이 있어서가 아닌, 검의 길을 걷는 자로서의 순수한 조언이었다.

아렌이 말하는 몇몇 내용은 브리드가 펼쳤고, 템플 나이츠에서 사용하는 검술의 핵심을 찌르는 것도 있어 깜짝 놀라기도 했지만 그것이 브리드에게 도움이 될망정 해가 되지는 않을 것이었다.

브리드 역시 그것을 느끼고 다시 한 번 고개를 숙였다. 그러던 그는 한 가지 사실을 발견했다.

주변으로 어지러이 새겨져 있는 그의 발자국과는 달리 아렌의 발자국은 몇 없었다. 아니, 정확히 말해서 아렌이 서 있는 곳에서 아주 작은 반경으로만 발자국이 찍혀져 있었다.

브리드는 이미 대련 도중 아렌이 자신의 검술을 이끌어내 주고 있다는 사실을 눈치 채고 있었다. 그것은 단순히 실력 차이가 난다고 해서 할 수 있는 것이 아니라 검에 대한 이해가 무척이나 깊어야 하는 것이었다.

그것만으로도 놀라운데, 그런 것이 극히 제한된 움직임만으로 이루어졌다니… 브리드는 지금까지 생각해 왔던 것보다 아렌의 실력이 훨씬 대단하다는 것을 깨달을 수 있었다.

"우리가 약한 거야, 아니면 저 사람이 괴물같이 강한 거야?"

뒤에서 미넬에게 소곤거리는 트리폰의 음성이 들려왔다. 제 딴에는 소곤거린다고 한 듯한데 브리드까지도 들을 수 있을 정도의 음성이었다.

레이나가 도끼눈을 뜬 채로 트리폰을 노려보자 찔끔한 그는 시선을 돌리며 딴청을 했다. 미넬은 그저 죄송하다며 연신 고개를 숙일 뿐이었다.

아렌은 재미있다는 듯이 그런 상황을 지켜보다가 시선을 브리드에게로 돌렸다. 그리고 손을 내밀었다.

"제 이름은 아렌이에요. 그리고 저쪽은 레이나, 그 어깨에 앉아 있는 슬라임은 보노보노라고 하지요."

브리드는 아렌의 말을 듣고서야 지금껏 그들이 제대로 된 인사와 성명 교환조차 하지 않았다는 사실을 깨달았다.

"인사가 늦었습니다. 전 주신 푸우님을 섬기는 템플 나이츠의 성기사 브리드라고 합니다. 저 친군 같은 소속의 성기사인 트리폰, 그리고 푸우님을 섬기는 사제인 미넬입니다."

아렌은 손을 맞잡은 브리드의 말에 따라 트리폰과 미넬을 향해 꾸벅 고개를 숙여 인사했다. 트리폰은 레이나의 째림에서 피할 길을 찾다가 옳다구나 싶어 큰 소리로 인사를 했고, 미넬은 정중하게 인사를 했다.

그렇게 인사가 끝나자 아렌이 다시 입을 열었다.

"좀 전에 보니까 딱딱한 육포로 점심을 넘기시던 것 같은데… 저희에게 주먹밥이 조금 남아 있는데 드시겠어요?"

아렌의 말에 트리폰의 두 눈에 환희가 깃들었다.

그는 당장에 달려들어 아렌의 손을 붙잡고 고개를 끄덕이려 했지만 그의 행동보다 브리드의 말이 더 빨랐다.

"말씀은 고맙지만 저흰 괜찮습니다."

이 한마디에 트리폰의 인상이 종이 구겨지듯이 구겨졌지만 브리드는 전혀 신경 쓰지 않은 채 계속해서 말을 이었다.

"우연히 아렌님의 뛰어난 검 실력을 보고 한 수 배우고 싶은 마음으로 아렌님을 따라온 덕분에 이미 갈 길이 상당히 지체되었습니다. 더 이상 허비할 시간이 저희에겐 없군요."

"그렇군요. 그런 줄 알았으면 진작 검을 겨루어보았을 텐데 말이죠."

"아닙니다. 아렌님께 많은 것을 배우고 돌아가게 되어 기쁩니다. 그리고 언젠가 라빈스에 한번 찾아주시지 않겠습니까?"

"라빈스요?"

"그렇습니다. 언젠가 성역 라빈스의 푸우의 신전에 오셔서 다시 한 번 검을 겨루어주십사 합니다."

아렌은 잠시 생각에 빠졌다.

그도 성역 라빈스에 대한 것 정도는 알고 있었다. 하지만 대륙 동부의 꽤나 먼 거리에 있는 라빈스였기에 사실 특별히 갈 필요성을 느끼지 못했다.

'하지만 이렇게까지 말하는데… 그리고 급히 떠나온다고 밀리온 구경도 제대로 못했으니 레이나에게 성역 라빈스 구경을 시켜주는 것도 좋겠지.'

아렌은 내심 밀리온 구경을 제대로 시켜주지 못해 레이나에게 미안하던 차였다. 때문에 언젠가 다시 밀리온을 구경시켜 줄 생각을 하고 있었는데 라빈스에 간다면 굳이 그럴 필요가 없을 것 같았다. 제국 속의 또 하나의 제국이라 할 만큼 밀리온과 비견될 정도의 거대한 도시가 바로 성역 라빈스였기 때문이다.

게다가 아렌은 눈앞에서 하는 부탁을 거절할 만큼 모진 인물도 아니었다.

결국 그는 고개를 끄덕였다.

"좋아요. 언제가 될지 확신하지는 못하겠지만 꼭 한 번 찾아가도록 할게요."

"감사합니다!"

브리드는 환하게 미소 지으며 고개를 숙였다. 그러던 그는 곧 품 안에서 무엇인가를 꺼내어 아렌에게 내밀었다.

"이것을……."

그것은 망토를 고정할 때나 사용하는 작은 장신구였다. 전체가 은으로 만들어져 있었으며, 그 중심에는 푸우의 신전을 상징하는 단지가 양각되어 있었다.

아렌은 고개를 갸웃거렸다.

"이게 뭐죠?"

"라빈스 푸우의 신전에 오셔서 이것과 함께 제 이름을 대시면 편하게 절 찾으실 수 있을 것입니다."

그것은 템플 나이츠의 일원임을 뜻하는 증표와 같은 것이었다. 뒤쪽에는 각각의 고유 넘버가 새겨져 있어 신원을 증명하는 것으로도 사용되었는데, 무척 중요한 것이라 보통은 남들에게 맡기지 않는 것이었다.

그것을 브리드는 아렌에게 맡기고 있었다. 물론 그런 걸 알리 없는 아렌은 빙긋 미소를 지으며 받아 들 뿐이었고.

"그럼 저흰 이만 떠나겠습니다."

그렇게 인사를 한 브리드는 트리폰과 미넬에게 떠나자고

말하고는 짐을 챙겨 왔던 길을 거슬러 돌아가기 시작했다. 그 행동이 워낙 신속해서 아렌이나 레이나가 미처 뭐라 참견할 시간도 없었다.

그렇게 그들이 시야에서 완전히 사라지자 멍하니 바라보고 있던 레이나가 중얼거리듯 입을 열었다.

"바람 같은 사람들이네요. 갑자기 왔다가 갑자기 사라지고."

"세상에는 사람들이 많아. 그러니 이런 사람도 있고, 저런 사람도 있지."

아렌의 말에 레이나는 고개를 끄덕였고, 아렌은 그런 그녀의 머리를 쓰다듬었다.

"자, 이제 우리도 출발해야지? 잘못하다가는 다음 마을에 도착하기도 전에 해가 지겠어."

"이크! 얼른 가요."

레이나는 서쪽으로 기울어가는 태양을 보곤 후다닥 짐을 챙겼다. 그리고는 아렌과 함께, 보노보노와 함께 다시 길을 걸어가기 시작했다.

"으음……!"

고튼 후작의 입에서 나직한 신음이 흘러나왔다.

심각한 표정을 하고 있는 그의 손에는 하나의 서신이 들려 있었다. 그것은 자신의 명령으로 대륙 서쪽, 키메라에 대한 것을 알아보러 떠난 이들이 보내온 것이었다.

그 서신에 기록되어 있는 내용이 그로 하여금 심각한 표정에 신음을 흘리게 하는 것이 분명했다.

고튼 후작은 일의 심각성을 깊이 깨달았다.

많은 사람들이 황궁으로 입궁하였다.

황태자의 난으로 황제가 병석에 눕고 난 이후로 자주 펼쳐지는 상황이었다.

매번 많은 귀족들이 황궁에 모여 제국의 앞날이란 거창한 이름을 내건 채 권력을 다투었던 것이다. 그러나 다행히 그때마다 현 제국 권력의 정점에 선 고튼 후작과 게틀린 후작에 의해 멈추어질 수 있었다.

그러던 것이 이번엔 고튼 후작에 의해 수많은 귀족들이 황궁으로 입궁을 했다. 그리고 그들은 고튼 후작에게서 놀라운 사실을 접할 수 있었다.

"그게 사실입니까?"

귀족들은 하나같이 입을 다물지 못했다. 고튼 후작이 전해온 사항이 그만큼이나 놀라웠던 탓이다.

고튼 후작은 경악과 불신의 빛이 가득 담긴 귀족들의 시선에도 아랑곳하지 않고 고개를 끄덕였다.

"그렇소. 대륙은 다시 한 번 키메라의 위협을 받고 있소."

고튼 후작의 그 한마디에 회의장의 웅성거림이 더욱 커졌다. 그러던 귀족들을 제지시킨 것은 불안한 기색을 지우지 못하고 있는 어린 황자의 옆에 서서 가만히 지켜보던 게틀린 후작이었다.

"황자 전하 앞에서 이 무슨 무례한 행동들이오. 모두들 조용히 하시오."

그제야 회의장의 소음은 줄어들었다.

게틀린 후작은 살짝 황자에게 고개를 숙여 양해를 구하고는 고튼 후작에게로 시선을 돌렸다.

"자세히 좀 말씀해 주시오."

고튼 후작은 게틀린 후작의 시선은 덤덤히 받으며 자신의 부관에게 손짓했다. 그러자 곧 부관은 아렌이 가지고 온 자료와 수하가 보내온 자료를 정리한 것을 말하기 시작했다.

서쪽 대륙에 나타난 키메라의 흔적과 그들의 행동, 규모, 그리고 그로 인한 몬스터들의 이상한 움직임 등이 부관의 입에서 흘러나왔고, 그럴 때마다 귀족들의 안색이 시시각각으로 변해갔다.

키메라에 대한 문제는 단순히 지역적 문제로 끝날 것이 아니었다.

오랜 제국의 역사에도 증명되어 있듯이 키메라가 발호할 때면 언제나 대륙엔 피바람이 불었다. 그리고 참혹한 피해를 남기며 끝을 맺었다. 그것은 아주 작은 규모의 키메라들이 발호했을 때도 마찬가지였다.

그만큼 키메라는 강력했다. 그들은 범인들로선 상상도 하지 못할 정도의 괴물이었다.

그런데 고튼 후작의 부관을 통해 흘러나오는 이야기에 따르자면, 이번에 발호한 키메라는 역대에서도 손꼽힐 정도의 엄청난 규모였다. 또한 그와 관련된 흑마법사들 역시 적지 않음에 귀족들의 안색이 창백해질 수밖에 없었다.

특히 서부 지방의 영지를 가지고 있는 귀족들의 안색은 창백하다 못해 백지장처럼 물들어 있었다.

만약 키메라들이 그대로 대륙을 향해 전쟁을 일으키기라도 한다면, 가장 먼저 당할 것은 다름 아닌 그들의 영지일 것이기 때문이다. 키메라의 규모가 고튼 후작이 알린 대로라면 그들의 영지는 제대로 된 반항 한 번 하지 못한 채 점령당하고 말 것이다.

그렇게 불안과 공포가 좌중을 휩쓰는 가운데 부관의 보고가 끝을 맺었다.

"이런 정황으로 보아 키메라가 제국과 대륙에 큰 위험이 될 것임은 자명한 일입니다. 아직까지는 무슨 이유에서인지 이빨을 드러내고 있지 않지만, 머지않아 대륙에 피바람을 불게 할 것임은 틀림없습니다. 그러니 사전에 군사를 파병하여 키메라들을 미리 처단해야 합니다."

고튼 후작의 말이 끝나자 백지장처럼 창백해져 있던 몇몇 귀족들의 얼굴이 화색을 띠었다.

고튼 후작의 말은 충분히 일리가 있었다. 키메라가 발호한다면 막대한 피해를 가져올 것이 분명했고, 그렇다면 미리 처단해야 하는 것이 당연했다. 또한 키메라는 이유를 막론하고 추살해야 하는 공적이었으니 군사를 파병하는 데 장애가 될 만한 것은 아무것도 없었다.

군사가 파병되어 키메라를 처단한다면 자신들의 영지가 피해를 입지 않아도 되기에 서부 지방 귀족들의 표정이 밝아진 것이었다.

"옳습니다! 고튼 후작님의 말씀처럼 당장 군사를 파병하여 제국에 대적하는 키메라와 악의 무리들을 처단해야 합니다!"

"그렇습니다! 키메라들은 분명 대륙에 피를 몰고 올 것입니다. 그러기 전에 처단해야 함이 옳습니다!"

여기저기서 찬성의 목소리가 울려 퍼졌다. 그중에는 서부 지방의 귀족들도 있었고, 정의감에 불타오르거나 아니면 고튼 후작에게 잘 보이기 위해 찬성하는 귀족들도 더러 포함되어 있었다.

하지만 그들과는 반대로 몇몇 귀족들은 내키지 않는 듯했다. 그들은 서부 지방과 거리가 먼 곳에 영지를 가지고 있는 귀족들이었다.

군사를 파병한다는 것은 곧 대륙 전역에서 몬스터들을 몰아내는 데 일조하고 있는 군사들을 모아야 한다는 말이었다. 그것은 빠진 군사들의 틈을 자신들의 사병으로 막아야 한다는 것인데… 자신의 알짜배기 힘인 사병을 다른 곳으로 돌려야 한다는 사실이 꺼림칙했던 것이다.

더욱이 잘못하면 각 귀족들의 사병조차 징집될지도 모를 일이었다. 그것만은 피해야 했다.

그들은 아직 키메라의 진정한 위험에 대해 실감하지 못하고 있는 것이다.

고튼 후작의 시선이 어린 황자에게로 향했다. 아무리 다른 귀족들이 왈가왈부한다 하더라도 결정은 황제가 내리는 것. 하지만 황제가 병상 중이니 황제를 대신해서 황자가 결정을 내려야 했다.

다행히 황자는 키메라에 대해 겁을 잔뜩 먹은 듯했다. 그렇다면 키메라의 처단에 반대할 확률이 없었다. 하지만 황자가 미처 말을 꺼내기도 전에 또다시 게틀린 후작이 앞으로 나섰다.

"고튼 후작이 말하고자 하는 바는 알겠소. 하지만 그것을 증명하기 위한 증거가 너무 부족하다고 생각지 않소? 대바티스타 제국의 군사는 곧 황제 폐하의 군사이오. 황제 폐하의 군사를 움직이는 것이 그렇게 가볍게 생각할 만한 일이 아님은 잘 알고 있을 것이오."

"더 이상 어떤 증거가 필요하단 말이오? 서쪽 지방에 가보시오. 지금까지 발견하지 못한 게 이상할 정도로 키메라의 흔적을 곳곳에서 발견할 수 있을 것이오. 또한 서부 지방 몬스터들의 이상 징후에 대해선 이전부터도 줄곧 들려오지 않았소. 그 원인이 키메라임이 드러난 이상 무엇을 더 증명하란 말이오.”

고튼 후작이 매서운 눈빛으로 게틀린 후작을 쳐다보았다. 하지만 게틀린 후작은 그의 눈빛에도 개의치 않는 듯했다.

“그 증거라는 것이 물증이 아닌, 그저 심증일 뿐이지 않소.”

“당장 키메라 한 마리를 잡아 오기라도 하란 말이오!”

“그럴 수 있다면 더할 나위 없겠지. 말했다시피 이번 일은 황제 폐하의 군사를 움직이는 일이오. 신중에 또 신중을 들여도 과하지 않을 일이오.”

고튼 후작은 속이 부글부글 끓어오르는 것을 느꼈다.

고튼 후작과 게틀린 후작은 앙숙으로 유명했다. 하지만 그렇다 해도 서로 제국을 위한다는 점에서는 어긋나지 않던 부분이었는데, 지금 게틀린 후작의 행동을 보자면 그저 고튼 후작의 의견을 깎아내리는 것에만 주력하는 것 같았다.

고튼 후작이 속을 태우든 말든 게틀린 후작은 말을 계속해서 이어 나갔다.

“설혹 고튼 후작의 말대로 키메라가 등장했고, 거기에 몇몇 흑마법사들이 연루되었다고 인정해도 아직은 조금 더 지켜봐야 할 때외다.”

“무엇을 지켜봐야 한단 말이오! 키메라가 발호하면 제국에

크나큰 위협이 될 것이 자명하잖소. 제국 국민들의 피로 땅과 강이 붉게 물들 것이오. 그리고 현재 알려진 키메라의 규모라면 파죽지세로 황궁을 향해 다가올 것이란 말이오!"

"그렇기 때문에 지켜봐야 한단 말이오. 아니, 정확히 말하자면 각 지역에 퍼져 있는 군사들을 황궁으로 집결해야 함이 옳다는 것이외다. 키메라를 처단하기 위해 군사를 파병하면 황궁은 어느 병사가 지키겠소. 황제 폐하께서 병상에 계신 와중에 암중의 무리들이 황제 폐하의 목숨을 노린다면 어떻게 하겠소. 이럴 때야말로 더욱더 수도와 황궁의 보안을 철저히 해야 한단 말이오."

"제국민들은 어찌 돼도 좋단 말이오!"

"그깟 천한 평민들과 감히 이 나라의 군주이신 황제 폐하의 피를 비교하자는 것이오? 또한 서부 지방엔 마탑이 있소이다. 수많은 연구비로 나라의 국고를 탕진하는 마탑이 이럴 때라도 나서야 하지 않겠소."

고튼 후작은 게틀린 후작에게 아무리 말을 해도 받아들이지 않을 것임을 깨달았다.

그의 생각대로였다. 게틀린 후작은 무슨 일이 있어도 수도에서 병사를 빼내지 않을… 아니, 전역에 퍼져 있는 병사들을 수도로 집결시킬 생각이었다.

게틀린 후작은 얼마 전 자신의 저택에서 데미안, 핏빛의 사신에게 습격받은 사실을 잊지 않았다.

그 차가운 황금빛 눈동자와 마주한 이후로 그는 매일 악몽에 시달렸다. 마검이 자신의 심장을 관통하고 자신의 육체가 천 갈래 만 갈래로 찢겨 나가는 처참한 악몽이었다.

언제 다시 그 핏빛의 사신이 자신을 찾아올지 알 수 없었다.

많은 주신의 성기사와 사제들이 자신의 저택에 포진하고 있다지만, 정작 핏빛의 사신이 쳐들어왔을 때 변변찮게 힘도 못 쓰고 패배한 성기사와 사제를 본 게틀린 후작으로서는 더 이상 그들을 믿기 어려웠다.

그때 핏빛의 사신을 막아선 검사를 찾으려 수소문을 했으나 결국 찾지 못한 지금 상황에선 어떻게든 병사들을 수도에 집결시켜야만 했다.

황제 폐하의 목숨이고, 수도의 안전이고는 이미 그의 안중에 존재하지 않았다. 오직 그의 목숨만이 중요했고, 그를 위해선 평민들의 목숨쯤은 얼마든지 잃어도 상관이 없었다.

게틀린 후작은 평소 평민을 업신여기고 인색한 정치를 펼쳤으나 이재와 정세에 눈이 밝았다. 하지만 그의 가슴속 깊이 자리 잡은 공포에 의해 그는 조금씩 이지를 잃어가고 있었다.

고튼 후작과 게틀린 후작의 시선이 어린 황자에게로 향했다. 그리고 고튼 후작은 깨달았다. 자신의 의견이 받아들여지지 않을 것임을.

어린 황자는 암중의 세력들이 황제 폐하의 목숨을 노릴지도 모른다는 대목부터 이미 창백히 질려 있었다. 황제 폐하의 목숨도 노리는데 자신의 목숨을 빼앗기 정도는 식은 죽 먹기라는 생각이 든 것이었다.

어린 황자는 아직 정세를 파악하고 제국을 생각하기에는 너무도 어렸다.

"게틀린 후작의 말이 옳은 것 같소. 일단 조금 더 지켜보는 것이 좋을 것 같소."

"황자 전하!"

고튼 후작은 애타게 어린 황자를 불렀지만 어린 황자는 몸이 안 좋다며 황급히 자리를 떠났다. 그리고 어린 황자와 함께 자리를 떠나는 게틀린 후작의 입가엔 작은 미소가 떠올라 있었다.

그것은 승리의 미소였다.

"예상했던 대로 바티스타 제국은 병사를 파병하지 않기로 결단을 내렸습니다."

회색 머리카락의 사내가 보고를 끝마쳤다.

그의 입에서 흘러나오는 보고는 바티스타 제국의 귀족 회의에 관한 것이었다. 그 자리에 참석한 귀족들을 제외하고선 철저한 보안 속에 이뤄지는 회의 내용을 회색 머리카락의 사내는 너무도 자세히 알고 있었다.

"그렇군."

사내의 보고가 끝나자 한 음성이 들려왔다. 예의 그 나이와 성별을 짐작할 수 없는 음성이었다. 회색 머리카락의 사내와 센티넬, 메니데스, 그리고 데아칸이 그분이라 칭하는 존재. '그'의 목소리였다.

'그'가 시선을 옮겼다. 그곳엔 데아칸이 조용히 고개를 조아린 채 서 있었다.

"키메라에 대해선 얼마나 파악했느냐?"

"녀석들의 취미 생활까지 알고 있을 정도입니다."

데아칸의 자신있는 대답에 '그'의 눈빛이 이채를 띠었다.

"자신만만하군. 그 자신감만큼 실속도 있는 거겠지?"

"물론입니다."

'그'의 물음에 데아칸은 망설임없이 대답했다. 하지만 자세히 귀를 기울인다면 데아칸의 목소리가 떨려 나오는 것을 알 수 있을 터였다.

데아칸은 분명 눈앞의 '그'를 두려워하고 있었다.

그러나 데아칸의 말이 틀린 것은 아니었다. 키메라가 취미 생활이 어디 있겠느냐마는, 그렇게까지 말할 수 있을 정도로 키메라에 대한 거의 모든 것을 파악한 상태였다.

그가 이곳에 합류한 지 얼마 지나지 않았음을 생각한다면 정말 놀라운 일이 아닐 수 없었다. 그만큼이나 키메라에 대한 데아칸의 지식이 해박하고 풍부하다는 증거였다.

그런 데아칸을 일별한 '그'가 입가에 미소를 지으며 천천히 입을 열었다.

"좋아. 그럼 시작하도록 하지!"

쿵! 쿵!

굉음이 숲 전체에 울려 퍼지고 있었다. 그 숲이 대륙에서도 손꼽히는 넓이를 자랑하는 마르코 산맥의 숲이었기에 그 놀라움은 이루 말할 수 없었다.

굉음을 따라가 보면 언제나 남아 있는 것은 파괴의 흔적뿐.

모든 것이 파괴되고 무너져 버린 것만이 남아 을씨년스런 분위기를 풍기고 있었다.

더욱더 속도를 내어 굉음을 따라가자 드디어 그 원인을 발견할 수 있었다.

쿠와아왁!

울려 퍼지는 굉음 사이로 들려오는 괴성! 그리고 괴성을 지르며 무서운 속도로 질주하는 진한 고동색의 그림자.

셀 수 없을 정도의 고동색 그림자가 물결을 이루어 마르코 산맥을 뒤덮으며 동쪽으로… 또 동쪽으로 나아가고 있었다.

그렇게 키메라의 준동이 시작되었다.

Chapter 37

열어진 고향의 향기

변방의 작은 도시로 향하는 길.

그 길을 두 남녀가 걷고 있었다. 정확히 말하자면 한 명의 청년과 한 명의 소녀, 그리고 숨어 있는 한 마리의 슬라임으로 이루어진 일행이었다.

바로 아렌과 레이나, 그리고 보노보노였다.

그렇게 얼마 걷지 않아 그들의 시야에 변방의 작은 도시가 들어왔다.

"아렌 사부, 저기가 목적지인가요?"

"응."

아렌은 레이나의 물음에 고개를 끄덕였다. 하지만 레이나의 의문은 아직 가시질 않았다.

"저기가 뭐 하는 곳인데요?"

"고향."

"네?"

"내 고향이야."

레이나의 눈이 동그랗게 변하며 다시 작은 도시를 바라보았다.

지금까지 지나오면서 보았던 크고 작은 도시들과 비교한다면 그다지 특별할 게 없어 보이는 평범한 도시였다. 하지만 저곳이 아렌의 고향이라는 것을 알게 되자 왠지 새로운 느낌이 들고 호기심이 생겨났다.

'아렌 사부의 고향이라… 과연 어떤 곳일까?'

그렇게 레이나가 호기심에 젖어 있을 때, 아렌은 과거의 향수에 젖어 있었다.

멋모르고 할아버지의 대련을 구경하던 어린 날부터 할아버지와 이별하며 마차에 태워져 용병길드 연합총단으로 떠나던 그날까지.

벌써 기억에서도 까마득해진 그런 나날들이 떠오르며 아렌을 향수에 젖게 만들었다.

'드디어 돌아왔어.'

9년. 다시 돌아오기까지 9년이란 세월이 흘렀다. 그러는 동안 아렌은 어느새 장성한 청년이 되어 있었고, 그의 검 솜씨는 이전과는 차원이 다른 경지에 올라 있었다.

그렇게 9년이란 세월은 많은 것을 변화시켰다. 하지만 아직도 아렌은 그것을 깨닫지 못하고 있었다. 그저 과거 고향의 향기만을 찾으며 발걸음을 옮길 뿐이었다.

'할아버지… 제가 지금 가요.'

과거는 돌이킬 수 없기에 과거인 것이다.

토루는 변해 있었다.

예나 지금이나 변방에 위치한 작은 도시라는 것에는 변함이 없었으나 사람들 자체가 많이 활발해져 있었다. 도시에 들어서자마자 예전에는 찾아볼 수 없던 작은 장터가 보이는 것 또한 작은 변화 중 하나였다.

아렌은 그런 곳에 신경 쓸 새 없이 얼른 할아버지와 그가 살았던 집으로 가고 싶었으나, 이제 장터라면 그냥 지나치지 못하는 레이나의 눈망울이 그의 발길을 잡아챘다.

'그래, 잠시 늦어진다고 달라질 건 없어.'

아렌은 그런 생각에 애써 조급한 마음을 지우고는 레이나를 데리고 장터로 향했다.

장터는 조그마했다. 느긋하게 왕복한다 해도 30분이면 충분히 돌아볼 정도로 작았다. 게다가 토루에는 딱히 특산물 같은 것이 존재하지 않았기에 지금까지 지나왔던 도시들의 장터에 비해 볼거리와 먹을거리가 그다지 많지 않았다.

하지만 레이나는 뭐가 그리 좋은지 입가에서 웃음을 지우지 않았다. 먹을거리를 사서 배낭에 숨어 있는 보노보노에게 넣어주고 자기도 한입 베어 물면서 천천히 장터를 구경하는 레이나를 따라다니던 아렌의 눈이 이채를 띠었다.

그는 자신의 눈길을 끈 곳으로 발걸음을 옮겼다.

"아렌 사부, 어디 가세요?"

레이나는 갑자기 아렌이 발걸음을 옮기기 시작하자 그를 따라 걸었고, 그렇게 그들이 도착한 곳은 장터 끄트머리 쪽에 위치한 곳이었다.

그곳엔 허름한 장판이 펼쳐져 있었고, 그 위로 하나의 길고 거무튀튀한 금속이 올려져 있었다. 그리고 장판의 뒤에선 한 소년이 아무 말도 없이 앉아 있었다.

"애, 이게 뭐니?"

레이나는 장판 위의 금속을 가리키며 소년에게 물었다. 하지만 소년은 아무런 대답도 하지 않았다. 레이나는 소년이 듣지 못했나 싶어 다시 물으려 했지만, 아렌의 목소리가 먼저 들려왔다.

"검이야."

"네?"

"이거 검이야. 그렇지?"

아렌은 소년을 바라보며 물었다. 그러자 이번에는 반응이 있었다.

"맞아요. 검이에요."

고개를 끄덕이는 소년의 모습에 레이나가 고개를 갸웃했다.

"에? 아렌 사부, 검같이 안 생겼는데요?"

"관리를 안 해서 녹이 슬었어. 녹이 슬어 덕지덕지 붙어 있는 데다 손잡이 부분이 만들어지지 않았으니 알아보기가 쉽지 않을 거야."

아렌의 설명에 레이나는 금속에서 검의 모습을 찾아보려 했지만 그것은 쉽지 않았다.

사실 그녀가 아니라 누가 보든 그것을 검이라 생각하기에는 무리가 있었다. 그만큼이나 금속의 상태는 심각했다.

결국 검의 모습을 찾기를 포기한 레이나는 소년을 향해 입을 열었다.

"이걸 팔려고 내놓은 거니?"

"그래요."

"그럼 손질을 해놔야지. 이럼 아무도 안 사 가겠다."

소년은 아무런 말도 하지 않았다. 그저 처음 그 자세 그대로 묵묵히 앉아 있을 뿐이었다.

망부석 같은 소년의 모습에 레이나는 속이 타는 것을 느꼈다.

하지만 그때 아렌의 손길이 그녀의 어깨를 조용히 감싸 안으며 흥분을 가라앉히게 했다. 그리고 아렌의 목소리가 다시 들려왔다.

"왜 넌 여기서 검을 팔고 있는 거니?"

"내가 해야 할 일이니까요."

"검을 파는 게 네가 해야 할 일이라는 거니?"

이번에는 아렌의 물음에도 소년은 대답하지 않았다. 레이나가 소년을 향해 툭 쏘아주려 했지만 아렌이 고개를 저었다. 그리고는 다시금 소년을 향해 입을 열었다.

"그 검… 나에게 팔지 않을래?"

소년은 처음으로 고개를 들고 아렌을 멍하니 쳐다보았다. 아렌은 소년의 시선을 피하지 않았다.

잠시 후 소년은 고개를 저었다.

"모르겠어요. 아직 이 검을 살 사람이 누구인지, 누구에게 팔아야 할지 난 모르겠어요."

소년은 계속해서 모르겠다는 말만 반복했다. 그러다가 소년은 아렌의 허리춤에 차여진 검을 바라보았다.

"그 검, 보여주시겠어요?"

"응? 내 검을?"

검사는 아무에게나 검을 내주지 않는다. 검사에게 있어 검은 생명이며 자존심이기 때문이었다. 그렇기에 보통 검사에게 검을 보여 달라고 하면 무척이나 화를 내기 마련이었다.

하지만 소년은 아무런 거리낌 없이 아렌에게 검을 요구했고, 아렌은 잠시 고개를 갸웃했지만 이내 허리춤에서 검을 풀어 소년에게 건네주었다.

소년은 검집에서 검을 빼내어 조심스레 살펴보기 시작했다.

"좋은 아이에요. 태어날 때부터 특별했던 건 아니지만 사랑을 많이 받았어요. 그래서 스스로가 성장했어요. 사랑에 감사해할 줄 알고 그 보답을 한 거예요."

아렌의 눈빛이 이채를 띠었다.

보통 사람이 듣는다면 어딘가 이상하다 했겠지만, 아렌은 소년의 말에서 알 수 없는 무엇인가를 느낄 수 있었다. 그리고 그것이 평범한 것이 아님 또한 알 수 있었다.

소년은 검에게서 눈길을 거두지 않고 있었다.

"좋은 아이에요. 하지만 너무 많은 일을 겪었어요. 너무 많은 일을 겪은 탓에 겉의 상처가 아니라 안의 상처가 나기 시작했어요."

"그게 무슨……?"

아렌은 소년이 하고자 하는 말이 무엇인지 깨달을 수 없었다. 그래서 소년에게 되물었지만 소년은 그저 그에게 다시 검을 건네줄 뿐이었다.

"그 아이는 제 할 일을 모두 마쳤어요."

이 말을 마지막으로 소년은 다시 굳게 입을 닫아버렸다.

아렌이 몇 번이나 다시 물음을 던졌지만 소년은 아무런 반응도 보이지 않았다. 그때 옆에서 장사를 하고 있던 한 사내가 아렌을 향해 말했다.

"소용없을 겁니다. 그 녀석은 자기가 하고 싶은 말만 하거든요. 어떤 때는 하루 종일 아무런 말도 하지 않을 정도이니… 그나마 오늘은 말을 많이 한 편입니다."

그 사람의 말을 듣고서야 아렌은 지금 자신이 무슨 말을 하든 소년은 아무런 대답도 하지 않을 것이라는 걸 깨달았다.

소년이 한 말이 머릿속에서 맴돌았지만 어찌할 방법이 없었다. 그는 결국 발길을 돌려야 했다.

"아렌 사부, 저 이제 구경 다했어요."

소년이 있던 자리를 벗어나던 중에 레이나가 조심스런 표정으로 아렌에게 말했다.

그녀는 아무래도 그녀 자신이 괜히 장터 구경을 하고 싶어 했기에 이상한 일이 벌어진 것만 같다는 생각을 하고 있는 게 분명했다. 아렌은 그런 레이나를 향해 싱긋 미소 지어주었다.

"그런 표정 지을 거 없어."

"하지만……."

"어쨌든 이만 장터를 나가는 게 좋겠구나. 다음에 또 구경 오도록 하자. 그땐 맛있는 것도 잔뜩 사 먹고."

"헤헤, 네!"

"그럼 이만 가자구나."

"네!"

아렌은 금방 기분이 풀어진 레이나의 머리를 쓰다듬으며

발길을 옮기기 시작했다. 그렇게 그들은 장터를 벗어났다.

하지만 왜일까. 잠시 자신의 검을 바라보는 아렌의 표정은 그리 밝지만은 않았다.

토루에 여러 변화가 찾아왔지만 아직도 아렌에게 낯설지 않은 풍경들이 곳곳에 남아 있었다.

할아버지와 함께 다녔던 거리. 할아버지와 자주 갔던 식당. 할아버지의 등에 업혀서 보았던 석양까지…….

또래의 친구 하나 사귀지 못했던 아렌이기에 토루에서의 추억은 모두 할아버지와의 것뿐이었다. 하지만 그는 그런 나날이 불행했다고 생각하지 않았다. 오히려 할아버지와 함께 했던 그 시간들이 너무나 소중했다.

아렌은 낯익은 거리의 모습이 눈에 들어오자 조금씩 가슴이 설레어오는 것을 느낄 수 있었다.

'얼마 남지 않았어.'

이제 얼마 남지 않았다. 조금만 더 걸어가면 그와 할아버지가 살았던 그곳이 모습을 드러낼 것이다. 그리고 그곳에는 할아버지가 기다리고 있겠지? 언제나처럼 푸근한 미소를 지으시면서.

그도 모르게 발걸음이 조금씩 빨라지고 있었다. 아렌을 따라 걷던 레이나는 빨라지는 그의 발걸음에 고개를 갸웃했지만 따라가지 못할 정도는 아니었기에 잠자코 따라 빨리 걸었다.

  '저 모퉁이만 지나면…….'

  이제 도착했다. 모퉁이만 지나면 바로 그곳이다.

  아렌은 환하게 웃음을 지으며 그렇게 모퉁이를 돌았다. 곧 할아버지를 볼 수 있을 것이란 생각에 그는 잔뜩 들떠 있었다.

  하지만 모퉁이를 도는 순간, 그의 표정은 그대로 굳어버렸다.

  그와 할아버지가 함께 살던 집은 낡고 허름했지만 나름대로 깨끗했다. 비가 오면 가끔씩 물이 새기는 했지만 다음날 할아버지가 지붕 위로 올라가 지붕을 수리하고 나면 언제 그랬냐는 듯이 말짱해졌다.

  마당은 넓었다. 할아버지에게 찾아오는 여러 용병들과 검을 겨루기 위해서 그런 것인지 마당은 주변의 집들 중에서도 가장 넓은 축이었다. 그리고 항상 할아버지가 다져 놓았기에 무척이나 고르고 평평했다.

  그곳에서 아렌은 언제나 할아버지의 대련을 지켜보았고, 검을 향한 꿈을 키워갔다. 처음 검을 잡았고, 처음 검을 휘둘렀으며, 처음 검의 재미를 깨달은 곳도 바로 그곳이다.

  아렌에게는 이 세상에 있어 그 무엇보다도 소중한, 이 세상에 더없을 그런 곳이다.

  그곳이 지금은 남아 있지 않았다.

집은 완전히 무너져 내렸는지 그 잔재만이 보일 뿐이었고, 잔재가 제멋대로 흩어진 마당엔 마치 누가 일부러 파낸 듯한 구덩이가 곳곳에 생겨나 있었다.

할아버지의 품에서 잠들고, 할아버지와 함께 식사를 하며, 할아버지의 검을 보고, 그가 검을 쥐었던 그런 흔적은 조금도 찾아볼 수 없었다.

그곳은 이미 폐허가 되어 있었다.

"아……!"

레이나는 왜 아렌이 이곳으로 왔는지 몰랐다. 다만 그가 걷기에 따라 걸었을 뿐이다. 그렇게 도착한 곳에서 다 무너진 집과 파헤쳐진 마당의 모습을 볼 수 있었다.

레이나가 자신도 모르게 나직한 신음을 흘렸다.

"아렌 사부, 이곳은 왜 이런 거죠?"

레이나는 폐허에서 눈을 떼지 않으며 아렌에게 물었다. 하지만 아렌에게서 대답은 들려오지 않았다. 그러자 그녀는 아렌을 바라보았고, 아렌의 표정이 딱딱하게 굳어 있다는 것을 눈치 챌 수 있었다.

넋을 놓고 폐허를 바라보던 아렌이 그곳을 향해 다가가기 시작했다. 레이나는 그의 모습이 심상치 않다는 것을 느꼈기에 고개를 갸웃했지만 곧 그를 따라 폐허로 향했다.

그런데 아렌과 레이나가 폐허의 근처에 도착하자마자 어디선가 나타났는지 웬 험상궂게 생긴 두 사내가 가까이 다가와 그들을 불러 세웠다.

"이봐, 처음 보는 얼굴인데… 너, 뭐야?"

하지만 아렌은 아무런 대답도 하지 않았다. 그리고 폐허로 향하는 발길도 멈추지 않았다. 그러자 사내들은 아렌이 자신을 무시했다고 생각했는지 화를 내기 시작했다.

"이 자식이 사람 말을 무시하네?"

사내 중 하나가 안 그래도 험상궂은 얼굴을 더욱 일그러뜨린 채 아렌의 어깨를 잡아채려 했다. 그러나 그는 허공으로 헛손질을 할 수밖에 없었다. 아렌이 아무렇지도 않게 그의 손길을 피해내며 폐허로 향하는 발길을 재촉하였던 것이다.

사내는 순간 이상한 기분이 들었지만 아무리 봐도 평범한 아렌의 모습에 다시 인상을 쓰며 그의 어깨를 잡아채려 했다. 하나 이번에도 그의 손길은 허공을 가를 뿐이었다.

두 번이나 헛손질만 하게 되자 사내는 민망한 기분에 오히려 화가 났다. 사내는 이번엔 못 참겠는지 아렌을 향해 발길질을 하려 했다. 그때, 누군가의 목소리가 그의 발길질을 멈추게 했다.

"아렌?"

아렌은 자신을 부르는 목소리에 그제야 고개를 돌렸다. 목소리가 들려온 곳에는 중년의 나이에 접어든 지 한참은 된 듯한 한 아주머니가 놀란 눈으로 서 있었다.

“아렌이 맞구나!”

그녀는 급히 아렌에게로 다가왔다. 그러자 두 사내가 인상을 찌푸리며 입을 열었다.

“아줌마가 아는 놈이야?”

“아, 예. 제 조카 녀석들이지요.”

“조카라고 하기엔 너무 나이 차이가 많이 나는데?”

“제 동생이 늦은 나이에 시집을 가다 보니…….”

아렌은 아주머니의 말에 이상한 표정을 지었지만 사내들은 그것까진 눈여겨보지 않았다.

“이 녀석이 무슨 잘못을 했는지 모르겠지만, 멀리 살다가 이제 여기에 도착하여 이곳 사정을 몰라서 그런 거니 한 번만 용서해 주세요.”

“아니, 그래도 말이야, 이 자식이 너무 건방져서 말이야.”

사내는 인상을 풀지 않았다. 그러자 아주머니는 품속에서 돈을 얼마 꺼내어 그들에게 건네주었다.

“얼마 안 되지만 이걸로 술이나 한잔 걸치시고 한 번만 넘어가 주세요.”

“흐음, 아줌마가 그렇게까지 말한다면야… 이번 한 번만 용서해 주지.”

사내들은 돈을 받아 들고 잔뜩 생색을 냈다. 그리고 아렌을 향해 인상을 찌푸리며 입을 열었다.

“너, 이 자식. 이번은 용서해 주겠다만, 앞으로는 조심해

라. 한 번 더 걸리면… 카악!"

사내들은 그렇게 으름장을 놓고는 다시 아주머니에게로 시선을 던졌다.

"어서 데리고 가봐. 다신 여기에 얼씬도 거리지 못하게 하고."

"물론이죠. 다신 안 올 겁니다. 자, 어서 가자."

아주머니는 사내들에게 그렇게 말하고는 아렌과 레이나를 이끌고 얼른 자리를 떠나려 했다. 잠시 아렌이 주춤하는 듯하자 그녀는 일단 자리를 피하고 보자고 그에게 속삭였고, 결국 아렌은 그녀에게 이끌려 그곳을 떠나야 했다.

하지만 아렌의 눈길은 폐허로 변해 버린 할아버지와 그의 집에서 떠날 줄을 몰랐다.

아주머니. 그녀는 오래전 아렌과 할아버지가 살던 곳의 옆집에 살던 이웃이었다.

갓난아기였던 아렌을 혼자 기르는 할아버지에게 많은 도움을 주었고, 아렌이 조금 커서 용병길드 연합총단으로 떠나기 전까지도 여러 방면으로 아렌을 돌봐주었던 아주머니가 바로 그녀였다.

아주머니는 지금 예전의 그곳과 조금 떨어진 곳에서 살고 있었다. 그러던 중 문득 지나가는 누군가의 모습에서 어릴 적 아렌의 모습을 발견하였고, 혹시나 하는 마음으로 따라왔던 차에 이런 일이 벌어진 것이었다. 그나마 큰일이 나기 전에 수습할 수 있던 것이 다행이었다.

아렌은 그녀에게서 그간의 자초지종을 들을 수 있었다.

어째서 아렌과 할아버지의 집이 무너져 있는 것인지, 어째서 알 수 없는 이들이 접근을 하지 못하도록 막는 것인지, 또 그들이 누구인지, 그리고 할아버지의 행방까지도…….

토루에서 멀지 않은 작은 산.

어릴 적 할아버지와 함께 몇 번 올라가 보았던 곳이다.

아렌은 그곳을 홀로 오르고 있었다. 레이나와 보노보노마저 아주머니의 집에 남겨둔 채였다.

산을 오르다 보니 찾고 있던 작은 오솔길을 발견한 아렌은 오솔길을 따라 걸었다. 그리고 얼마 걷지 않아 목적지에 도착했다.

오솔길에서 이어지는 풀숲 근처에 솟아오른 봉분.

아렌은 말없이 봉분을 향해 다가갔다.

봉분의 앞에 도착하니 투박한 비석을 볼 수 있었다. 그곳에 쓰여진 길지 않은 이름이 봉분의 주인을 나타내고 있었다.

낯설지 않은 이름. 기억 속에서 잊혀지지 않는, 너무도 그리운 이름.

에일런.

사람들은 할아버지를 그렇게 불렀다.

“할아버지.”

아렌은 속삭이는 듯한 낮은 목소리로 할아버지를 불렀다. 하지만 그의 나직한 부름에 대답하는 사람은 없었다.

“할아버지, 저 왔어요.”

다시 한 번 할아버지를 불렀지만 주변은 바람 소리마저 잠든 듯 고요할 뿐이었다.

그러나 아렌은 할아버지를 부르는 것을 멈추지 않았다.

열 번이고… 백 번이고… 할아버지가 대답할 때까지 멈출 생각이 없는 듯했다. 그렇게 부르고 부르다 이내 악에 받친 듯 소리 질렀다.

“일어나시란 말이에요!”

그의 목소리가 메아리가 되어 숲을 울렸다.

작은 물방울이 땅을 적셨다. 구름 한 점 없는 하늘에서 비가 올 리는 없었다.

아렌의 두 눈가에 눈물이 가득 맺혀 있었다.

아렌은 다리에서 힘이 풀리며 그대로 무릎을 꿇고 주저앉아 버렸다. 그리고 눈물을 흘렸다.

한 방울. 두 방울.

끊임없이 흘러내리는 눈물방울이 메마른 땅을 적셨다.

“할아버지… 할아버지… 할아버지……!”

고요한 숲 속, 잔잔한 흐느낌이 조심스레 정적을 메워갔다.

할아버지는 아렌이 용병길드 연합총단으로 떠나고 이 년이 조금 못 되어 숨을 거두셨다고 아주머니께서 알려주셨다. 돌아가시기 전날까지도 검을 휘두르며 정정함을 과시하시고, 그날 밤에 주무시다 고통없이 조용히 돌아가셨다 했다.

할아버지는 생전에 아주머니께 한 가지 부탁을 했는데, 그건 바로 언젠가 돌아올 아렌을 위해 낡고 허름하지만 그동안 살아왔던 집을 그대로 남겨 달라는 것이었다.

할아버지는 당신의 목숨이 얼마 남지 않았다는 것을 알고 계셨던 듯했다. 그렇기에 아렌에게 해줄 수 있는 마지막을 아주머니께 부탁한 것이었다.

그러고 며칠 지나지 않아 할아버지는 돌아가셨고, 아주머니는 주변 몇몇 이들의 도움을 받아 조촐히 장례를 치러 드린 뒤 토루에서 멀지 않은 산에 작은 묘를 만들었다.

그 묘가 바로 지금 아렌이 무릎을 꿇고 오열을 터뜨린 봉분이었다.

아주머니의 설명은 계속되었다.

할아버지의 부탁을 받은 아주머니는 성심껏 집을 관리하며 아렌이 돌아오길 기다렸다고 한다. 가끔씩 들려 집 청소도 하고, 가끔씩 불도 떼어 최대한 사람의 온기를 느낄 수 있도록 했다.

문제는 그러길 다섯 해가 조금 지나서 벌어졌다.

그때까지 토루의 가장 중심적이던 팔시아 용병길드에서

내분이 발생한 것이었다. 팔시아 길드의 길드장이 가벼운 몬스터 토벌에 참가했다가 어이없이 목숨을 잃고 난 후에 벌어진 일이었다.

원래 길드장이 있을 때부터 팔시아 용병길드는 알게 모르게 부길드장을 지지하는 이들과 이곳에서 가장 실력이 좋은 디오니를 지지하는 이들로 패가 갈라져 있었다. 그래도 그간 길드장이 중심이 되어 간신히 지탱해 왔는데, 길드장이 목숨을 잃자 결국 이 두 패가 팔시아 용병길드의 주도권을 차지하기 위해 맞붙게 된 것이었다.

하나였을 때부터 사이가 좋지 않았던 그들은 길드가 둘로 갈라지자 금방 험악한 사이로 돌변했고, 그러다 이내 큰 싸움으로 번져 버렸다. 그리고 1년간이나 싸움은 계속되었다.

원래 이렇게 큰 내분이 발생할 때엔 용병길드 연합총단에서 중재가 이루어졌어야 옳겠지만, 하필이면 팔시아 용병길드 간의 싸움이 벌어지고 얼마 지나지 않아 황태자의 반역이 일어나고야 말았다.

그런 큰 사건이 벌어졌으니 용병길드 연합총단엔 이런 변방의 작은 도시에 위치한 소규모의 용병길드에 신경 쓸 여력이 없었고, 결국 그렇게 1년이란 시간이 흐른 것이었다.

1년이란 시간이 흐른 끝에 승리한 것은 디오니와 그 일파였다.

수적으론 부길드장 쪽이 약간 앞섰지만 디오니가 자신의

심복들과 함께 전면에 나서기 시작하면서 결국 디오니 일파 쪽으로 승기가 기운 것이었다. 그렇게 디오니 일파 쪽으로 무력통일이 이루어졌고, 팔시아 용병길드는 디오니스 용병길드로 재탄생되었다.

그런데 여기서 문제가 끝나지 않은 것이, 용병길드 내에서 돌고 있던 한 가지 소문 때문이었다.

그 소문은 얼마 전까지 용병길드의 대련 상대였던 에일런 할아범이 사실 꽤나 많은 돈을 모아두었다는 내용이다.

이것은 전 길드장이 팔시아 용병길드를 이끌고 있을 때도 구설수가 되던 것이었는데, 에일런 할아범의 벌이를 뻔히 알고 있던 전 길드장이 콧방귀를 뀌며 헛소문이라 말했기에 진상을 확인할 수 없던 소문이었다.

그런 것이 전 길드장이 죽고, 팔시아 용병길드가 디오니스 용병길드로 재탄생되면서 소문이 다시 나돌기 시작한 것이다. 게다가 소문은 어느덧 그의 집엔 큰 보물이 숨겨져 있다는 둥으로 구름처럼 부풀어져 버렸다.

그 소문은 당연히 디오니의 귀에도 들어가게 되었다.

욕심이 많은 디오니는 당장에 그 주변의 주민을 다른 곳으로 쫓아보낸 뒤 보물을 찾으라 명령을 내렸다.

그들의 힘 앞에 아주머니의 저항은 아무런 소용이 없었다. 토루의 시장은 언제나 용병길드에게서 많은 돈을 받고 있었기에 그들이 뭘 하든 신경조차 쓰지 않았다.

결국 집은 무너지고, 마당은 다 파헤쳐졌다. 하나 그렇다고 없는 보물이 나올 리 만무한 일.

보물은커녕 동전 하나 찾지 못한 디오니스 용병길드는 투입한 많은 용병들을 철수시키기에 이르렀다. 그리고 지금에 와선 용병길드 중에서도 가장 낮은 직급의 몇몇만이 혹시나 모를 가능성에 대비하며 여전히 집 근처로 아무도 접근하지 못하도록 막고 있는 중이었다.

그러던 차에 아렌이 토루로 돌아와 그들과 시비를 붙게 된 것이었다.

아주머니가 이것까지 전부 설명한 것에는 이유가 있었다. 할아버지의 유언을 지키지 못했음을 변명하고자 그런 것이 아니었다. 괜히 다시 집을 찾아갔다가 디오니스 용병길드에게 험한 꼴을 당할까 봐 걱정되는 마음에 말한 것이었다.

그녀는 몇 번이고 다짐받듯 아렌에게 그 근처로 가지 말라고 말했다. 하지만 아렌의 귓가엔 더 이상 그녀의 목소리가 들리지 않았다.

밤이 깊었다. 어느덧 세상을 밝히던 해는 완전히 저물고 한 조각 달이 하늘 높이 떠올라 있었다. 하지만 그 늦은 밤까지 잠 못 이루는 이가 있었으니, 바로 에일런 할아범의 집을 지키는 두 용병이었다.

"하암! 도대체 교대는 언제 오는 거야?"

두 용병 중 하나가 잠이 쏟아지는 표정으로 물었다. 그러자 다른 용병이 대충 시간을 계산해 보더니 입을 열었다.

"아직 한 시간 정도 남았어."

"아직도? 제길! 언제까지 이 짓을 해야 하는 거야? 아무리 뒤져도 보물은커녕 동전 한 닢 나오지 않잖아!"

"좀만 참아. 이제 위에서도 거의 다 포기하는 분위기이니 얼마 지나지 않아 우리들도 편히 쉴 수 있을 거야."

다른 용병이 불평하는 용병을 계속해서 달랬지만 용병의 불평은 쉽게 사라지지 않았다.

계속 투덜거리는 용병을 보며 고개를 설레설레 젓던 다른 용병이 주변을 둘러보다 문득 그들을 향해 다가오는 어두운 그림자를 발견했다.

"어라? 교대가 벌써 온 건가?"

"뭐?"

투덜거리던 용병이 자리에서 벌떡 일어나 다른 용병이 가리키는 방향을 바라보았다. 그러자 그 역시 다가오는 그림자를 발견할 수 있었다.

하지만 달빛에 의해 드러나는 그림자의 정체를 본 순간 그의 표정은 잔뜩 일그러졌다.

그림자의 정체는 그들이 그토록 기다리던 교대가 아니었다. 그냥 거리를 가다 보면 어디서든 볼 수 있을 것 같은 평범한 청년이었다.

“넌 뭐야?”

“어라? 저 자식, 아까 낮의 그 자식 아냐?”

잔뜩 짜증난 표정으로 청년을 바라보던 용병의 귓가에 다른 용병의 말소리가 들렸다. 그리고 다시 청년의 얼굴을 바라보니 과연 낮에 겁 없이 건방을 떨던 그 자식이 분명했다.

용병은 가뜩이나 짜증나던 마당에 오히려 잘 걸렸다는 생각이 들었다. 지금은 말리는 사람도 없을뿐더러, 분명 경고했는 데도 또 온 것은 맞을 각오를 했다는 뜻으로 받아들였다.

‘그래, 어디 죽도록 맞아봐라.’

괜한 화풀이 상대를 찾은 그는 청년, 아렌을 향해 성큼성큼 다가갔다. 그러나 아렌은 그가 다가오든 말든 신경 쓰지 않고 계속해서 폐허로 변해 버린 집터로 걸어가고 있었다.

용병은 그런 아렌을 보며 씨익, 미소 짓더니 이내 험상궂게 표정을 일그러뜨리며 입을 열었다.

“분명 낮에 경고했지? 또 한 번 걸리면 가만 안 두겠다고.”

웬만한 녀석이라면 얼굴만 봐도 잔뜩 겁먹을 표정을 지은 채 으름장을 놓는 용병이었지만 아렌은 여전히 그에겐 시선 한 번 던지지 않았다.

“한 번 말했으면 말귀를 알아들어야 할 거 아니야!”

아렌이 또다시 자신을 무시하자 잔뜩 화가 난 용병은 아렌을 향해 주먹을 휘둘렀다.

힘만 잔뜩 담긴 느린 주먹질이었지만 용병은 아렌이 자신의 주먹질을 피할 수 있을 거라 생각지 않았다. 하지만 그의 예상은 허공을 가르는 주먹처럼 빗나갔다.

아렌이 고개만을 까딱거려 그의 주먹을 피해낸 것이었다. 그러면서도 걸어가는 것을 멈추지 않고 있었다.

"이 자식이!"

용병은 아렌이 자신의 주먹을 피하자 잠시 멍한 표정을 지었지만 이내 우연일 뿐이라 생각하며 이번에는 발길질을 날리려 했다. 하지만 아렌은 몸을 슬쩍 움직이며 그 발길질마저 피해 버리곤, 오히려 사내가 땅을 짚고 있는 발을 살짝 걸어차 그를 뒤로 넘어뜨렸다.

"으악!"

갑작스런 아렌의 반격에 꼼짝없이 당한 용병은 뒤통수를 땅에 박으며 비명을 질렀다. 그제야 그때까지 낄낄거리며 아렌과 용병의 모습을 보고 있던 다른 용병의 표정이 굳어졌다.

그는 허리춤에 차고 있던 검을 뽑아 들었다. 원래라면 검을 뽑을 정도까지의 일은 아니었지만 너무 쉽게 동료가 당해 버리자 당황한 나머지 자신도 모르게 검을 뽑은 것이었다.

그렇다고 바로 다시 검을 집어넣자니 꼴이 우스꽝스러웠기에 용병은 검으로 아렌을 위협하려 했다. 그러나 그것이 그의 실책이었다.

그가 검을 뽑아 다시 아렌에게로 시선을 던졌을 때, 아렌은 이미 그의 지척으로 접근한 상태였다. 기겁한 용병은 검을 휘둘렀지만 아렌은 검을 가볍게 피해낸 뒤 손을 뻗어 용병의 손을 꺾었다.

"억!"

손목에서 느껴지는 고통에 신음을 지르던 용병은 그 순간 세상이 뒤집히는 것을 느꼈다. 아니, 그의 몸이 한 바퀴 돌아 땅으로 고꾸라졌다. 아렌이 빅톤에게서 배운 간단한 체술을 응용한 동작을 펼친 것이었다.

아렌은 그렇게 두 용병을 간단히 쓰러뜨리곤 걸음을 계속했고, 곧 폐허에 도착했다.

군데군데 구덩이가 파여져 있는 마당과 다 무너진 집밖에 보이지 않았지만, 아렌은 거기서도 추억을 찾아낼 수 있었다.

할아버지와 함께 웃고 울었던 곳.

검을 보고, 검을 들고, 검을 휘둘렀던 곳.

아렌의 눈엔 폐허 위로 어릴 적 살았던 집과 마당의 모습이 겹쳐 보였다. 하나도 기억에서 사라지지 않았다. 마치 눈을 감았다 뜨면 그때로 돌아가 있을 듯 너무도 생생했다.

하지만 눈을 떴을 때 보이는 건 그저 무너진 집과 엉망이 된 마당뿐이었다.

그때 등 뒤에서 악에 받친 외침이 들려왔다.

"이 자식! 죽어!"

처음 아렌에 의해 쓰러진 용병이 어느새 검을 뽑아 들고 아렌을 향해 공격해 오고 있었다. 그리고 그의 바로 뒤로 다른 용병이 후속 공격을 준비하고 있었다.

아렌은 몸을 살짝 틀어 공격해 오는 검을 피해냈다. 하지만 이번엔 용병도 가볍게 생각하지 않았는지 그대로 검을 꺾으며 아렌을 노렸다. 게다가 다른 용병까지 아렌이 빠져나갈 만한 방향을 가로막으며 그를 베어오고 있었다.

그때 아렌의 신형이 번개같이 회전했다.

카캉!

"으윽!"

두 번의 쇳소리가 연달아 들리며 용병들의 검은 멀리 나가 떨어졌고, 두 용병은 손아귀가 찢어지는 고통을 느끼며 뒤로 주춤 물러섰다.

어느새 뽑혀져 나온 아렌의 검이 달빛을 받아 서늘한 푸른 빛을 뿌리고 있었다.

용병들은 호흡 하나 흐트러지지 않고 자신들의 검을 쳐낸 아렌을 보며 그가 자신들의 상대가 아님을 직감했다.

"제, 제길, 두고 보자!"

용병들은 그렇게 외치며 도망갔지만 아렌은 그들에게 눈길 한 번 주지 않았다.

아렌의 시선은 못 박힌 듯 폐허로 변한 집터에 고정되어 있었다.

"할아버지, 보셨어요? 저 이렇게 강해졌어요."

아렌은 그렇게 중얼거렸다. 물론 대답이 들려올 리가 없었지만 아렌의 귓가엔 오래전 할아버지가 그에게 남긴 말이 들려오는 것만 같았다.

'힘에는… 반드시 책임이 따른다.'

어린 아렌에게 할아버지가 해주었던 한마디. 이 한마디가 귓가에서 맴돌았다.

아렌의 눈동자에서 빛이 사라졌다. 더 이상 아렌은 그 무엇도 바라보고 있지 않았다.

"난 모르겠어요. 왜 할아버지를 남겨두고 떠나야 했는지. 왜 검을 배우기 위해 할아버지와의 행복을 포기해야 했는지."

손에 힘이 풀리며 아렌이 검을 떨어뜨렸다. 작은 쇳소리를 내며 검이 땅에 떨어졌지만 아렌은 검에 시선을 주지 않았다.

그의 귓가에는 할아버지의 목소리가 계속해서 맴돌고 있었다.

'힘에는… 반드시 책임이 따른다.'

"난 모르겠어요. 할아버지를 남겨두면서까지 얻은 힘의 책임이 무엇인지, 왜 하필 내게 그런 책임이 주어져야 하는 건지."

털썩!

다리의 힘마저 풀려 버린 아렌은 그대로 무릎을 꿇으며 주저앉았다. 그리고 고개를 숙였다.

"할아버지, 이제 난 모르겠어요."

디오니스 용병길드의 길드장 디오니는 이른 아침 용병길드를 나서는 한 무리의 용병들을 볼 수 있었다. 그는 의아한 마음에 자신의 부관에게 물었다.
"이봐, 저 녀석들은 뭐야?"
"에일런 할아범이라고 기억하시지요?"
"에일런 할아범? 아, 그 보물을 숨겨놓았다고 떠들썩하게 했던 그 노인 말이야?"
디오니는 머릿속에서 거의 잊혀진 기억을 끄집어낼 수 있었다.
"근데 결국 보물은 못 찾았잖아. 제길, 헛소문 때문에 괜히 헛된 기대만 가지고… 그런데 그거랑 저 녀석들이랑은 무슨 상관인데?"
"사실 아직까지 에일런 할아범네 집을 지키고 있게 했습니다. 혹시나 하는 마음이었죠. 그런데 어제 그곳에 웬 놈이 나타나 행패를 부렸다고 합니다."
"뭐야, 아직까지 그 짓을 하고 있었던 거야? 그건 그렇고, 감히 토루에서 디오니스 용병길드에 행패를 부리는 녀석이 존재했단 말이야?"
디오니는 괜히 기분이 나빠져 인상을 찌푸렸다. 그러자 부관이 쩔쩔매며 입을 열었다.

“그럴 리가요. 얘기를 조금 들어보니 그놈은 이방인인 것 같았습니다. 토루에 대해 조금이나마 알고 있었다면, 감히 디오니스 길드에 대적할 수는 없지요.”

“그렇지. 생각이 있는 놈이라면 감히 내게 대적할 수 있겠어? 어쨌든 지금 저 녀석들이 그 이방인 놈을 손보러 가는 중이란 말이야?”

“네, 그렇습니다. 그 이방인 놈이 칼을 조금 쓰는 모양입니다. 비록 말단이라곤 하지만, 에일런 할아범네를 감시하던 용병 두 명이 제대로 힘도 못 쓰고 당해 버렸다니.”

“그렇군.”

디오니는 부관의 말에 고개를 끄덕이다가 갑자기 무엇인가가 떠오른 듯한 표정을 지었다.

“저놈들을 당장 불러와.”

“네?”

“저놈들 가던 길을 멈추게 하고 다시 불러오란 말이다!”

“왜, 왜 그러시는 건지……?”

부관은 갑작스런 디오니의 행동에 그 이유를 물었다. 그러자 디오니의 표정이 험상궂게 변했다.

“오늘 총단에서 감찰사 한 명이 토루에 도착하기로 한 날이다. 그러니 내가 며칠 전부터 괜한 소동 일으키지 말라고 했지?”

대륙에 퍼진 수많은 용병길드는 1년에 한 번, 감찰사의 방문을 받는다. 겉으론 위로차 방문한다고는 하지만 실상은 각 지역의 용병길드에 불순한 움직임이 없는지, 또는 그 용병길드가 용병길드 연합에 계속해서 소속되어 있을 만한지 감시하러 오는 것이었다.

지금 디오니가 말하는 바가 이것이었다. 용병길드 연합총단의 감찰사가 토루를 향해 오고 있었던 것이다.

"지, 지금 당장 불러오겠습니다!"

그제야 자신의 실책을 깨달은 부관은 급히 고개를 숙이고는 용병길드를 벗어나고 있는 한 무리의 용병들을 향해 부리나케 달려갔다. 그런 그의 뒷모습을 보는 디오니의 표정은 풀어질 줄 몰랐다.

"에잉! 저런 놈을 부관이라고 쓰고 있으니……."

문득 부길드장과의 세력 싸움 때 잃은 자신의 전 부관이 아까워지는 디오니였다.

새로운 통과점

　대륙의 서쪽 땅의 끝부터 남쪽으로 이어지는 마르코 산맥에서 멀지 않은 곳엔 거대한 탑이 존재했다. 하나의 성이라고 불려도 좋을 정도로 거대하고 웅장함을 지닌 탑을 사람들은 마탑이라 불렀다.

　마탑.

　대륙에 산제해 있는 수많은 용병들의 집합체가 용병길드 연합총단이라면, 마탑은 대륙 마법계의 중심이었다.

　세븐스타의 일인이자 마탑의 탑주인 뇌전의 카니야를 비롯하여 대륙에 존재하는 거의 모든 고위급 마법사들이 이 마탑에 속해 있다 해도 과언이 아니었다. 또한 화염의 파오덴 역시 지금은 제국에 몸을 담고 있지만 한때 마탑의 소속이었음을 생각한다면 마탑의 위세를 능히 짐작할 수 있을 터였다.

마탑은 사실상 이미 탑의 범주에서 벗어나 있었다. 대륙의 각 영지의 성과 비교해도 전혀 뒤지지 않을 정도의 거대함을 자랑하는 건물을 단순한 탑과 비교할 순 없었다.

하지만 마탑은 오랫동안 탑으로써 남아왔다. 그것이 하나의 작은 탑에서부터 역사를 만들어온 마탑의 전통이었다.

하나하나 설명하자면 한도 끝도 없을 정도로 마탑은 무척이나 많은 특징을 가지고 있었다. 그중에서 가장 대표적인 것을 꼽자면, 마탑을 감싸 안은 거대한 결계가 바로 그것이었다.

마르코 산맥을 포함한 대륙의 서부 지대와 대륙의 중앙 지대를 잇는 가장 중심적인 길목에 위치한 마탑은 역대로 수많은 몬스터들의 공격을 받아왔다. 마르코 산맥의 몬스터들이 대륙의 중앙으로 영역을 확장하기 위해 공격해 오는 것이었다.

그렇게 수많은 공격을 받은 마탑이지만 역사상 단 한 번도 몬스터들에게 길을 내준 적이 없었다. 바로 마탑의 깊숙한 지하에 자리한 진마정석의 마력을 바탕으로 이루어지는 마탑의 결계 때문이었다.

마탑을 포함한 주변 지역을 넓게 감싸 안는 마탑의 결계는 혹 전설의 마족이라도 나타나지 않는 이상 깨어지지 않을 정도로 무척이나 견고했다.

덕분에 몬스터들이 무리를 이루어 공격해 오기가 수차례였지만, 결국 결계를 뚫지 못한 채 결계 속에서 마법을 난사하는 마탑의 마법사들에 의해 전멸당하거나 아니면 뿔뿔이 흩어지곤 했다.

마탑의 결계는 마탑을 이루는 데 없어서는 안 될 중요한 요소였다.

물론 마탑의 결계가 항시 발동되는 것은 아니었다. 아무리 진마정석이 일반 마정석과 비교할 수 없을 만큼의 마력을 줄줄이 내뿜는다 하더라도 그토록 거대하고 굳건한 결계를 장시간 발동할 수 있을 리가 없었다.

순수 마정석의 힘만으로 결계를 발동한다면 열흘, 마탑 내의 모든 마법사들이 마력을 퍼부어 버틴다면 최대 한 달까지 버틸 수 있을 것이란 예상이 일반적이었다.

그래도 다행인 점은 몬스터들이란 존재가 어느 수량 이상의 무리를 이룰 수 있을 정도의 유대감이 없다는 것이었다. 때문에 마탑은 여태껏 별 무리 없이 몬스터들의 공격을 방어할 수 있었다.

그런 마탑의 결계가 마지막으로 발동한 것이 바로 십오 년 전의 일이었다.

십오 년 전, 황제의 권위가 굳건하고 올바른 정치를 하고 있을 때 몬스터들이 대규모 공격에 나섰다가 제국에서 파병

된 대군에 의해 전멸당한 이후로는 소수의 무리들만이 가끔 씩 마탑을 공격해 왔기에 그간 마탑의 결계를 발동할 필요가 없었던 것이다.

그런데 지금, 십여 년 동안 잠들어 있던 마탑의 결계가 다시 발동되고 있었다.

마탑의 긴 성루에는 몇몇 마법사들이 모여 진을 이루고 있었다. 그런데 자리에 모인 그들의 표정은 그다지 밝지 않았다.

그들의 시선은 마탑의 주변 지대를 넓게 덮어씌운 뿌연 막, 마탑의 결계 너머로 향하고 있었다.

그곳에는 각양각색의 수많은 몬스터들이 괴성을 지르며 결계를 마구 두드리고 있었다.

"엄청난 숫자군."

한 젊은 마법사가 중얼거렸다.

그의 말대로 결계 너머에 모인 몬스터들은 그가 평생을 살면서 보아왔던 모든 몬스터들을 합친다 해도 비교도 되지 않을 정도의 수를 자랑하고 있었다. 십오 년 전 몬스터들이 대규모로 공격을 해왔을 때보다 많으면 많았지 적지는 않았다. 게다가 더욱 놀라운 사실은 저 까마득한 몬스터들 너머에서 계속 다른 몬스터들이 합류하고 있음을 볼 수 있다는 것이었다.

"마르코 산맥의 몬스터들이 다 몰려오는 건가?"

젊은 마법사는 끝도 없이 모여드는 몬스터들의 모습에 미간을 찌푸렸다.

비록 저런 몬스터들이 얼마가 모인다 하더라도 결계를 깨뜨리진 못하겠지만, 저 정도의 숫자라면 마탑 자체에서 처리할 수 있는 일이 아닌 것이다. 그만큼이나 이번에 몰려든 몬스터들의 숫자는 많았다.

그때 젊은 마법사의 귓가에 낯익은 목소리가 들려왔다. 바로 그의 사부의 목소리였다.

"이상해, 아무래도 이상해."

"뭐가 이상하단 말씀입니까?"

"넌 저 모습을 보고도 이상함을 찾지 못하겠다는 말이더냐?"

젊은 마법사는 사부의 말에 다시 한 번 몬스터들을 바라보았지만 딱히 이상한 것을 찾을 수 없었다.

그가 계속해서 고개를 갸웃거리자 사부의 호통 소리가 들려왔다.

"에잉! 그런 눈썰미로 잘도 마법사 짓을 해먹겠구나."

사부는 몬스터들 중 한곳을 가리켰다.

"저길 보아라. 저기, 야멘족과 부르만이 보이지 않는단 말이더냐?"

야멘족은 개구리의 형태를 지닌 몬스터로, 큰 덩치와 놀랄

만한 몸놀림을 가지고 있었다. 그리고 부르만은 뱀 형태를 지닌 몬스터였는데, 야멘족과 비교해서 몸집은 한참 작았지만 무시무시한 독과 이빨을 가지고 있으며, 항상 무리지어 다녔기에 결코 얕볼 수 없는 존재였다.

이 두 몬스터는 모두 습지 지대에 서식하는데, 아이러니한 사실이 개구리 형태를 지닌 야멘족이 뱀의 형태를 지닌 부르만을 잡아먹는다는 것이었다. 생식계에선 뱀이 개구리를 잡아먹는 게 당연한 것이었지만, 이들은 그와는 정반대의 상황인 것이었다.

그렇다고 해서 부르만이 일방적으로 당하는 것이 아니었다. 부르만 한두 마리로는 야멘족 한 마리를 당할 수 없지만, 여러 부르만이 모이면 오히려 야멘족을 잡아먹기 때문이었다.

때문에 소수 집단인 야멘족과 대집단을 이루어 생활하는 부르만은 서로가 가장 큰 천적이라 할 수 있었다.

그런데 지금 야멘족과 부르만이 서로를 지척에 두고 있으면서도 오직 결계를 공격하는 것에만 열중하고 있었다. 불구대천의 원수격인 두 종족이 서로를 공격하지 않는다는 것은 결코 있을 수 없는 일이었다.

젊은 마법사는 그제야 사부가 말한 이상함을 깨달을 수 있었다. 그러고 보니 야멘족과 부르만뿐만이 아니라 무리를 이루고 있는 다른 몬스터들 중에서도 천적이 지척에 있음에도 신경조차 쓰지 않는 몬스터들이 더러 보였다.

"서로를 보면 공격할 수밖에 없는 것이 저들의 본능이다. 그런데 그런 본능을 무시하면서까지 결계를 공격하다니… 분명 이상한 일이지 않느냐."

젊은 마법사는 고개를 끄덕였다. 그간 제법 많은 몬스터들을 보았다고 나름대로 자부하는 바였지만, 야멘족과 부르만이나 천적을 가진 몬스터들이 서로에게 신경도 쓰지 않는 것은 처음 보는 일이었다.

"혹시 단체로 미친 게 아닐까요?"

딱!

"억!"

젊은 마법사의 헛소리에 사부의 지팡이가 떨어져 내렸고, 젊은 마법사는 눈앞에 불똥이 튀는 것을 느꼈다. 혹이 솟아오른 머리를 부여잡은 젊은 마법사는 얼마나 아픈지 눈물까지 찔끔 흘릴 정도였다. 하지만 그는 입을 멈추지 않았다.

"그럼 정신이 나갔던가!"

딱!

"억!"

이번에는 제법 강도가 셌는지 머리를 부여잡은 채 주저앉은 젊은 마법사는 사부의 지팡이가 멈출 것 같지 않자 자신도 모르게 소리쳤다.

"아, 아니면 당장 죽을 위기에 처했겠죠!"

젊은 마법사의 그 말에 사부의 지팡이가 멈췄다.

사부는 심각한 표정을 짓고 있었다.

"그래, 지금 당장 죽을 위기에 처하지 않았다면 저들이 본능을 무시할 이유가 없지."

사부는 깊은 고민에 빠진 것 같았다.

사부의 지팡이가 멈추자 젊은 마법사는 희희낙락하며 자리에서 일어섰다. 그러다가 이내 그 역시 고개를 갸웃거렸다.

"당장 죽을 위기? 저렇게 많은 몬스터들을 공포에 떨게 하는 것이 존재한단 건가? 그게 뭐지?"

그렇게 젊은 마법사는 자신도 모르게 이 사태에 대한 본질에 깊이 접근하고 있었다.

마탑의 성루에서 두 사제가 고민을 하고 있는 한편, 마탑의 회의실에서는 격론이 벌어지고 있었다.

"도대체 황궁에서는 무엇을 하고 있단 말입니까!"

한 노마법사가 얼굴을 붉힌 채 소리쳤다.

회의장 전체를 쩌렁쩌렁 울릴 정도의 큰 목소리였으나 자리에 앉은 누구도 그를 제지하지 않았다. 그들의 마음 역시 지금 노마법사의 외침과 별반 다를 것이 없었기 때문이다.

그렇다고 해서 모두 노마법사와 상황이 같은 것은 아니었다.

대표적으로 회의장 한쪽에서 고개를 푹 숙인 채 연신 땀을

뻘뻘 흘리고 있는 한 마법사를 예로 들 수 있었다.

그는 황궁과의 연결점을 두기 위해 마탑에서 파견한 마법사로, 황궁 마법사라는 직책을 가지고 있었다.

황궁 마법사는 일종의 외교관이라 할 수 있는 것이었는데, 마탑은 물론이고 황궁에서도 제법 언성을 높일 수 있을 만큼의 높은 직책 중 하나였다. 그런데 그런 높은 직책의 그도 지금에 와선 개미가 기어들어 가는 목소리로 대답할 뿐이었다.

그럴 수밖에 없었다. 지금 당장 마탑의 서쪽 창 어디로 내다보든 발견할 수 있는 수많은 몬스터들을 보고 있자면 황궁 마법사가 아무리 얼굴이 뻔뻔하다 할지라도 고개를 들고 다닐 수 없을 터였다.

몬스터들이 몰려들기 시작한 것이 벌써 사흘째.

사흘 전, 소수의 몬스터들이 몰려들었을 때만 해도 몬스터들의 침공은 종종 있는 일이라 크게 신경을 쓰지 않고 몇몇 마법사들을 보내 몬스터들을 쫓아내었다.

그런데 시간이 지날수록 몰려드는 몬스터들의 숫자가 점점 많아지더니, 그렇게 하루가 지나자 결국 마탑의 결계를 발동해야 하는 사태에 접어들고 말았다.

마탑은 비상 체제에 들어갔고, 즉각 황궁에 군사를 파견해줄 것을 요청했다. 하지만 여태까지도 황궁에서는 별다른 답변이 없는 것이었다. 전해오는 답변이라고는 고작해야 아직 마탑에서 해결할 수 있을 정도이니 조금 더 두고 본다는 것뿐이었다.

마탑으로선 황당할 뿐이었다.

마탑에서 해결할 수 있는 수준이라니? 저 수많은 몬스터들을 무슨 수로 마탑 자체의 힘으로 해결한단 말인가. 설령 해결할 수 있다고 하더라도 마탑에 돌아올 피해는 예상하지 못한단 말인가.

그런 이유로 황궁에서 별다른 답변을 받아오지 못하는 황궁 마법사에게 다들 눈치를 보내는 것이었다.

그런 눈치를 받다 못한 황궁 마법사가 이내 고개를 조금 들고는 입을 열었다.

"황궁에서는 아직 상황을 조금 더 두고 보자고……."

오랜만에 입을 연 황궁 마법사이지만 그는 끝내 말을 잇지 못했다. 다른 많은 마법사들의 서릿발 같은 눈초리가 그에게 쏟아졌기 때문이다. 결국 그는 이전보다 더욱 깊게 고개를 숙일 수밖에 없었다.

"모두 진정하세요."

그때까지 지켜만 보고 있던 누군가가 상황을 진정시켰다. 그러자 사나운 눈빛을 빛내던 마법사들이 한숨을 내쉬며 눈빛을 거두어들였다. 그런데 놀라운 사실은 상황을 진정시키는 한마디를 내뱉은 목소리가 무척이나 가냘프다는 것이었다.

과연 그녀는 회의장에 위치한 여러 마법사들 중에서도 몇 되지 않는 여성 마법사 중 하나였다.

놀라운 사실은 그뿐만이 아니었다. 그녀는 회의장의 다른 노마법사들과는 달리 아직 중년의 나이로밖에 보이지 않았으며, 또한 회의장의 가장 상석에 자리를 잡고 앉아 있었다.

대륙에 내로라하는 여러 마법사를 제치고 중년의 여성 마법사가 회의장의 가장 상석에 앉아 있다니… 이것은 단순히 놀랍다고 끝날 일이 아니었다.

하지만 그녀의 정체를 알게 된다면 고개를 끄덕일 것이다.

세븐스타에 이름을 올리고 있는 두 여성 중에 하나이자 마탑의 주인으로서 대륙의 모든 마법사들의 존경을 한 몸에 받는 여인. 그녀에게 사람들은 뇌전이라는 칭호를 붙여주었다.

뇌전의 카니야. 그녀가 바로 상황을 진정시킨 이였다.

그녀는 침착한 눈빛으로 좌중을 바라보았다.

만약 그녀의 심연처럼 깊은 눈동자가 아니었다면 그 누구도 그녀가 세수 칠십을 바라보는 노인이라 믿을 수 없을 정도로 그녀는 젊은 모습을 그대로 간직하고 있었다.

하지만 외모와는 상관없이 은연중에 풍기는 위압스런 기세가 좌중을 압도하며 그녀의 존재감을 부각시키고 있었다.

그녀의 시선이 좌중을 훑더니 들끓던 회의장의 분위기가 조금 식은 것 같자 그녀의 시선이 황궁 마법사에게로 향했다.

"아직도 황궁에서는 그런 대답뿐인가요?"

"그… 죄, 죄송합니다."

황궁 마법사는 안 그래도 숙이고 있는 고개를 더욱 깊이 숙일 뿐이었다. 그러자 카니야가 고개를 저었다.

"황궁 마법사께서 죄송해하실 필요는 없어요. 황궁 마법사는 마탑과 황궁의 연결자일 뿐이지 파병을 결정하는 자리가 아니니까요."

카니야의 이 한마디는 황궁 마법사가 아닌, 여태껏 황궁 마법사를 질책하던 여러 다른 마법사들에게 하는 것이었다.

그녀의 말에 회의장의 몇몇 마법사들이 헛기침을 터뜨렸다. 카니야는 그런 그들을 향해 시선을 던지며 다시 입을 열었다.

"황궁에서의 답변이 그렇다면 다른 답변이 올 때까지 지켜볼 수밖에 없을 것 같군요."

"하지만 탑주, 마탑의 결계가 무한한 것이 아니지 않습니까. 이대로 가다가 진마정석이 마력을 모두 쏟아내고 만다면, 마탑의 마법사들은 맨몸으로 저 수많은 몬스터들과 부딪쳐야 할 것입니다."

회의장에 자리한 한 마법사가 걱정스런 투로 말했다. 그의 말은 핵심을 찌르고 있었다.

마탑의 결계가 무한정 발동할 수 있다면 이런 회의 자체가 무의미할 터였다. 밖에 모여드는 몬스터들 중 마탑의 결계를 부술 수 있는 몬스터가 있을 리 없으니 신경 쓸 필요 없이 평소처럼 연구에만 몰두하면 되는 것이었다.

하지만 마탑의 결계는 무한하지 않았다. 시간이 지나 진마정석의 마력이 모두 소모되고 마탑의 결계가 깨진다면, 마탑의 마법사들이 목숨을 내던진 채 몬스터들과 정면으로 부딪쳐야 할지도 몰랐다.

근접 전투력이 제로에 가까운 마법사들이었으니 정면으로 부딪친다면 엄청난 피해를 입을 것이 분명했다.

지금 마탑의 마법사들이 걱정하는 것은 바로 그것이었다.

카니야 역시 이 사실을 누구보다도 더 잘 알고 있었다. 그녀는 침중한 눈빛으로 마탑의 결계를 담당하는 마법사를 바라보았다.

"지금 상태라면 마탑의 결계가 얼마나 지속되겠어요?"

"진마정석의 마력을 모두 마탑의 결계에 돌리면 보통 보름 남짓 지속할 수 있습니다. 이미 사흘이 지났으니 12일 정도는 더 지속할 수 있을 겁니다."

"마탑의 결계의 강도를 낮춘다면?"

"마탑의 결계의 강도를 낮춘다고 해도 몬스터들의 공격력을 감당하지 못할 강도라면 마탑의 결계가 존재할 필요가 없습니다. 몬스터들의 공격을 버틸 수 있는 최소한의 강도로 버틴다면, 정확한 건 조금 더 자세히 계산해 봐야겠지만 대략 앞으로 20일 정도 더 지속할 수 있을 듯싶습니다."

20일이라면 적지 않은 일수였지만 지금 상황을 생각한다면 결코 많은 것도 아니었다.

잠시 고민에 빠져 있던 카니야가 이내 결정을 내렸다.

"일단 기다려 보도록 하죠. 결계의 강도를 계산해서 몬스터들이 부수지 못하는 최소한의 강도로 지속하도록 하세요. 그리고 마탑의 마법사들에게는 쓸데없는 힘의 낭비를 줄이고, 언제든 비상 체제에 들 수 있도록 만반의 준비를 갖추어 놓게 하세요."

카니야의 결정에 회의장의 몇몇 사람들이 고개를 숙이며 대답했다. 하지만 아직도 몇몇 이들은 그녀의 결정에 전면적으로는 수긍하지 못하고 있는 듯했다.

그러나 이어지는 카니야의 말은 결국 그들의 입을 다물게 만들었다.

"만약 열흘이 지나고도 황궁에서 아무런 답변도 들려오지 않는다면… 그땐 내가 직접 황궁으로 가겠어요."

긴 선이 펼쳐진다.

긴 선은 무수한 움직임을 만들어내고, 긴 선을 따라 한 자루의 검이 허공을 채워간다.

어지럽게 얽힌 선과 검이지만 결국 그것뿐.

아무런 힘도 스피드도 담겨 있지 않는 어설픈 검이다. 저기 보이는 작은 틈새로 검을 찔러 넣으면 단숨에 파훼될 검이다.

하지만 검을 쥔 손에 힘을 주지 않는다. 그저 허공을 어지럽히며 다가오는 검을 바라볼 뿐이다. 그리고 조용히 눈을 감았다가 다시 뜬다. 그럼 어느새 코앞에서 멈춰 선 검이 기다리고 있다.

벌써 몇 번째 바라보는 광경인지…….

어지러운 검을 구사하던 상대의 표정이 밝게 변했다.

처음보다 숨이 약간 거칠어져 있었지만 그런 것엔 상관하지 않는 듯했다. 그저 이겼다는 사실이, 자신이 약하지 않다는 사실이 중요할 뿐이다. 상대의 밝은 표정 위로 자신감이 충만해 간다.

상대가 입을 열어 무슨 말을 한다. 아마도 좋은 대련을 했다는 것이겠지.

과연 상대의 입에선 예상했던 말들이 흘러나오더니 이내 얼마의 돈을 건넨다.

돈을 건네주고 자리를 떠날 때까지 상대의 표정에선 웃음이 지워지지 않는다. 자신감이 사라지지 않는다.

그걸 보며 조용히 생각한다.

저 사람이 가진 힘의 대가는 과연 무엇일까.

어느 날부터인가 변방의 작은 도시 토루에 별안간 하나의 소문이 들려오기 시작했다. 그것은 오래전부터 존재해 오다 에일런 할아범의 죽음과 동시에 사라져 버렸던 통과점이 다시 부활했다는 것.

이 소문이 언제 어디서 어떻게 시작됐는지는 몰랐다. 그저 조금은 특이한 소문에 사람들은 호기심 반, 흥미 반으로 통과점을 찾았다. 그리고 사람들은 곧 통과점의 소문이 사실이라는 것을 믿을 수 있었다.

나이가 얼마 되어 보이지 않는 청년이 에일런 할아범의 집이 있는 터에 다시 집을 세우고, 그곳에서 통과점 역할을 하고 있었던 것이다.

청년의 검술은 특이했다.

얼핏 보기엔 너무 느리고 약해 보이는 검술이었지만 생각만큼 약하지는 않았다. 그렇다고 강한 검술도 아니었다.

청년을 찾아오는 대부분의 이들은 이제 막 용병길드에 이름을 올렸거나 아직 경험이 미숙한 신입 용병들이었다. 청년은 그런 신입 용병들과 막상막하의 실력을 가지고 있었다.

그것은 단숨에 승부가 나지 않고 오랫동안 계속되는 대련을 보면 누구나 알 수 있는 것이었다.

하지만 결과는 늘 같았다.

대련의 내용은 막상막하였지만 청년은 언제나 패배했다.

많은 사람들이 청년을 찾았다. 청년의 검술이 대단한 것은 아니었지만 그와의 대련을 통해 알게 모르게 도움이 됐기 때문이다. 그것을 스스로 깨닫든, 아니면 자신도 모르게 자연스레 그렇게 되는 것이든지 간에 청년을 찾는 이들은 점점 늘어나게 되었다.

그렇게 청년은 어느새 토루의 통과점이 되어 있었다.

청년의 이름은 아렌이었다.

레이나는 집으로 향하고 있었다. 그녀의 어깨에는 보노보노가 앉아 꾸벅꾸벅 졸고 있었다.

어느새 토루에 도착한 지 보름이 다 되어가고 있었다. 그리고 그간 많다면 많은 일이 일어났다. 레이나라면 질색을 하던 보노보노가 그녀의 어깨에 앉아서 졸고 있는 것도 그중 하나였다.

토루에 도착한 다음날부터 아렌은 무너진 집터의 잔재를 치우고 새로 집을 짓기 시작했다. 집을 짓는 손길은 어설펐지만 무슨 거창한 집을 지을 것도 아니었기에 집은 금방 만들어졌다. 그리고 그때부터 아렌과 레이나, 그리고 보노보노는 그곳에서 생활하기 시작했다.

아주머니는 아직 어리고 여자인 레이나가 허름한 곳에서 생활하게 할 수는 없다며 자신의 집에서 함께 지내기를 권했지만 레이나는 아렌과 함께 있겠다며 고개를 저었다. 계속해서 레이나를 설득하려 한 아주머니였지만, 결국 레이나의 고집을 꺾지 못해 포기를 하고 말았다.

대신 레이나는 아주머니를 도와 작은 밭을 가꾸었다. 그리고 그 대가로 밭에서 나는 몇 가지 채소와 생활하기 위해 필요한 생활 필수품, 그리고 약간의 식량을 얻을 수 있었다. 밭을 가꾸는 일은 사부와 단둘이 산에 살 때부터 해보았던 것이라 레이나는 익숙한 손길로 아주머니를 도왔다.

레이나가 그렇게 토루에 적응해 가고 있을 때, 아렌 역시 무엇인가를 시작하고 있었다. 그것은 신입 용병들과 대련을 해주는 일이었다.

그 일이 언제부터 시작되었는지는 레이나도 잘 알지 못했다. 그저 어느 순간부터 신입 용병들이 하나둘 찾아왔고, 아렌은 아무 말 없이 그들과 대련을 해주었던 것이다.

놀라운 사실은 대련의 결과가 언제나 아렌의 패배로 끝이 난다는 것이었다.

그것은 정말 믿기지 않는 일이었다. 핏빛의 사신을 물리치던 그의 검이 아직도 눈에 선한데, 그런 그가 단 한 번도 이기지 못하다니…….

이런 변방의 작은 도시인 토루의 신입 용병들의 수준이 모두 전신에서 마기를 철철 내뿜던 핏빛의 사신 정도는 상대로도 두지 않을 정도란 말인가!

물론 그렇지는 않았다. 보름간 토루에 있으면서 많은 사람을 본 레이나였지만, 그들 중에 아렌의 상대는커녕 그녀의 일검을 제대로 받아낼 만한 실력의 사람도 발견할 수 없었다.

먼발치에서 바라볼 수 있었던 토루의 실력자인 디오니도 마찬가지였다. 딴에는 디오니스 용병길드의 길드장이다 뭐다 말은 많았지만 레이나가 보기엔 별 볼일 없는 실력에 불과

했다.

여기까지를 따져 상식적으로 생각해 본다면 아렌이 누군가에게 패배한다는 것은 말이 되지 않는 일이었다. 하지만 아렌의 패배는 사실이었다. 그것은 곁에서 지켜본 레이나가 누구보다도 더 잘 알고 있었다.

대련의 내용은 언제나 똑같았다.

아렌의 검이 어설프게 공격해 오는 신입 용병들의 검과 마주해 주면 기세가 산 신입 용병들은 더욱더 거칠게 공격해 온다. 그렇게 대련을 하다 보면 아렌의 검에 이끌린 신입 용병들의 실력은 자신도 모르게 한 단계 껑충 뛰어오르게 된다. 그리고 그것이 어느 정도에 달했다 싶을 때면 어느샌가 신입 용병의 검은 무방비 상태의 아렌을 겨누고 있게 된다.

그렇다. 아렌은 패배는 그 스스로의 의도하에 이루어진 것이었다. 아렌은 그렇게 패배를 자청하고 있었다.

아렌의 이상한 행동은 그뿐만이 아니었다.

대련을 할 때를 빼놓고는 검을 휘두르지 않았다.

검을 휘두르는 걸 누구보다도 좋아하는 아렌이었다. 여행을 하는 와중에도 틈틈이 시간을 내서 검을 휘두르고, 그것을 행복으로 여기는 이가 바로 아렌이었다.

그런 아렌이 하루아침 사이에 완전히 바뀌어 버렸다.

아렌은 하루의 대부분의 시간을 그저 검을 들고 멍하니 서 있는 것으로 보내고 있었다. 대련을 하러 사람이 찾아오면 그제야 정신을 차리고 검을 겨루지만, 대련이 끝나고 사람이 돌아가면 다시 검을 들고 멍하니 서 있었다.

보노보노가 레이나와 함께 있는 이유도 거기에 있었다. 아렌의 혼이 빠진 듯한 모습에 보노보노가 괜히 진저리를 내며 레이나의 어깨로 자리를 옮긴 것이었다.

그간 먹고사는 것에는 지장이 없었다. 레이나가 아주머니께 받아오는 것도 있었지만, 아렌을 찾아오는 대련 상대가 건네주는 돈도 있었기 때문이다.

하지만 레이나는 아렌의 이상한 모습 때문에 어린 나이임에도 하루도 입가에서 한숨이 사라질 날이 없었다.

그렇게 오늘도 한숨을 내쉬며 집으로 돌아가던 레이나의 시선에 작은 빵집이 들어왔다. 그녀는 마침 빵이 다 떨어졌음을 상기하고는 빵집으로 발걸음을 돌렸다.

빵집의 아저씨는 레이나를 환히 반겨주었다. 그간 토루에 지내며 레이나의 단골이 되어버린 빵집이었기 때문이다. 빵도 맛있고 값도 쌌기에 레이나는 이 작은 빵집을 자주 이용했다.

레이나는 적당히 빵을 사고 빵집을 나서려 했다. 그런데 그녀의 앞으로 한 무리의 용병들이 부랴부랴 지나가고 있었다. 단지 그것뿐이었다면 레이나의 시선을 끌기에 부족했을 것이다.

벌써 몇 차례인지 몰랐다. 집으로 가는 길에만도 벌써 수차

레나 저런 용병 무리가 급히 어디론가 향하는 모습을 볼 수 있었다. 아무리 근처에 용병길드가 있다 하더라도 오늘처럼 많은 용병들이 어디론가 급히 향하는 모습은 보통 볼 수 있는 일이 아니었기에 레이나는 궁금증이 이는 것을 느꼈다.

그때 그녀의 귓가에 빵집 아저씨의 목소리가 들려왔다.

"요즘 용병들의 분위기가 심상치 않으니 레이나, 너도 조심하려므나."

"무슨 일이 있나요?"

"아아, 모르고 있었나 보구나."

"네? 뭐를요?"

레이나는 눈을 동그랗게 뜨며 고개를 갸웃거렸다. 그녀의 귀여운 모습에 허허, 웃음을 흘리던 빵집의 아저씨가 입을 열었다.

"며칠 전부터 디오니스 용병길드에서 몬스터 섬멸 작전을 준비하고 있었는데, 오늘부터 닷새간 소탕 작전에 참가할 용병들을 뽑는다고 하더구나."

"몬스터 섬멸 작전이요?"

"그렇단다. 그런데 말이 섬멸 작전이지 실상은 작은 몬스터 무리들이나 퇴치하러 가는 걸 게다."

이어지는 빵집 아저씨의 설명을 정렬하자면, 얼마 전 용병길드 연합총단이라는 곳에서 높은 분이 내려왔다고 한다. 그리고 디오니스 용병길드는 그 높은 분께 자신들이 토루와 용병길드 연합총단을 위해 열심히 일하고 있음을 보이기 위해 몬스터 섬멸 작전을 계획하고 있다는 것이었다.

"말 그대로 그냥 생색내기인 셈이란다. 쯧쯧! 저러다가 괜히 몬스터들을 잘못 건드려서 안 좋은 일만 일어나지 않으면 좋으련만."

"그럼 용병 아저씨들이 전부 거기에 참가하려고 가는 건가요?"

"그렇지. 위험도가 낮은 반면에 수당이 세거든. 선착순으로 신청을 받는다고 하니까 부랴부랴 뛰어갈 수밖에."

레이나는 혀를 차는 빵집 아저씨의 말에 고개를 끄덕였다. 궁금증을 해소한 그녀는 빵집 아저씨에게 인사를 하고는 빵집을 나섰다. 또다시 그녀의 옆으로 한 무리의 용병들이 우루루 지나갔지만 이젠 별로 신경이 쓰이지 않았다.

하지만 곧 그녀의 시선을 끄는 용병이 나타났다. 그녀의 집이 지척인 곳이었다.

레이나는 집 방향에서 누군가 걸어오는 것을 발견할 수 있었다. 옷차림이나 허리춤의 검으로 봤을 때 용병이 분명했다.

용병의 표정은 밝았다. 그것만 봐도 레이나는 어떤 상황이 전개되었는지 충분히 알 수 있었다.

대련을 했을 거고, 또 아렌은 졌을 거다.

집을 떠나가는 여러 사람들의 표정은 제각각이었으나 레이나는 그 속에 담긴 일말의 흥분을 볼 수 있었다.

레이나는 집으로 발걸음을 옮겼다. 그리고 곧 마당에 검을 든 채 홀로 서 있는 아렌을 발견할 수 있었다.

멍하니 서 있는 아렌의 모습은 마치 넋을 잃은 듯했다. 레이나는 그런 아렌의 모습에 한숨이 흘러나오는 것을 느꼈다. 하지만 이내 고개를 저어 표정을 밝게 하고는 아렌을 향해 다가갔다.

"아렌 사부!"

그녀의 외침에 그제야 아렌이 그녀에게로 시선을 돌렸다. 하지만 레이나는 얼마 전까지만 해도 볼 수 있었던 아렌의 푸근한 미소를 볼 수 없었다. 대신 아렌의 입가엔 쓴웃음만이 가득했다.

식단은 간소했다. 메뉴라고 할 것도 없이 빵과 스튜, 그리고 간단한 샐러드가 전부였다. 하지만 양은 무척이나 많았다. 건장한 사내 다섯 명이 먹어도 배가 가득 찰 정도였다.

그런 양에 비해 아렌이나 레이나의 식사량은 적었다. 아렌은 본디 소모하는 에너지에 비례해 제법 많은 음식을 먹었지만 토루에서 지내면서 식사량을 줄였고, 레이나는 원래 소식을 했다. 나머지 식탁에 가득 찬 음식은 모두 보노보노의 몫이었다. 끊임없이 먹어대는 보노보노 덕택에 식탁 위의 음식량은 아무리 많아도 적을 정도였다.

식탁의 음식들을 입 안으로 퍼 넣는 보노보노를 뒤로한 채 식사를 마친 아렌과 레이나는 차를 마시고 있었다. 토루에 도착한 뒤로 말수가 극히 줄어든 아렌이었기에 들리는 소리라곤 보노보노가 음식을 먹는 소리뿐이었다.

침묵이 흐르는 가운데 레이나가 마침 생각났다는 듯이 입을 열었다.

"아참! 아렌 사부, 용병길드에서 몬스터 섬멸작전인가를 한대나 봐요."

레이나의 이 말에도 아렌의 시선은 그저 찻잔 속의 자신을 향한 채일 뿐이었다. 레이나는 그의 시선을 끌어보려 빵집 아저씨에게 들은 이야기를 모두 꺼내어봤지만 아렌이 하는 말이라곤,

"그러니?"

가 전부였다.

그런 아렌의 반응에 맥이 빠져 버린 레이나는 입술을 뾰루퉁 내민 채 고민에 빠져들었다. 아렌의 저 반응을 바꾸고 싶은데 마땅히 할 만한 이야기가 생각나지 않았다.

그러다가 그동안 어쩐지 꺼림칙해서 이야기하지 않았던 이야기가 떠올라 레이나는 결국 그 이야기를 꺼내었다.

"아렌 사부, 처음 토루에 도착하던 날 기억나세요? 그날 왜, 장터에서 검을 파는 남자 아이를 만났잖아요."

레이나의 그 말에 찻잔에서 떠나지 않던 아렌의 시선이 그녀를 향했다. 그녀가 말을 꺼낸 뒤로 처음 보인 아렌의 반응

이라 레이나는 은근히 들뜨는 마음을 감추지 않은 채 말을 이었다.

"며칠 전에 장터에 갔는데 또 그 애가 있는 거예요. 그래서 주변의 한 아저씨한테 물어보니까 벌써 2년째 거기서 검을 팔고 있대요."

"왜 그러고 있는 거지?"

"글쎄요. 정확한 이유는 아저씨도 잘 모르시더라구요. 다만 2년 전까지 할아버지와 단둘이 살다가 할아버지가 돌아가시고……."

레이나는 순간 '핫!' 하며 말을 멈추고는 아렌의 눈치를 살폈다. 하지만 아렌이 표정을 달리 바꾸지 않은 채 말을 계속하라는 눈짓을 보내자 레이나는 조심스레 아저씨에게 들은 검을 파는 소년에 관한 이야기를 하기 시작했다.

그렇게 시작된 레이나의 이야기는 길다면 길었고 짧다면 짧았다. 그 이야기를 정리해 보자면 이러했다.

한 대장장이 노인이 토루에 살고 있었다. 노인은 적지 않은 연세에도 불구하고 대장간 일을 계속 해나가고 있었다.

노인에게는 한 명의 손자가 있었다. 아직 어리기만 한 그 손자가 노인에게는 하나뿐인 가족이었다. 노인은 주로 농기구 같은 생활용품을 다루는 터라 수입이 그렇게 많은 것은 아니었지만 어린 손자와 둘이 생활하기에는 충분했다.

노인은 조금 깐깐하기는 했지만 손자를 사랑하고 이웃을

아끼는 사람이었다. 때문에 주변의 이웃들도 노인과 노인의 손자를 한 가족처럼 생각했다.

그런데 그런 노인이 어느 순간 변해 버렸다.

토루에서 대장간 일을 하며 검이나 창과 같은 병기를 거의 다루지 않던 노인이 갑자기 하나의 검을 만들기 시작했다. 그리고 그때부터 노인은 대장간 문도 닫은 채 두문불출하기 시작했다.

어느 날 갑자기 노인이 보이지 않자 걱정된 이웃 사람들이 노인을 찾아갔지만 그들은 노인의 손자만을 보고 돌아갈 수밖에 없었다. 노인이 어느 누구도 만나주지 않았기 때문이다.

사람들은 노인의 갑작스런 변화에 의문과 걱정을 감추지 않았으나 1년, 2년 그렇게 시간이 지나가면서 그러려니 하게 되었다.

노인이 대장간을 나온 것은 그로부터 3년이 지난 뒤였다. 3년 만에 밖으로 나온 노인의 모습은 무척이나 피폐하게 변해 있었다. 두 눈은 퀭하니 흐린 눈빛만을 흘렸고, 넉넉하던 몸집은 앙상하게 뼈만 남은 듯했다. 그리고 노인은 대장간을 나온 그날부터 열흘 뒤 숨을 거두었다.

갑작스런 노인의 임종은 여러 사람들로 하여금 의문과 호기심을 낳게 하기에 충분했다. 그것은 노인이 생전 검을 만든다고 한 것에서부터 시작되었다.

하지만 노인이 남긴 것은 적은 재산과 낡은 대장간, 그리고 노인의 손자가 전부였다. 아니, 하나를 더 남기긴 했다. 그것은 녹이 잔뜩 슬고 형체조차 제대로 알아볼 수 없는 쇳덩어리였다.

사람들은 끝내 노인이 검을 완성하지 못한 것이라 생각했다. 그리고 홀로 남겨진 노인의 손자를 불쌍하게 여겼다. 아직 어리기만 한 노인의 손자가 홀로 살아남기에는 세상은 너무도 척박했다.

그런데 노인이 숨을 거둔 그 다음날부터 이번엔 손자의 기행이 시작되었다. 장터의 구석에 자리를 잡고 쇳덩어리를 팔기 시작한 것이었다. 손자의 말에 따르자면 그 쇳덩어리가 노인이 남긴 검이며, 검의 주인을 찾아 검을 팔 것이라는 것이었다.

사람들은 어리석은 행동이라며 손자를 만류했다. 하지만 손자는 그들의 만류에도 아랑곳하지 않은 채 비가 오나 눈이 오나 장터에 자리를 잡고 검을 사 갈 사람을 기다리기 시작했다.

그런 손자를 딱하게 본 몇몇 사람들이 검이라는 쇳덩어리를 사주겠다며 얼마냐고 물었지만 손자는 그들에게 검을 팔지 않았다. 그들이 검의 주인이 아니라는 이유였다. 아니, 정확히 말하자면 손자도 검의 주인이 누구인지 모른다며 검을 팔지 않은 것이었다.

그 노인의 손자가 현재까지도 장터에서 검을 팔고 있는 소년이었다.

이야기를 마친 레이나는 아렌의 눈치를 살폈다.

그녀가 소년의 이야기를 꺼내길 꺼려했던 것엔 이유가 있었다. 어쩐지 소년의 이야기와 아주머니에게 들은 아렌의 이야기가 너무도 비슷했던 것이다. 할아버지와 둘이 살던 것부터 해서 유일한 가족인 할아버지의 죽음까지도.

때문에 소년의 이야기를 하지 않았던 것인데, 어쩌다 보니 알고 있는 전부를 이야기해 버리고 말았다. 그래도 다행인 점은 아렌이 달리 동요하고 있지 않다는 점이었다.

레이나는 속으로 작은 안도의 한숨을 내쉬었다. 그러다가 얼른 다른 것으로 화제를 돌리려 했다.

"그런데 아무리 봐도 그 애가 팔고 있던 게 검 같아 보이진 않던데… 설령 그게 정말 검이라고 해도 절대 완성된 건 아닐 거예요. 거기다가 관리도 안 된 그런 걸 누가 사려 하겠어요."

레이나는 소년이 팔던 그 정체불명의 쇳덩어리를 떠올리며 말했다.

아렌은 한눈에 그것을 검이라고 알아보았지만 레이나의 눈에는 도무지 검으로 보이지 않았다. 레이나뿐만 아니라, 어느 누가 봐도 검으로 볼 수 없을 터였다.

그것을 검이라 말하는 사람이나 검으로 보는 사람이 이상한 것이지 그렇지 않은 사람이 이상한 것이 아니었다. 적어도 레이나는 그렇게 생각했다.

하지만 아렌의 생각은 그녀완 다른 듯했다. 침묵을 지키던 아렌의 입이 열리며 나직한 목소리가 새어 나왔다.

"……정말 완성된 것이 아닐까?"

"네?"

레이나는 아렌의 중얼거림에 고개를 갸웃했으나 아렌은 생각에 빠진 듯 아무런 말도 하지 않았다. 그저 또다시 시선을 찻잔 속의 자신에게로 돌릴 뿐이었다.

아렌에게 많은 시간이 생겼다. 이전에도 많은 시간이 있기는 마찬가지였지만, 아렌을 찾아오는 용병들이 줄어들면서 더욱 많은 시간이 생긴 것이다.

마침내 용병들이 몬스터 섬멸 작전을 위해 토루를 떠난 탓이었다.

디오니스 용병길드는 자기네들의 규모를 자랑하기라도 하듯 최대한 많은 용병들을 끌어모아 거창하게 행렬을 하며 토루를 떠났다. 몬스터 섬멸 작전이라는 거창한 이름에 거창한 행렬치고는 가지고 올 성과가 불 보듯 뻔한 일이었지만, 그것을 대놓고 말할 수 있는 사람은 토루를 통틀어 몇 되지 않았다.

용병들이 대거 빠져나간 덕분에 아렌을 찾아오는 용병들도 많이 줄어들었고, 그만큼 아렌에게는 많은 시간이 생겼다.

하지만 그렇다고 해서 변한 것은 많지 않았다.

아렌은 여전히 사람이 찾아오지 않을 때에는 검을 든 채 멍하니 서 있을 뿐이었다.

그런 아렌의 모습을 보고 있자면 레이나는 오히려 용병들이 찾아오던 때가 그리워졌다. 레이나는 아렌의 멍한 모습이 싫었다.

물론 변한 것이 아예 없는 것은 아니었다. 시간이 많이 생긴 아렌은 매일 산을 올랐다. 할아버지의 묘가 있는 그곳이었다.

아렌은 매일 할아버지의 묘를 찾았고, 많은 시간을 그곳에서 보내었다. 그곳에서 무엇을 하는지는 알 수 없었다.

한 번은 레이나가 아렌을 따라 함께 묘를 찾았는데, 한참 동안이나 아무 말도 없이 뚫어지게 할아버지의 묘만을 바라보고 있는 아렌의 모습에 레이나는 결국 먼저 산을 내려올 수밖에 없었다.

원래 그렇게 아무 말도 없이 시간을 보내는 건지, 아니면 레이나와 함께였기에 그렇게 서 있었던 건지는 아렌만이 알 뿐이다.

그렇게 아렌은 오늘도 할아버지의 묘를 다녀오는 길이었다. 산은 토루를 감싸는 외벽 밖에 있었기에 토루로 돌아올 때는 언제나 토루의 입구를 거쳐야 했다.

토루의 입구에 다다른 아렌은 언제나처럼 집을 향해 발걸음을 옮기고 있었다. 그런데 문득 아렌의 시선이 멀지 않은 곳에 있는 장터로 향했다.

다른 이유는 없었다. 그냥 문득 눈에 띄었을 뿐이다. 그렇게 장터를 보던 아렌은 얼마 전 레이나가 이야기해 주었던 검을 파는 소년이 생각났다.

어느샌가 아렌의 발걸음은 자신도 모르게 장터로 향하고 있었다.

장터는 활기찼다. 크지 않은 장터였지만 저마다 사고팔기에 여념이 없었다. 하지만 아렌의 시선은 그들을 향하지 않았다. 아렌의 발걸음은 곧장 장터의 가장 구석진 곳으로 향하고 있었다.

그렇게 걸음을 옮기던 아렌의 발걸음이 멈춰 선 곳은 아니나 다를까, 검을 파는 소년의 앞이었다. 소년은 처음 볼 때와 마찬가지로 검이라고 주장하는 거무튀튀한 금속을 내놓은 채 아무 말도 없이 앉아 있었다. 그러다가 아렌의 그림자에 그늘을 지자 소년이 고개를 들어 아렌을 바라보았다.

"아직 검이 팔리지 않았구나."

먼저 말을 건 것은 아렌이었다. 하지만 소년은 아무런 말도 하지 않았다. 그저 다시 고개를 숙일 뿐이었다.

그렇게 한참 동안의 침묵이 흘렀다. 소년은 마치 아렌이라는 존재가 있지 않은 듯 신경조차 쓰지 않았고, 그런 소년의 반응에도 아렌은 별다른 내색을 하지 않으며 계속 서 있을 뿐이었다.

결국 또다시 침묵을 깬 것은 아렌이었다.

"아직도… 검의 주인을 찾지 못한 거니?"

아렌은 처음 소년과 만났을 때 소년이 그에게 했던 말을 떠올리며 물었다. 검의 주인이 누군지 모르겠다는 소년의 말… 아렌은 그 말을 아직도 잊지 않고 있었던 것이다.

소년은 이번에도 대답하지 않았다. 그렇다고 아예 반응이 없는 것은 아니었다. 소년은 묵묵히 고개를 끄덕이고 있었다.

아렌의 물음은 계속되었다.

"검의 주인이 나타날 것 같니?"

고개를 끄덕이던 소년은 이 물음에 고개를 옆으로 저었다. 그리고 고개를 들어 아렌을 보았다. 아렌은 그제야 소년의 눈동자를 볼 수 있었다.

맑은 눈동자. 한 점의 티조차 찾아볼 수 없는 맑고 순수한 눈동자.

그것은 결코 아무 곳에서나, 누구에게서나 볼 수 있는 그런 눈동자가 아니었다. 하지만 어쩐지 아렌은 소년의 눈동자가 낯이 익다는 생각이 들었다.

어디선가 분명히 보았던 그런 눈동자.

아렌이 그런 생각을 하고 있을 때 마침내 소년이 처음으로 입을 열었다.

"……모르겠어요. 할아버지의 말대로 정말 검의 주인이라는 게 있는 건지… 내가 정말 찾을 수 있을지… 아직 아무것도 모르겠어요.”

“정말 있는지 확신할 수도 없는 검의 주인을 언제까지 기다릴 거야?”

“검의 주인이 나타날 때까지. 내가 검의 주인을 찾을 때까지. 그게 내가 할 일이니까요.”

소년의 시선이 아렌의 허리춤에 매어져 있는 아렌의 검에게로 향했다.

“슬퍼하는군요.”

“무슨……?”

“슬퍼하고 있어요. 아닌 척 애써 버티고 있지만 속으로 울고 있어요.”

아렌은 소년의 말을 이해할 수 없었다. 자신에게 하는 말일까? 아니면 다른 누구에게?

그러던 중 소년이 손을 뻗었다. 소년의 손은 아렌의 검을 향하고 있었다. 아렌은 잠시 주춤했지만 이내 소년의 손을 거부하지 않았다. 그러자 소년의 손이 아렌의 검을 쓰다듬었다.

“슬퍼하지 마렴. 울지 마렴.”

마치 어머니가 아이를 달래듯 소년은 그렇게 검을 쓰다듬으며 나직이 중얼거렸다. 아렌은 그제야 슬퍼하고 있다는 소년의 말이 자신이 아닌 검에게 하고 있음을 깨달을 수 있었다.

하지만 그렇다고 해서 모든 게 이해가 되는 것은 아니었다.

애초에 검이 슬퍼하고 있다는 것부터 말이 되지 않았다. 그뿐만이 아니라 처음 소년과 만났을 때 소년이 아렌의 검을 보며 했던 말… 할 일을 모두 마쳤다는 그 말 또한 보통 사람이라면 무슨 뜻인지 도저히 이해하지 못할 터였다.

다른 누군가가 본다면 소년의 정신 상태를 의심해 볼 만한 행동이었지만, 아렌은 어쩐지 정말 소년이 검과 이야기를 나누고 있는 것 같다는 생각이 들었다. 때문에 한참 동안이나 검을 쓰다듬는 소년의 손길을 제지하지 않았다.

시간이 흘러 소년이 검에게서 손길을 거두고 아렌을 바라보았다.

"아직 난 모르는 게 너무 많아요. 하지만 하나는 알겠어요. 아직 아저씨는 내 검을 살 사람이 아니라는 것. 그러니 가세요. 지금의 아저씨에게는 내 검을 팔지 않을 거예요."

소년은 이 말을 마지막으로 입을 닫았다.

아렌은 그런 소년의 모습에서 더 이상 말을 걸어도 대답하지 않을 것임을 예상할 수 있었다.

결국 아렌은 또다시 쓴웃음을 지으며 발길을 돌릴 수밖에 없었다.

하지만 어쩐지 소년과의 만남이 이대로 끝나지는 않을 것만 같다는 생각을 지울 수 없었다.

아렌은 집으로 돌아와 마당에 홀로 서 있었다.

여전히 검을 들고 멍하니 서 있는 모습이었지만 오늘은 평소완 조금 달랐다. 아렌의 머릿속은 소년과의 대화로 가득 차 있었다.

아주 길었던… 정작 나눈 대화는 얼마 안 되지만 아주 길었던 그 대화의 내용이 머릿속을 떠나지 않았다. 소년의 행동들과 소년의 말 한마디 한마디가 아렌의 뇌리에 새겨진 것만 같았다.

그중에서도 특히 잊혀지지 않는 것은 소년의 눈동자였다.

'어디선가……'

분명 어디선가 본 듯한 눈동자. 낯설지 않은 그 눈동자가 아렌의 생각을 놔주지 않고 있었다. 하지만 아무리 떠올려도 소년의 눈동자를 어디서 보았는지는 생각나지 않았다.

결국 아렌은 소년의 눈동자를 어디서 보았는지 떠올리기를 포기했다. 대신 소년이 검을 향해 말하던 모습을 떠올렸다.

우는 아이를 달래는 듯했던 소년은 정말 검과 대화를 하고 있는 것만 같았다.

아렌은 자신이 거머쥐고 있는 검을 바라보았다.

"정말… 슬퍼하고 있는 거니? 정말 울고 있는 거니?"

얼어붙은 정적 가운데 대답없는 아렌의 물음만이 공허하게 흘러갈 뿐이었다.

Chapter 39

무너지는 마탑

마탑의 결계가 펼쳐진 지 벌써 보름이 지났다. 하지만 아직도 황궁에서는 변변찮은 답변을 주지 않았다. 그저 조금만 더 버티라는 말뿐이었다.

마탑의 결계가 펼쳐진 후 열흘이 된 시점에서 드디어 뇌전의 카니야가 움직였다. 그녀는 직접 마탑의 결계 밖의 몬스터들을 향해 거대하고 강력한 전격 마법을 떨어뜨렸다.

그녀의 전격 마법으로 마탑의 경계선에 위치한 모든 몬스터들이 잿더미가 되어 사라졌다. 마탑의 경계선이 무척이나 길다는 것을 생각한다면, 도저히 인간이 펼쳤다고는 믿을 수 없는 신위였다.

하나 아무리 뇌전의 카니야라고는 해도 그 정도의 마법을 마구잡이로 퍼부을 수는 없었다. 또한 그럴 시간도 없었다.

전격 마법으로 인해 무수한 몬스터들이 잿더미가 되어 사라지자 막무가내로 마탑의 결계를 공격하던 몬스터들이 주춤주춤 물러섰다. 아무리 천적을 향한 공격성이라는 본능까지 잃은 몬스터들이라고는 하나 공포라는 더욱 본질적이고 강한 본능이 그들의 뇌리를 자극하자, 결국 마탑의 결계에서 멀어지고 만 것이었다.

하지만 몬스터들이 공격을 포기한 것은 아니었다. 마탑의 결계로부터 멀찍이 떨어진 곳에서 계속해서 끊임없이 증강되는 여타 몬스터들과 함께 다시 공격할 틈만을 노리고 있는 중이었다. 전격 마법이 떨어진 지 닷새가 지났을 뿐인 데도 몬스터들은 이전의 두 배는 됨직한 숫자를 자랑하고 있었다.

그렇다고 카니야의 전격 마법이 아무런 성과도 없는 것은 아니었다. 몬스터들의 발걸음을 멈추게 만들어 마탑의 결계에 숨 돌릴 시간을 제공한 것이었다.

덕분에 본디 열흘 정도밖에 더 버틸 수 없었을 지금도 아직 최대 스무날까지 버틸 수 있는 마력이 남아 있었다. 거기다가 마탑의 마법사들까지 합세한다면 마탑의 결계가 버틸 수 있는 시간은 다시 대폭 늘어날 것이었다.

물론 그것이 근본적인 대책은 아닌바, 결국 카니야는 황궁에 직접 들기로 결정을 내렸다.

대륙의 서부 지방 끝에 위치한 마탑과 대륙의 중심에 위치한 황궁과는 많은 거리가 떨어져 있었지만 마탑의 우수한 기술에 의해 탄생된 장거리 워프 마법진을 이용한다면 황궁까지 이틀이면 충분히 도착할 수 있을 터였다.

그렇게 카니야가 황궁을 향해 떠난 지 이틀이 흘렀다. 지금쯤이면 황궁에 도착했을 터.

마탑의 탑주이자 세븐스타의 일인인 뇌전의 카니야의 발언권은 결코 제국의 후작들에 비해 떨어지지 않을 터이니 분명 군사 파병을 받을 수 있을 것이었다. 제국의 군사들이 도착하는 데까진 시간이 조금 걸리겠지만 마탑의 마법사들을 총동원하여 마탑의 결계를 지속시킨다면, 그때까진 버틸 수 있을 터였다.

그것이 마탑의 마법사들에게 한시름을 덜게 했다. 버티는 동안 몸 안의 모든 마력을 쥐어짜내야겠지만, 그것이 몬스터들에게 죽는 것보다는 나을 것이었다.

하지만 세상일이 모두 생각처럼 돌아가진 않는 것이 세상의 이치.

지척으로 접근해 온 암운은 이미 마탑을 절망의 구렁텅이로 몰아넣고 있었다. 그리고 그 시작은 마탑의 주요 인사들이 모여 회의를 진행하고 있는 회의장에서부터 시작되었다.

"크, 큰일 났습니다!"

회의장으로 한 젊은 마법사가 급히 뛰어 들어오며 크게 외쳤다.

　마탑의 회의장은 장로 급의 마법사가 아니면 들어오지 못하는 엄격한 규율이 있는데, 이처럼 장로로 보기에는 너무도 젊어 보이는 마법사가 급히 뛰어 들어온다는 것은 무슨 큰일이 일어났다는 것을 의미했다.

　그런 의미를 알아차린 회의장의 여러 노마법사들이 젊은 마법사를 주시했다. 그리고 그들 중 한 장로 마법사가 젊은 마법사를 향해 물었다.

　"무슨 일인데 이리 경망되게 구는 것인가?"

　"마, 마르코 산맥에서… 새, 새로운 몬스터 무리들이 나타났습니다!"

　말까지 더듬으며 말하는 젊은 마법사였지만 그 내용을 들은 노마법사들은 이맛살을 찌푸렸다.

　"그게 뭐 어쨌다는 건가? 몬스터들이 하루가 멀다 하고 불어나는 건 어제오늘의 일이 아니잖은가."

　"그, 그게 족히 천오백은 되어 보이는 엄청난 숫자입니다!"

　젊은 마법사의 그 말에 회의장이 술렁거리기 시작했다.

　몬스터 천오백! 몬스터들마다 제각기 강함과 약함의 차이는 있다. 하지만 아무리 약한 몬스터라 하더라도 천오백이나 되는 숫자가 모인다면, 그것은 더 이상 약체 몬스터로 취급할 수 없었다.

　지금까지 모인 몬스터들의 숫자에 방금 나타난 몬스터들

까지 합친다면, 그 수는 거의 1만에 가까웠다. 또한 몬스터들의 증강이 멈추지 않고 계속된다면 1만이 문제가 아닐지도 몰랐다.

이렇게 된 이상 제국의 군사들이 도착한다 하더라도 엄청난 대군을 이끌고 오지 않는 이상 승리를 점치기 힘들게 된 것이다. 만약 제국군들이 몬스터들과의 싸움에서 패배하여 마탑이 뚫리기라도 한다면, 그 다음에 벌어질 일은 너무도 참혹했다.

마탑에서 멀지 않은 곳에 수많은 도시와 마을들이 자리를 잡고 있었던 것이다.

젊은 마법사의 말은 끝난 것이 아니었다.

"또한 몬스터들이 다시금 마탑의 결계를 공격해 오기 시작했습니다."

"으음… 천오백이나 되는 무리들이 합류했으니 다시 공격해 올 만도 하겠지. 어차피 이맘때쯤에 공격해 올 것이라 예상했던바……."

"아, 아니, 그것이 아니라……."

"그것이 아니라니?"

"천오백의 몬스터들은 움직이지 않고 있습니다. 그리고… 확실한 건 아닙니다만, 기존의 몬스터들이 새로 나타난 천오백의 몬스터를 두려워하는 것 같았습니다. 때문에 그들에게서 도망치려 마탑의 결계를 향해 돌진하는 것만 같은……."

젊은 마법사의 말은 끝까지 이어지지 못했다. 다른 노마법사가 반박해 왔기 때문이다.

"허! 기존의 몬스터들의 숫자가 얼마인데 천오백의 몬스터들을 두려워한단 말인가."

"하지만……."

"또한 천적을 향한 공격성이라는 본능까지 잃은 몬스터들이 두려워서 도망칠 상대라면… 천오백의 몬스터 중에 마족이라도 섞여 있다는 말인가?"

"……."

젊은 마법사는 노마법사의 말에 대꾸할 수 없었다.

노마법사의 말은 젊은 마법사의 예상을 비꼬는 것이나 다름없었다. 전설에서나 나오는 마족을 들먹인 것이 그 예였다.

마족이 천 년 전의 용마전쟁으로 멸족했다고 배워온 젊은 마법사로서는 이 말에 딱히 반박할 수가 없었던 것이다.

결국 젊은 마법사의 말은 완전히 묵살되어 버렸고, 회의장의 노마법사들은 다시금 공격해 오는 몬스터들과 새로이 나타난 천오백의 몬스터에 대한 대책을 논의하기 시작했다.

마법이라는 학문은 무척이나 깊고 어려운 학문이었기에 희대의 천재가 아닌 이상 일반적으로 공부한 세월에 비례해 그 배움의 깊이가 깊었다. 때문에 마법사들은 보통 자신보다 젊은 마법사들을 무시하고 그들의 의견을 수용하지 않는 나

뻔 버릇을 가지고 있었다.

현재 마탑의 노마법사들도 이에 해당했다.

만약 마탑의 노마법사들이 젊은 마법사의 말을 조금만 더 깊게 생각했다면… 천에 하나라도, 만에 하나라도 있을지 모르는 가능성을 떠올렸더라면 마탑을 뒤덮은 암운에 탈출구 하나쯤은 열렸을지도 모를 일이었다.

하지만 안타깝게도 현실은 그렇지 못했다.

키에에에엑!

크와아아악!

그르르르르!

수많은 몬스터들이 제각기 지르는 비명 소리가 사방으로 울려 퍼지고 있었다.

그렇다. 그것은 비명 소리였다.

공포를 이기지 못한 약자의 처절한 비명 소리.

마탑의 결계를 공격하는 수많은 몬스터들은 분명 무엇인가를 두려워하고 있었다. 때문에 카니야의 전격 마법의 공포도 잊은 채 마탑의 결계를 공격하는 것이었다.

그렇게 공포에 떠는 수많은 몬스터들의 뒤편으로 멀찍이 떨어진 곳에 또 다른 몬스터들이 모여 있었다. 그 몬스터들의 특이한 점이라면 무척이나 큰 거구를 진한 고동색의 피부가 덮고 있고 전신에 오돌토돌한 돌기가 솟아나 있다는 것 정도

일까?

아마 아렌이 이 자리에 있었다면 드디어 키메라의 준동이 시작되었음을 눈치 챘을 것이다.

그랬다. 새로이 나타난 천오백의 몬스터는 바로 키메라였던 것이다.

키메라들은 근처에만 가도 숨이 막혀 죽을 것만 같은 지독한 살기를 줄기줄기 내뿜으며 누군가의 명령을 기다리고 있었다.

키메라들이 대기하고 있는 곳의 상공, 그곳에 한 그림자가 허공에 앉은 듯한 자세를 취하며 미친 듯이 날뛰는 몬스터들과 그런 몬스터들을 막아선 마탑의 결계의 뿌연 장막을 바라보고 있었다.

푸른 하늘을 배경으로 했기 때문인가? 보라색 정장과 보라색 나비넥타이, 보라색 중절모가 더욱더 눈에 띄었다. 그리고 그의 보라색 입술 끝에선 매혹적인 웃음이 흘러나오고 있었다.

"과연 마탑의 결계라는 건가? 저 정도의 몬스터들을 막아내다니 인간이 만든 것치고는 제법이야."

지금의 마탑을 있게 한 가장 큰 공신이라 할 수 있는 마탑의 결계를 겨우 제법이라는 말로 표현한 그는 바로 메니데스였다. 그리고 그가 바로 저 수많은 몬스터들을 두려움에 떨게 만드는 장본인이다.

메니데스는 하늘 위에 떠 있는 태양을 보며 대략적인 시간을 측정해 보았다. 그리고 그는 이내 고개를 끄덕였다.

"기다려 주는 건 이 정도쯤 해야겠어. 자아, 그럼 일단 귀찮은 것들부터 치워볼까?"

메니데스는 마탑의 결계에서 날뛰는 몬스터들을 손가락으로 가리켰다. 그리고 나직하지만 귓가로 똑똑히 들려오는 목소리로 말했다.

"쓰레기들을 모두 치워 버려라."

이 명령을 받은 것은 다음 아닌 그의 발밑에서 대기하는 수많은 키메라들이었다. 그들은 여태껏 억눌렀던 포악함을 단숨에 표출하기라도 하듯 엄청난 괴성과 살기를 터뜨리며 무서운 속도로 마탑의 결계 근처에 있는 몬스터들을 향해 돌진하기 시작했다.

두두두두!

마치 지진이 일어난 것만 같았다. 땅이 무너질 듯이 진동해 왔다. 하지만 그것은 키메라들의 돌진이 가져온 극히 일부분의 결과일 뿐이었다.

키에에엑!

그르르르!

다시금 수많은 몬스터들의 비명 소리가 울려 퍼지기 시작했다. 그리고 몬스터들은 더욱더 미친 듯이 마탑의 결계를 두드려 댔다. 그것은 마탑의 결계를 공격하는 것이 아닌, 살기 위해 발버둥 치는 것만 같은 모습이었다.

하지만 그 정도로 부서질 마탑의 결계였으면 진작에 부서
지고도 남았다. 마탑의 결계는 굳건하게 버티며 그들을 거부
했고, 그러는 사이 키메라들은 지척으로 접근해 있었다.

쿠와아악!

모든 몬스터들의 비명 소리를 뚫고 키메라들의 괴성이 널
리 울려 퍼졌다. 그리고 그 괴성은 참혹한 미래를 예견케 하
기에 충분했다.

슈슈슉!

수많은 키메라의 전신 돌기가 뻗어 나가며 긴 촉수를 만들
어내기 시작했다.

키메라당 수십, 수백 줄기로 뻗어 나온 촉수는 이전과는
조금 다른 모습이었다. 이전의 촉수가 그저 밋밋한 촉수일
뿐이었다면, 지금의 촉수 끝에는 입과 날카로운 이빨마저 달
려 있었다. 또한 각기 지능을 가지고 살아 움직이는 듯했다.

변한 것은 촉수뿐만이 아니었다. 그것은 가장 두드러진 변
화였기에 눈에 띈 것이었고, 키메라를 잘 살펴보면 예전과는
여러 군데가 달라져 있는 것을 발견할 수 있었다. 그간 다른
몬스터들을 흡수하며 힘을 키운 성과였다.

키메라들의 촉수가 몬스터들을 노리고 뻗어 나갔다. 그리
고 이제부터 벌어지는 일은 참혹, 그 자체였다.

마탑의 성루 위로 많은 수의 마법사들이 올라와 있었다. 그

들의 눈은 경악과 불신으로 가득 차 있었다.

학살.

이렇게밖에 설명할 수 없었다. 이 이상의 설명은 아무런 도움도 되지 못했다.

학살이 일어나고 있었다. 진한 고동색의 괴물들이 몸에서 수백의 긴 촉수를 뻗어내며 마탑의 결계에 모인 수많은 몬스터들을 학살하고 있었다.

몬스터들은 대적할 생각조차 하지 못했다. 아니, 가끔 발버둥을 치는 몬스터들은 있었지만 그들의 발버둥은 고동색의 괴물에게 손톱만 한 생채기도 만들지 못했다. 고동색 괴물의 피부는 마치 철갑을 두른 것만 같았다.

한 괴물당 수백 줄기를 뿜어내는 촉수는 천하의 명검이나 다름없었다. 단숨에 네다섯 마리의 몬스터들을 꿰뚫었으며, 촉수 끝의 입은 그런 몬스터들을 잘근잘근 씹어 먹고 있었다.

괴물의 손짓은 거대한 해머를 연상시켰다. 괴물의 손짓이 스쳐 지나간 몬스터들은 그 형체조차 남기지 못한 채 곤죽이 되어버렸다. 그것은 평소 단단한 외피를 가지기로 소문난 어느 몬스터라도 마찬가지였다.

그렇게 천오백의 괴물들에 의해 그 세 배가 넘는 몬스터들이 학살당하고 있었다. 이 모든 것은 순식간에 일어난 일이었다.

이 믿기 힘든 상황에 마탑의 마법사들은 입을 다물지 못했다. 그들 중에는 어느새 회의장에서 회의를 진행하던 노마법사들까지도 포함이 되어 있었다. 괴물들의 몬스터 습격이라는 이상 징후에 결국 회의장을 벗어나 성루로 올라온 것이었다.

하지만 그들이 성루로 올라온 것에는 늦은 감이 없지 않았다. 이미 괴물들에 의해 몬스터들의 상당수가 목숨을 잃거나 뿔뿔이 흩어져 도망을 가고 있었기 때문이다.

도망치는 대부분의 몬스터들이 괴물들의 촉수에 걸려 목숨을 잃고 말았지만 일부의 몬스터들은 간신히 촉수의 위험을 뚫고 도망칠 수 있었다.

그렇게 한두 마리씩 도망치는 몬스터들이 등장하자 몬스터들은 마탑의 결계를 깨뜨리기보다, 괴물들에 대응하기 보다는 도망치는 것이 조금이라도 살 확률이 높다고 생각한 도망치기에 주력하기 시작했다.

자고로 전투에 있어서 등을 보인 상대에게 칼을 꽂기는 어린아이라도 할 수 있는 것. 이미 전투 의사를 완전히 상실한 채 등을 보인 몬스터들은 이전보다 더욱 처참하게 키메라들에게 살육당할 뿐이었다.

그렇게 마탑의 결계에 모인 모든 몬스터들이 도망치거나 죽기까지엔 채 두 시간이 걸리지 않았다. 수천 마리의 몬스터들이 천오백의 괴물들에게 살육당하는 데 걸린 시간은 그것이 전부였다.

마탑의 모든 마법사들은 넋을 놓고 있었다. 너무도 처참하고 참혹한 광경에, 또한 경악스러운 광경에 제정신을 차릴 수 있는 사람은 많지 않았다.

하지만 그들 중 노마법사들은 정신을 차려야 했다. 그럴 수밖에 없었다. 어느새 그들의 지척으로 웬 보랏빛 신사가 다가와 있었기 때문이다.

"너, 넌 누구냐!"

노마법사들은 갑자기 나타난 보랏빛 신사의 모습에 당황함을 감추지 못했다. 그들이 알기로 마탑에 이러한 인물은 없었다. 아니, 있을 수가 없었다. 저처럼 강하고 지독한 마기를 내뿜는 이가 마탑에 있을 리가 없었다.

보랏빛 신사는 그들을 향해 정중히 인사했다.

"처음 뵙겠습니다. 전 메니데스라고 합니다."

"어떻게 여기까지 들어왔지? 현재 마탑은 결계로 봉쇄된 상태인데?"

"아, 그 마탑의 결계라는 것 말씀이군요. 뭐, 별로 뚫고 들어오기 어렵진 않았습니다."

메니데스의 이 말에 노마법사들의 낯빛엔 당황한 기색이 역력했다.

뚫고 들어오기가 어렵지 않아?

그것이 설령 세븐스타라 하더라도 아예 부숴놓기 전까진 뚫지 못할 것이라 자부하는 마탑의 결계를 두고 하는 소리란 말인가!

도무지 믿기 힘든 말이었으나 이미 눈앞에 그 증거가 있으니 믿지 않을 수도 없었다.

"네 정체는 무엇이냐!"

"이런 말이 있다죠? 마탑의 결계는 마족이라도 나타나지 않는 이상 몬스터들에게 부서지는 일은 없을 거라는……."

"그것이 무슨… 서, 설마!"

노마법사들의 눈동자가 화등잔만 해졌다. 메니데스의 정체에 대해 어렴풋이 짐작할 수 있었기 때문이다. 그리고 한 노마법사의 입이 열리며 나직하지만 청천벽력 같은 한마디가 흘러나왔다.

"마, 마족……."

"딩동댕! 정답입니다. 하지만 실망이로군요. 애써 마기까지 드러내 놓았는데 이제야 정답을 깨닫다니."

"그럴 리가! 마족은……."

"천 년 전에 멸족했다, 이 말씀인가요?"

메니데스의 입가에 미소가 걸렸다. 너무도 매혹적이면서도 소름이 돋는… 두려움마저 느껴지는 미소였다.

"천 년 전에 멸족했다라… 틀린 말은 아니군요. 하지만 조금 수정해야 할 필요는 있겠어요. 멸족한 것이 아니라 거의 멸족했다고 해야 정확하겠죠. 내가 살아 있으니까요."

말을 하던 메니데스는 주변을 둘러보았다. 어느새 그의 주변으로는 여러 다른 마법사들이 메니데스를 향해 마법을 퍼부을 준비를 하고 있었다. 그들 중에는 자신들에게까지 피해가 가지 않도록 실드 마법을 준비해 놓는 이들도 있었다.

그런 이들의 모습을 보며 메니데스는 고개를 저었다.

"이런 환대를 받다니 황송하군요. 하지만 이걸 어쩌죠? 전 환대에 응해줄 생각이 없는데……."

"허, 헛소리 마라! 네놈이 설령 정말 마족이라 하더라도 이미 독 안에 든 쥐다! 감히 마탑에 발을 들여놓다니!"

노마법사들은 회심의 미소를 짓고 있었다.

메니데스가 정말 마족이라는 사실이 믿기지 않았지만, 이젠 그것이 사실이든 그렇지 않든 상관없었다. 이미 수많은 마법들이 메니데스를 목표로 캐스팅하고 있는 상태였다. 손끝만 까닥하더라도 단숨에 그를 소멸시킬 수 있을 정도의 마법들이다. 설령 그 대상이 전설의 마족이라 하더라도!

하지만 그들은 크나큰 착각을 하고 있었다.

천 년 전 용마전쟁에서 드래곤과 마족의 대립이 일어난 것은 인간들이 마족의 힘에 대응할 수 있는 힘을 갖추지 못했기 때문이다. 그러나 천 년 전의 인간들이 가진 마법적 지식은 결코 현재에 비해 떨어지지 않았다. 아니, 오히려 훨씬 더 고도의 지식을 가지고 있다고 해도 과언이 아니었다.

그럼에도 마족에게 대항할 수 없었다. 그래서 드래곤이 나선 것이었다. 이것을 그들은 깨닫지 못하고 있었다.

"키키킥! 재미있군요. 겨우 이 정도로 독 안의 쥐를 운운하다니… 키키킥!"

쏴아아아!

파파팟!

웃음을 흘리는 메니데스의 주변으로 세찬 바람이 불어오기 시작했다. 그리고 그 중심에 선 메니데스가 고개를 들어 노마법사들을 바라보았다. 메니데스의 두 눈동자는 보랏빛 안광과 함께 진한 마기를 뿜어내고 있었다.

"천 년 전의 인간들이 말하는 대마법사들도 감히 내게 그런 말을 하지 못했거늘… 가소롭군요!"

"고, 공격하라!"

메니데스에게서 이상한 낌새를 발견한 한 노마법사가 그렇게 외쳤고, 그의 외침에 따라 수많은 마법들이 메니데스에게로 퍼부어지기 시작했다.

메니데스의 지척에 있던 노마법사들은 어느새 여러 겹의 단단한 실드로 보호되고 있었다. 하지만 그럼에도 노마법사들에게 강한 충격파가 전해질 정도로 지금 펼쳐지는 마법들은 그 숫자와 위력이 엄청났다.

콰카카카캉!

귀를 멀게 할 굉음과 함께 메니데스가 서 있는 곳의 성루가 거의 함몰되고 나서야 퍼부어지던 마법이 그쳤다. 실로 대단한 위력이었다.

시위에 위치한 마법사들은 메니데스가 살아 있을 것이라 생각하지 않았다. 설령 세븐스타가 메니데스의 자리에 있었다 하더라도 마찬가지였다.

하지만 그들은 끝까지 진실을 깨닫지 못했다. 그들의 앞에 나타난 것은 세븐스타가 아닌, 전설의 마족이었다.

"겨우 이 정도로 끝인가요?"

이 한마디가 좌중의 모든 이들의 귓가에 박혀들었다. 그리고 찢어질 듯 커진 그들의 눈동자의 시선이 향한 곳에선 먼지를 뚫고 유유히 걸어나오는 메니데스의 모습을 발견할 수 있었다.

메니데스는 아무런 상처도 입지 않은 것 같았다. 방금 전 아무 일도 일어나지 않았다고 해도 믿을 정도로 멀쩡한 모습이었다.

메니데스는 경악에 휩싸인 좌중을 바라보며 입을 열었다.

"천 년이 지났지만 인간들의 마법은 정말… 조잡하군요."

"이, 이차 공격을……!"

경악에서 벗어난 한 노마법사가 이차 공격 명령을 내리려 했지만 그보다 앞서 메니데스가 손을 한 번 휘저었다. 단지 한 번 휘저었을 뿐이다.

피잉!

공기가 끊어지는 듯한 소리와 함께 날카로운 무엇인가가 주변을 쓸어갔다. 소리가 들려오지 않았다면 그저 바람이 스쳐 지나가는 듯한 그것이 전부였을 것이다. 하지만 그 결과, 자리한 여러 마법사들은 영문도 알지 못한 채 목숨을 잃어야 했다.

"으아아악!"

설령 살아남았다 하더라도 그다지 다를 건 없었다. 살아남은 대신 신체의 일부분을 잃은 그들은 비명을 지르며 땅을 나뒹굴었다.

다행히 몇몇 노마법사들은 실드로 보호되어 있었기에 죽거나 신체를 잃는 일은 면했으나 대신 그들의 얼굴은 절망의 빛으로 물들어가고 있었다.

무슨 거창한 공격도 아니었다. 그저 손을 한 번 휘저었을 뿐이다. 그것만으로도 좌중의 거의 모든 마법사들을 전투 불능으로 만든 메니데스의 가공할 신위에 노마법사들은 저항 의지를 잃은 것이었다.

"키키킥! 더 놀아주고 싶지만 당신들은 내 몫이 아니니 살려두겠습니다. 뭐, 그래 봤자 얼마 더 부지할 수 없는 목숨이지만……."

그렇게 말한 메니데스는 하늘을 쳐다보았다. 아니, 정확히 말해서 마탑을 둘러싸고 있는 마탑의 결계의 뿌연 막을 쳐다본 것이었다.

"내가 마족이라고 정답을 알아낸 것까진 좋았습니다. 하지만 너무 늦었습니다. 타임 오버예요. 그럼 그 벌을 받아야겠죠?"

메니데스는 손을 뻗었다. 그러자 그의 펼쳐진 손바닥 위로 보라색의 기운들이 모이기 시작했다. 모여든 기운들은 서로 휘감으며 둥근 원형을 만들어갔다.

살아남은 노마법사들은 메니데스의 손바닥 위의 그 기운들이 마기의 결정체임을 깨달을 수 있었다. 그리고 그 위력이라면 약해진 마탑의 결계 따윈 단숨에 부숴 버릴 수 있다는 것 역시 알 수 있었다.

하지만 그들은 아무것도 할 수 없었다. 그들은 이미 모든 것을 포기해 버렸다.

그러는 사이 메니데스는 손바닥에 모인 보라색 기운을 하늘 위로 띄웠다. 보라색 기운은 계속해서 위로 올라가더니 이내 마탑의 결계와 부딪쳤고, 마탑의 결계는 아무런 저항도 하지 못한 채 산산이 부서지기 시작했다.

마탑의 역사와 함께해 온 마탑의 결계의 최후치고는 너무도 허무한 모습이었다.

메니데스는 허공으로 날아올랐다. 조금 전까지 마탑의 결계가 있던 자리에는 아무것도 남아 있지 않은 그저 허공이 되어 있을 뿐이었다.

메니데스는 씨익 웃음 지으며 입을 열었다.

"마음껏 날뛰어라!"

쿠와아아악!

그의 한마디에 응한 것은 키메라들이었다. 그들은 어느새 마탑의 결계가 자리하던 곳을 넘어 마탑으로 돌진하고 있었다.

　몇몇 성루의 마법사들이 키메라들을 향해 마법을 쏘아대기는 했지만 키메라들은 그런 마법 따윈 신경도 쓰지 않는다는 듯이 곧장 마탑을 향해 돌진해 왔다. 그리고 상공에서 그런 모습을 지켜보는 메니데스의 입가로 매혹적이지만 너무도 섬뜩한 웃음이 흘러나왔다.

　"이제 울부짖을 시간이다, 인간들이여. 키키킥!"

　불길이 치솟아오른다.
　모든 것이 불길에 휩싸인 채 잿더미가 되어간다.
　비명 소리가 들려온다. 처절한 비명 소리. 그것이 불길 사이로 들려온다.
　그런 불길을 뒤로하고 한 발 두 발, 키메라들의 진군이 시작된다.
　대륙을 피의 홍수에 젖게 할 발걸음이 그렇게 시작된다.

　카니야는 황궁에 도착한 상태였다.
　그녀는 황궁에 도착하는 즉시 어린 황자와의 알현을 청했지만 어린 황자는 아프다는 핑계로 그녀와의 만남을 미루었다. 여러 대신과의 회의 역시 기각되었다.
　이것은 고의적인 회피가 분명했다. 그렇지 않다면 아침까지도 식사 잘하고 잘 지내던 황자가 갑자기 아플 리가 있겠는가.
　젊었을 적 카니야의 성질 같았다면 황자고 뭐고 간에 당장 전격 마법을 뿌리며 황자와 대신들을 집합시켰을 테지만, 그녀도 이젠 나이가 있고 마탑의 탑주라는 책임감이 있었기에 속으로 화를 삭일 뿐이었다.

일이 이렇게 되자 카니야는 골치가 아파졌다. 달리 대신들을 모을 방법이 없는 것은 아니었으나 최종 결정을 하는 황자의 옆에 게틀린 후작이 딱 달라붙어서 그녀와의 면담을 거부하고 있으니 별다른 방법이 없는 것이었다.

또한 무엇인가 알지 못할 불안감이 그녀의 뇌리를 자극하고 있어서 그녀는 초조함을 느끼고 있었다. 초조한 것은 그녀뿐만이 아니었다. 카니야와 함께 황궁에 도착한 몇몇의 마탑의 인물들은 더욱더 초조했다.

마탑의 일 때문만이 아니라 카니야의 초조함이 시간이 지나 극에 달한다면 애써 참고 있는 그녀의 성질이 폭발할 것이라는 걸 그들은 알고 있었기 때문이다.

그때는 황궁이고 마탑이고 아무도 그녀를 막지 못할 것이었다.

괜히 세븐스타의 일인이겠는가. 그녀의 전격 마법에 대응할 수 있는 건 같은 세븐스타들 뿐인데 황궁에 속해 있는 세븐스타 중 제국의 검 카고라스는 오래전 반역죄로 죽음을 맞이하였고, 화염의 파오덴은 현재 두문불출한 상태이니 결국 그녀를 막을 사람이 없는 것이었다.

이대로 간다면 자칫 황궁이 카니야의 전격 마법에 내려앉고,

마탑 전체가 제국의 반역자로 낙인찍힐지도 모를 일이었다. 그것은 황궁으로서나 마탑으로서나 결코 좋은 일이 아니었다.

그런 상황이니 마탑의 인물들은 혹여나 그녀가 폭발이라도 할까 봐 조마조마한 마음을 감추지 못하고 있었다. 그런데 그때였다. 잠시 마탑과의 연락을 취하러 갔던 마탑의 한 장로가 급히 방 안으로 뛰어 들어왔다.

"오라스 장로, 왜 그러죠?"

화가 잔뜩 나 있던 카니야는 애써 낯빛을 바꾸며 아무렇지도 않은 듯 물었다. 그런데 오라스 장로의 안색이 무척이나 창백했다. 마치 큰 병에 걸리기라도 한 사람 같았다.

그제야 카니야는 너무도 화가 난 나머지 자신도 모르게 기세를 흘리고 있음을 깨달았다. 전부를 드러낸 것은 아니었지만 세븐스타의 일인인 그녀의 기세를 정면에서 받았으니 얼굴이 창백해지는 것은 당연한 일이었다.

그녀가 기세를 거두어들였다. 하지만 오라스 장로의 안색은 나아질 기미가 보이지 않았다. 그러자 카니야는 다시금 오라스 장로에게 물었다.

"오라스 장로, 왜 그러는 거예요?"

"타, 탑주님… 큰일이 났습니다."

"큰일이라뇨?"

"마, 마탑이 공격을 받고 있다고 합니다."

오라스 장로의 이 말에 무슨 심각한 일이라도 일어난 줄 알고 긴장했던 카니야의 표정이 조금 풀어졌다.

"전격 마법이 조금 약했나 보군요. 한 열흘은 갈 줄 알았는데. 어쨌든 어서 서둘러야겠어요. 마탑의 결계가 다시 공격받고 있다면 시간이 그렇게 많지 않아요."

그녀는 다시금 몬스터들에게 마탑의 결계가 공격을 받고 있다 생각하고는 그렇게 말했다. 하지만 오라스 장로의 이어지는 말은 그녀의 생각과는 전혀 다른 것이었다.

"탑주님… 그것이 아닙니다."

"그것이 아니라뇨?"

"마, 마탑의 결계가 부서졌다고 합니다. 공격을 받고 있는 것은 마탑의 결계가 아닌, 마탑 그 자체입니다."

"……?!"

순간 그녀의 얼굴은 믿을 수 없다는 기색으로 변해갔다. 놀란 것은 카니야뿐만이 아니었다. 다른 마탑의 인물들까지도 경악에 휩싸였다.

가장 빨리 정신을 차린 것은 카니야였다.

"그게 무슨 말이죠? 자세히 말해보세요. 마탑의 결계가 부서졌다니, 마탑이 공격을 받고 있다니 무슨 소리예요?!"

"토, 통신 자체가 굉장히 불량한 상태로 연결되어서 정확한 것은 잘 알지 못합니다. 다만 마탑의 결계가 부서졌고, 마탑이 공격을 받고 있다는 것, 그리고……."

"그리고?"

“마탑을 공격하는 이들 중… 마족이 있다고 합니다.”

전령의 이 말에 카니야를 비롯한 마탑의 인물들은 황당한 표정을 지었다.

이 무슨 뜬금없는 이야기란 말인가. 갑자기 마족이라는 단어가 왜 튀어나온다는 말인가.

오라스 장로의 이 말에 마탑의 다른 인물 중 하나가 소리를 쳤다.

“오라스 장로! 지금 농담하는 겁니까?! 마족이 나타나다니 요!”

“나도 차라리 농담이었으면 좋겠소! 하지만 그 뒤로 비명 소리와 함께 바로 통신이 끊어졌단 말이오!”

“허……!”

마탑의 인물은 도무지 믿을 수 없다는 듯이 한탄을 터뜨렸 다. 그러자 다시 카니야가 나섰다.

“마탑과 다시 통신 연결을 해보셨어요?”

“그 이후로 연결이 되지 않습니다. 완전히 두절된 상태입 니다.”

“정말… 마족이 나타나기라도 했다는 말인가요?”

“……”

카니야의 물음에 오라스 장로는 아무런 대답도 하지 못했 다.

그 역시 마족의 존재 여부를 믿지 못하고 있는데 어찌 대답을 할 수 있겠는가.

그렇게 그들 간에 잠시 침묵이 흘렀다. 그리고 그 침묵을 깬 것은 카니야였다.

"당장 마탑으로 돌아가야겠어요."

"탑주님! 통신 연결 상태가 불량했다고 하니 잘못된 정보가 전달됐을 수도 있습니다. 만약 그렇게 된다면 마탑을 왕복하는 시간이 다시 소모될 것입니다."

"통신 연결 상태가 불량했다고는 해도 그것은 분명 마탑에서의 정보였소! 잘못된 정보가 아니었단 말이오!"

"솔직히 오라스 장로도 그 정도의 신빙성을 확신하지 못하고 있지 않소? 세상에, 마족이 나타나다니… 그게 어디 믿을 수 있는 말이오?"

"끄응……!"

마탑의 인물의 그 말에 오라스 장로는 신음성을 흘렸다. 그놈의 마족 이야기만 아니었어도 자신이 들은 정보에 일말의 의심조차 가지지 않았을 터인데, 뜬금없이 나타난 마족으로 인해 확신할 수가 없게 된 것이었다.

그때 카니야가 둘 간의 사이에 끼어들었다.

"두 분 다 그만 하세요. 일단 마탑으로 돌아가겠어요."

"탑주!"

"우리가 여기에 온 건 모두 마탑을 위한 일이에요. 그런데 마탑이 지금 당장 그보다 더 급하고 큰 위험에 처해 있다면…

그렇다면 아무리 우리가 여기서 제국의 군사를 파병시킨다 하더라도 헛수고가 되는 거예요. 불복은 받아들이지 않겠어요. 이건 탑주로서의 명령이에요. 어서 돌아갈 채비를 갖추세요. 시간이 없어요."

카니야를 비롯한 마탑의 인물들이 다시 마탑에 도착한 것은 그로부터 다시 이틀이 지난 후였다. 그리고 그들은 그제야 통신의 정보가 거짓이 아님을, 그들이 너무 늦었음을 깨달을 수 있었다.

이미 마탑은 존재하지 않았다. 그 잔재만이 남아 있을 뿐이었다.

"이, 이럴 수가……!"

마탑의 인물들은 참혹한 광경에 입을 다물지 못했다.

유구한 역사를 자랑하던 마탑이 흔적만을 남기고 완전히 사라져 버렸다. 지상의 건물은 사그리 무너져 버렸고, 지하의 공간은 매몰되어 버렸다. 그리고 주변으론 마탑의 마법사들의 시신들이 널브러져 있었다.

차마 눈뜨고 보지 못할 참혹한 광경이었다.

생명의 온기라고는 조금도 느껴지지 않았다. 모두 다 죽어 버린 것이다.

싸늘한 정적이 감돌았다.

그때 카니야가 움직였다. 그녀는 가장 가까이에 있는 마법사의 시신으로 다가가 무릎을 꿇었다. 그리고 시신을 감싸 안아 들었다.

그 시신은 마탑의 수련 마법사임에 분명한 어린아이의 시신이었다. 어린아이는 팔이 뜯겨진 채 죽어 있었다. 카니야는 평평한 곳에 아이의 시신을 내려놓고는 주변을 둘러보기 시작했다. 한참을 그런 끝에 아이의 떨어진 팔로 보이는 부위를 가지고 와 죽은 아이의 팔에 붙여주었다.

카니야가 그렇게 움직이자 마탑의 인물들도 하나둘씩 움직이기 시작했다. 그들은 제각기 주변을 돌아다니며 죽은 시신들을 찾아 그들의 신체를 붙여주던가 돌 밑에 깔린 시신을 빼내어 양지 바른 땅에 뉘어주기 시작했다.

그들 간엔 아무런 대화도 오가지 않았다. 가끔 평소 친한 친우의 시신을 보거나, 아님 제자의 시신을 본 마법사가 눈에서 물방울을 떨어뜨리기는 했지만 아무도 소리 내어 울지 않았다.

그렇게 정적이 흐르는 가운데 그들의 조용한 움직임은 계속되었다.

그러던 정적을 깨뜨린 것은 오라스 장로였다.

"타, 탑주님! 여기 생존자가 있습니다!"

그 말에 카니야를 비롯한 모든 이들이 한걸음에 달려 오라스 장로의 곁으로 다가왔다. 그리고 가늘게 숨을 이어 쉬는 한 어린 소녀를 발견할 수 있었다.

"비켜보세요."

카니야는 소녀의 숨결이 붙어 있는 것을 확인하자 재빨리 오라스 장로의 자리를 차지하고는 주문을 외우기 시작했다.

전격 마법이 주특기인 카니야였지만 한편으론 회복 마법으로도 정평이 나 있었다.

그녀는 혼신을 담아 회복 주문을 외우기 시작했다. 그런 그녀의 회복 마법 덕분인지 끊어질 듯 말 듯 가늘게 이어지던 숨결이 조금씩 안정을 찾기 시작했다. 그리고 잠시 후, 소녀는 의식을 되찾았다.

"정신이 드니?"

카니야가 소녀에게 물었지만 소녀는 아무런 대답도 하지 않았다. 아직 상황을 판단하고 있지 못한 듯했다. 한참을 멍하니 카니야를 바라보던 소녀는 이내 입을 열었다.

"카… 니야님?"

"그래, 내가 카니야야."

"정말 카니야님?"

"그분이 정말 카니야님이 맞으시다."

소녀가 쉽사리 믿지 못하는 듯하자 결국 뒤에 있던 오라스 장로가 나서며 말했다. 그러자 소녀는 다시금 카니야에게로 시선을 돌리더니 이내 와락 그녀에게 안겼다.

갑작스런 소녀의 행동에도 카니야는 당황하지 않았다. 그저 품에 안긴 소녀의 등을 쓰다듬어 줄 뿐이었다.

"괜찮아. 이제 괜찮아."

카니야는 소녀의 흐느낌을 느끼며 조용히 그녀를 달래어 주었다.

소녀의 이름은 프리마이며 한 분의 스승을 모신 견습 마법사라 하였다.

마탑이 공격당할 때 프리마의 스승이 그녀를 비밀 공간에 숨겼다고 했다. 무슨 일이 있어도 나오지 말라고, 카니야님이 돌아올 테니 그때까지 반드시 숨어 있으라고.

프리마는 무서웠지만 스승의 당부에 따라 비밀 공간에 숨은 채 숨소리 하나 내지 않으려 애썼다. 비밀 공간 너머로 스승의 비명 소리가 들려올 때는 너무도 무섭고 또 무서워 울음을 터뜨릴 뻔했지만 간신히 참았다고 하였다.

그렇게 얼마나 지났을까. 밖에서 들려오는 비명 소리가 잦아들기 시작하고 비밀 공간 너머가 뜨거워진다고 느꼈을 때 갑자기 지진이 일어난 듯 땅이 흔들렸고, 그 순간 프리마는 정신을 잃었다고 했다.

비밀 공간에 숨어 있을 때 마탑이 무너져 내린 것이 분명했다. 마탑이 무너질 때 함께 휩쓸렸다면 프리마 역시 살아남지 못했겠지만 천운이 따라주었던 것인지 프리마가 있던 비밀 공간은 별다른 충격을 입지 않을 수 있었다.

하지만 그 충격 탓에 비밀 공간에서 벗어나게 된 프리마였고, 어린아이로서는 큰 충격을 입어 죽어가고 있었던 것이다.

만약 그녀를 발견하는 것이 조금만 더 늦었더라면 프리마는 이미 이 세상 사람이 아니었을지도 몰랐다.

물론 프리마는 무슨 일이 일어난 것인지 제대로 알지 못했다. 그저 괴물들로부터 마탑이 공격당했고, 그로 인해 마탑의 모두가 죽고 마탑이 사라졌다는 것만을 알 뿐이었다.

아니, 그리고 또 한 가지.

"스승님은 마족이 나타났다고 하셨어요. 이 사실을 꼭 카니야님께 전해야 한다고 당부하셨어요."

프리마의 이 한마디가 다시금 좌중을 경악에 휩싸이게 만들었다.

마족의 재림. 그것이 또다시 수면 위로 떠오른 것이었다.

분명 믿을 수 없는 사실이었으나 마탑의 결계가 부서지고, 마탑이 이렇게 된 바에야 믿지 않으려야 믿지 않을 수가 없었다.

카니야는 마족의 재림을 기정사실화해 버렸다. 그리고 반드시 복수할 것임을 맹세했다.

그런 후 그들은 마탑의 주변으로 남아 있는 적의 흔적들을 조사하기 시작했다. 그리고 알아낸 것은 바로 이것이었다.

"여러 흔적이 동시다발적으로 남아 있습니다. 마치 여러 몬스터들이 동시에 휩쓴 흔적이죠. 하지만 프리마가 말하는 괴물들은 모두 다 고동색 피부에 똑같은 생김새를 가지고 있었습니다."

“그렇다면……?”

“단일 종족으로 이러한 흔적을 남기는 괴물이라… 그런 괴물이라면 제가 아는 한 한 가지밖에 생각할 수 없습니다.”

“그게 뭐죠?”

“바로 키메라입니다. 합성 인조 생명체 키메라. 그것이 괴물의 정체일 것입니다.”

“으음…….”

카니야는 신음을 흘렸다.

프리마의 말대로라면 키메라들이 결계 밖의 몬스터들을 공격했다고 했다. 그것이 괴물의 정체가 키메라인 것에 신빙성을 더했다.

문제는 몬스터들보다 키메라의 숫자가 훨씬 적었다는 프리마의 설명이었다.

거의 몬스터들이 키메라보다 세 배는 많아 보였다고 하는데, 그런 숫자의 우세로도 변변찮게 대항조차 해보지 못했다라? 설령 어느 정도 과장을 했다 하더라도 그것만으로 키메라가 예상을 훨씬 웃돌 정도로 강하다는 걸 짐작할 수 있었다.

그 정도로 강한 키메라 천오백과 전설상의 마족이 적이라니…….

이전 마탑의 힘을 모두 한데 모은다면 모를까, 지금 당장은 대항하기조차도 힘들었다. 여기에 살아남은 마탑의 인물들은 카니야와 프리마를 포함해 열이 채 넘지 않았고, 세상에

나가 있는 마탑의 인물들을 모두 불러 모은다 하더라도 백 명 정도밖에 되지 않을 터였다.

마탑의 수많은 마법사들도 제대로 반항조차 해보지 못하고 당한 판에 겨우 백여 명만으로 복수를 하기에는 무리가 있었다.

하지만 카니야는 포기하지 않았다. 그녀는 복수의 맹세를 했고, 그 복수의 맹세는 반드시 지켜질 것이었다.

"나, 뇌전의 카니야를 먼저 죽이지 않은 것을 후회하게 될 거야. 내가 곧 마탑이고 마탑이 곧 나임을 깨닫게 해주겠어."

이것은 마탑의 마법사들의 시신을 모두 한데 모아놓고 화염 마법으로 화장을 지낼 때 카니야가 중얼거린 말이었다. 이 말을 내뱉을 때의 카니야의 눈동자엔 핏발이 가득 서 있었다.

제대로 된 장례조차 치러주지 못하는 것에 또다시 미안한 카니야였지만, 이후 복수를 끝낸 후 다시금 성대히 장례를 치를 것이라 다짐하며 그곳을 떠나야 했다.

유구한 역사의 마탑이 무너졌다. 그리고 수많은 마탑의 마법사들이 목숨을 잃었다.

하지만 마탑이 사라진 것이 아니었다. 이미 마탑 그 자체가 되어버린 뇌전의 카니야, 그녀가 존재했으므로.

깨어나는 아렌

어느덧 디오니스 용병길드가 몬스터 섬멸 작전을 위해 토루를 떠난 지 열흘이 되었다. 이제 한 이틀만 더 지난다면 토루에 다시 용병들이 바글바글할 것이었다.

지난 며칠간 아렌에게 작은 변화가 생겼다.

언제부터였을까. 아렌은 할아버지의 묘를 다녀오는 길에 항상 장터에 들르게 되었다. 장터에서 무엇인가를 산다거나 그러는 것은 아니었다. 다만 장터의 구석에서 검을 파는 소년과 이야기를 나눌 뿐이었다.

소년은 말이 많지 않았다. 하고 싶은 말만 했고, 그마저 얼마 되지 않았다.

아렌 역시 다를 바 없었다. 아렌은 소년이 말할 때면 함께 대화를 했지만 그렇지 않을 때는 역시 침묵을 지켰다. 그러다가 소년이 대답해 줄 것 같은 말을 찾아냈을 때 다시 말을 걸었다.

그 모습이 마치 어른이 아이에게 놀아달라고 귀찮게 하는 것 같았다.

사람들은 그런 아렌을 비웃거나 손가락질했지만 아렌은 전혀 신경 쓰지 않았다. 그는 여전히 소년에게 말을 걸었고, 소년과 대화를 나누었다.

요 며칠간 레이나나 보노보노보다 소년과 더 많은 얘기를 했을 정도였다. 물론 그만큼이나 평소 아렌의 말수가 많이 줄어들었기에 가능한 통계였지만.

아렌은 그간 소년과의 대화를 하며 알아낸 것이 많지 않았다.

아직 소년의 이름도 몰랐으며, 소년의 나이나 그런 것도 하나 알지 못했다. 소년이 대답해 줄 것 같지 않았기에 아렌이 묻지 않은 탓이었다.

하지만 그간 아렌이 깨달은 것이 아예 없는 것은 아니었다.

아렌은 소년과의 대화를 통해 한 가지 사실을 깨달았다.

'나와 닮았어.'

바로 이것이었다.

아렌은 소년과 자신이 닮았다고 생각했다. 단순히 할아버지와 단둘이 살았거나 할아버지를 잃고 혼자가 되었다는 것만을 뜻하는 게 아니었다.

아렌은 할아버지의 죽음으로 인해 검을 휘두르고 있음에도 왜 자신이 검을 휘둘러야만 하는지를 모르게 되어버렸다. 아직도 그는 왜 자신에게 힘이 주어지고 그 힘의 책임이 무엇인지도 모르고 있었다.

아렌은 모르는 것 투성이였다.

소년도 그러했다.

소년은 검의 주인을 찾고 있음에도 검의 주인이 누구인지, 어떻게 찾을 것인지 하나도 알지 못했다. 아니, 검의 주인이 있는지조차 모르고 있었다.

소년 역시 모르는 것 투성이였다.

그런 소년과 아렌과의 다른 점을 찾자면 소년은 아무것도 모르지만 계속해서 검의 주인을 찾고 있다는 것이었고, 아렌은 아무것도 모르기에 검을 휘두르기를 멈추었다는 것이다.

아렌이 검을 휘두르지 않는 이유, 그것은 간단했다.

아렌은 검을 휘두를 용기를 잃고 말았다. 힘의 책임이 무엇일까 두려워 힘을 얻기를 거부하고 있었다. 때문에 아렌은 검을 휘두르지 않았으며, 할아버지의 일을 이어받아 용병들을 상대함에서도 책임이 생기지 않도록 패배를 계속하는 것이었다.

아렌은 또다시 할아버지를 잃은 것처럼 누군가를 잃게 될

까 그것이 두려웠다. 그것이 마치 자신이 가진 힘의 책임인
것만 같았다.

아렌이 마당에 서서 검을 들고 멍하니 서 있는 것은 정말
아무 생각 없이 서 있는 것이 아니었다. 아렌은 매순간 검을
휘두르려 했다. 용기를 내어 검을 휘두르려 했다.

하지만 용기를 낼 수가 없었다. 검을 휘두를 자신이 생기지
않았다. 대련이라는 이름을 빌리지 않고선, 그것도 패배라는
항목을 붙이지 않고선 도저히 검을 휘두를 수 없었다.

레이나나 보노보노는 멍하니 서 있는 아렌의 모습을 싫어
했지만 그럴 때에 가장 힘들고 무서운 사람은 바로 아렌 자신
이었다.

'검을 놓아버릴까? 그럼 편해질까?

이런 생각까지 해보았을 정도였다. 다름 누구도 아닌 아렌
이.

하지만 아렌은 끝내 검을 놓지 못했다. 그 이유는 아렌도
알지 못했다. 무슨 이유인지는 몰라도 검을 놓을 수가 없었
다.

이러지도 저러지도 못하는 상황이니 아렌은 그저 멍하니
서 있는 것일 뿐이었다.

결국 오늘도 검을 휘두르기를 포기한 아렌은 할아버지의
묘에 가기 위해 토루의 입구를 나서는 길이었다.

이히힝!

토루의 입구를 나서던 아렌은 말의 울음소리를 들을 수 있었다. 물론 말의 울음소리를 처음 듣는 건 아니었지만 지금 들려오는 울음소리는 분명 달리는 말의 울음소리였다.

'달리는 말? 누가 이 많은 사람들이 오가는 토루의 입구에서 말을 달리는 거지?'

이런 생각이 든 아렌은 말의 울음소리가 들려오는 곳으로 시선을 옮겼다. 그리고 그곳에서 자신을 향해 곧장 달려오는 말과 마차를 볼 수 있었다.

"위험해!"

누군가가 아렌을 향해 외쳤다. 아렌이 말과 마차가 달려옴에도 피하지 않고 지켜보고 있었기 때문이다.

그러는 사이 말과 마차는 무서운 속도로 아렌을 향해 다가오고 있었다. 이미 다른 사람들은 기겁하며 자리를 피한 후였지만 아렌은 피하지 않았다. 그는 똑바로 말과 마차를 지켜보고 있었다.

"으악!"

여러 사람들의 비명 소리가 들려왔다. 차마 못 보겠는지 고개마저 돌린 상태였다. 그러나 사람들이 그러든 말든 아렌의 표정은 전혀 변화가 없었다. 그리고 마차는 아렌을 간발의 차이로 스치며 지나갔다.

"으하하하!"

스쳐 지나가는 마차에서 웃음소리가 들렸다. 장난이 너무 재미있다는 듯한 개구쟁이의 목소리였다. 아렌은 그렇게 멀어져 가는 마차의 뒷모습만을 멍하니 지켜보았다.

그때 주변의 사람들이 아렌에게로 다가왔다.

"자네, 괜찮은가?"

"아, 괜찮습니다."

사람들은 아렌이 괜찮다며 고개를 끄덕이자 이내 안도의 한숨을 내쉬었다. 그리고 멀어져 가는 마차를 보며 욕을 퍼부었다.

"죽일 놈들! 이 사람 많은 도시의 입구에서 저렇게 위험하게 마차를 달리다니!"

"방금 그 마차를 타고 있던 사람이 누구인지 아십니까?"

"얼마 전 먼 곳에 있는 한 상인의 막내아들이 토루에 교류를 하러 왔다더군. 그런데 그놈이 얼마나 망나니인지 이곳저곳 마구 설치고 다니지 뭔가. 용병들이 있었다면 쥐 죽은 듯이 지냈을 녀석들이 용병들이 없으니까 호위무사들을 이끌고 제 세상인 듯 나돌아 다니는 거지. 에이, 죽일 놈들!"

아렌은 그제야 마차의 정체가 누구인지 알겠다는 듯이 고개를 끄덕였다. 그리고는 설명을 해준 사람에게 감사의 인사를 전하고는 토루의 입구를 나섰다.

하지만 어쩐지 시선이 계속해서 마차가 사라진 곳으로 향했다. 마치 다시 만날 것만 같은 예감이 들었다.

아렌의 예감은 곧 현실로 이루어졌다. 아렌은 할아버지의 묘를 다녀오는 길에 언제나처럼 소년에게로 향하고 있었다. 그런데 장터에 도착하자마자 마차가 보였다.

장터는 그리 넓은 편이 아니었기에 마차가 지나가면 사람들이 지나갈 자리가 없을 정도였고, 때문에 평소 장터에 마차를 끌고 오는 사람은 없었다. 그런데 오늘은 장터의 가운데를 마차가 딱 가로막고 있는 것이었다.

아렌은 그 마차가 낯이 익다는 것을 깨달았다. 다름 아닌, 아까 그를 칠 뻔했던 그 마차다. 마차 안에는 사람이 없었는데 대신 멀지 않은 곳, 장터의 구석 쪽으로 많은 사람들이 몰려 있었다.

'저건……?

아렌의 눈빛이 이채를 띠었다. 사람들이 몰려 있는 그곳은 분명 검을 파는 소년이 있는 자리였기 때문이다. 아렌은 무슨 일인가 싶어 가까이 다가갔다. 그러자 큰 외침 소리가 들렸다.

"뭐야?! 감히 거렁뱅이 주제에 내게 자격을 운운하는 거냐?"

이 목소리도 들어본 적이 있었다. 비록 웃는 소리뿐이었지만 마차 안에서 들렸던 그 목소리가 분명했다.

아렌은 사람들의 사이를 지나쳐 안쪽으로 들어갔다. 그리고 그는 세 명의 체구 건장한 사내가 누군가를 향해 마구 발길질을 하고 있었고, 어쩐지 얍삽하게 생긴 한 사내가 그 모습을 보며 비웃음을 흘리고 있는 걸 볼 수 있었다.

자세히 보니 발길질을 당하는 것은 소년이었다. 그리고 비웃음을 흘리는 사내의 손에는 거무튀튀한 금속이 쥐어져 있었다. 그것은 바로 소년이 팔던 검이었다.

얍삽한 사내가 손을 들어 세 명의 사내를 제지했다. 그러자 세 명의 사내가 발길질을 멈추었다.

얍삽하게 생긴 사내는 몸을 웅크린 채 쓰러져 있는 소년에게로 다가가 금속을 내밀었다. 소년이 부들부들 떨리는 손으로 금속을 쥐려 했지만 그땐 이미 사내가 금속을 뒤로 뺀 뒤였다.

"돌… 려줘요."

소년은 터진 입술로 억지로 신음 섞인 목소리를 내뱉었다. 하지만 얍삽하게 생긴 사내는 콧방귀를 뀔 뿐이었다.

"이딴 게 무슨 검이라고… 주인? 웃기고 있네. 이딴 것에 이제 관심 같은 건 전혀 없지만, 네 버르장머리를 고쳐 주는 의미에서 내가 가져가겠어. 녹여서 촛대로 써주지. 그게 이딴 쇳덩어리로 남아 있는 것보단 낫잖아?"

그렇게 말한 얍삽하게 생긴 사내는 볼일이 다 끝났다는 듯 돌아섰다. 하지만 그의 시선이 다시 아래로 향했다. 어느새 소년이 그의 다리를 붙잡고 있었다.

"돌… 려줘요."

"이 거렁뱅이가 감히 어딜 만져!"

얍삽하게 생긴 사내는 잔뜩 화가 난 듯 소년을 걷어차려고 다리를 치켜들었다. 그러나 그는 끝내 다리를 뻗어내지 못했다. 그의 목젖으로 어느새 싸늘한 냉기를 풍기는 검이 다가와 있었기 때문이다.

"뭐, 뭐야?"

사내는 목젖에서 느껴지는 싸늘함에 몸서리쳤다. 그의 시선이 검을 따라 그 주인에게로 향했다. 그리고 그곳에서 검을 든 채 무심한 눈빛으로 자신을 바라보는 한 청년을 볼 수 있었다.

청년은 평범했다. 얼핏 보기에 체구는 제법 단단한 것 같았지만 그것이 그리 눈에 띌 정도는 아니었다. 갈색 머리카락에 검은 눈동자 또한 흔히 볼 수 있는 것이었다.

청년은 다름 아닌 아렌이었다.

아렌은 잠시 사내를 바라보더니 이내 시선을 사내가 치켜든 다리로 향했다. 그러자 사내는 아렌이 말하고자 하는 바를 알았는지 얼른 다리를 내렸다.

그러자 이번엔 아렌이 손을 뻗었다. 마치 무엇인가를 내놓으라는 듯한 모습이었다. 이번에도 사내의 눈치는 빨랐다. 사내는 들고 있던 거무튀튀한 금속을 아렌에게로 넘겨주었다.

그러자 아렌이 검을 거두었고, 목젖에서 느껴지던 싸늘함에서 해방된 사내는 창백하게 질린 채 주춤주춤 뒤로 물러서

더니 이내 세 명의 사내에게 소리를 질렀다.

"저, 저놈을 없애 버려!"

이 명령에 세 사내는 허리춤에서 검을 뽑아 들었다. 하나같이 싸구려라고는 볼 수 없는 명검이었다.

세 명의 사내는 아렌을 빙 둘러싸기 시작했다. 도망갈 곳을 미리 차단하는 것이었다. 하지만 그들이 그러든 말든 아렌은 무릎을 굽히고 쓰러져 있는 소년과 눈을 마주쳤다.

"많이 다쳤구나. 자, 이거."

아렌은 소년에게 들고 있던 금속을 건네주고는 조용히 자리에서 일어났다. 그의 시선은 창백하게 질렸다가 이제 원래의 신색을 회복한 얍삽한 사내에게로 향해 있었다.

"이쯤에서 그만 하는 것이 좋겠군요."

"웃기지 마라! 감히 내게 검을 들이대? 네놈은 오늘 죽은목숨이다. 뭐 하는 거냐! 공격해!"

얍삽한 사내가 소리를 지르자 세 사내가 아렌을 향해 달려들었다. 그들은 평소에 합격술을 연마했는지 세 명의 검은 각기 피할 수 있는 방향을 막으며 아렌을 베어가고 있었다.

아렌은 그런 그들의 검을 천천히 훑어보았다. 빠르게 베어오는 검이었지만 아렌에게는 너무도 느리게만 보였다. 아렌은 검을 움직여 사내들의 검로를 차단하며 하나둘씩 그들의 검을 튕겨냈다.

사내들은 자신들의 검이 막힐 것이라고는 미처 예상하지

못했는지 팅겨져 나오는 검에 당황한 표정을 지었으나 이내 다시금 아렌을 향해 짓쳐들어왔다.

하지만 결과는 똑같았다. 여전히 그들의 검은 아렌의 검에 막혀 전진하지 못했고, 아렌은 아무런 표정의 변화 없이 그들의 검에 막아낼 뿐이었다.

그렇게 잠시간의 시간이 지나고 나자 얍삽한 사내가 잔뜩 화가 나서 소리쳤다.

"제대로 못하겠어?! 전력을 다해 없애 버리란 말이야!"

얍삽한 사내는 모르고 있었지만 세 사내는 몇 번 검이 막히고 나서부터 이미 전력을 다하고 있는 상태였다. 하지만 그럼에도 아렌의 검을 뚫을 수 없었기에 그들은 점점 초조해지는 것을 느꼈다.

대결은 시간이 지날수록 상황은 지지부진해졌다. 사내들은 제법 검을 다루는 실력이 있는 편이었지만 아렌의 검을 뚫지는 못했고, 아렌은 그들을 공격하지 않았다. 아렌과 사내들의 모습을 보고 있자면 마치 미리 짠 한 편의 검무를 보는 것만 같은 기분이 들 정도였다.

그러나 시간이 지날수록 사내들의 이마 위로 송글송글 맺힌 땀방울이 늘어갔다. 그리고 숨도 조금씩 거칠어지고, 검을 휘두르는 속도도 조금씩 느려지고 있었다. 그에 반해 아렌은 숨결 하나 흐트러지지 않은 처음 모습 그대로 검을 휘두르고 있었다.

상황이 이렇게 되자 검에 대해선 거의 무지하다시피 한 것 같은 얍삽한 사내마저도 뭔가 일이 심상치 않게 돌아가는 것을 눈치 챌 수 있었다.

"제, 제길⋯⋯!"

사내는 슬금슬금 뒷걸음질치더니 이내 몸을 돌리고 달아나 버렸다.

어이가 없는 상황이었다. 자신의 부하들을 버리고 달아나다니.

얍삽한 사내가 도망가 버리자 대결은 자동적으로 멈추어졌다. 세 사내는 더 이상 아렌을 공격하지 않았다. 아니, 공격할 수 없었다. 그들은 아렌이 마음만 먹었으면 자신들은 이미 수십 번도 더 죽었을 것이라는 걸 깨닫고 있었다.

그들은 아렌의 눈치를 보더니 이내 달아난 얍삽한 사내를 따라 얼른 달아났다. 곧이어 말 울음소리와 함께 마차가 출발하기 시작했다.

그렇게 사건이 일단락되고 나자 모여 있던 사람들 역시 뿔뿔이 흩어졌다. 아렌을 칭찬하는 소리가 여기저기서 들려왔지만 그런 건 아렌에게 아무런 의미도 없었다.

아렌은 소년에게로 시선을 옮겼다. 어느새 소년은 검을 장판 위에 올려놓은 채 원래의 자리로 돌아가 앉아 있었다. 얼마나 맞았는지 얼굴이 퉁퉁 부어올라 있었다. 하지만 소년은 전혀 신경 쓰지 않는 눈치였다.

아렌은 그런 소년의 모습에서 부아가 치밀어 오르는 것을 느꼈다.

"왜 이러고 있는 거지? 검의 주인을 모르면 아무에게나 팔아버리면 되는 거잖아."

"……."

"네 할아버지가 만든 검이라서 그런 거니?"

이 물음이 아렌의 마지막 물음이었다. 소년은 여전히 아무런 대답도 하지 않았다.

또 한참의 시간이 흘렀다. 소년은 아렌의 물음에 대답하지 않았다. 마치 홀로 딴 세상에 머물러 있는 듯했다.

결국 대답을 듣길 포기한 아렌이 돌아서려 할 때였다. 그의 귓가로 소년의 어눌한 목소리가 들려왔다.

"처음엔… 그랬어요."

아렌의 시선이 소년을 향했다. 소년은 거무튀튀한 금속을 쓰다듬고 있었다.

"처음엔… 나도 할아버지가 만든 검이라서 그런 줄 알았어요. 검의 주인을 찾으라던 할아버지의 마지막 말 때문에 내가 이러는 줄 알았어요."

말을 잇던 소년은 고개를 저었다.

"하지만 시간이 지나면서 그게 전부가 아니라는 생각이 들었어요. 시간이 지날수록 이것이 내가 해야 할 일이라는 생각이 들었어요. 이유는 아직 모르겠어요. 그래도 왠지 그래야만 할 것 같았어요. 그것이 내가 검의 주인을 찾는 이유예요.”

소년의 말에는 두서가 없었다. 아마 소년도 자신이 무슨 말을 하고 있는지 정확히 모를 것만 같았다. 그저 가슴속에 쌓여 있던 것을 단숨에 풀어내려는 것 같았다.

그런 소년을 잠시 지켜보던 아렌이 다시 입을 열었다.

“넌 두렵지 않니? 검의 주인이 나타나지 않을지도 모른다는 것이… 이 세상에 사실은 검의 주인은 존재하지 않을지도 모른다는 것이 두렵지 않니?”

“……두려워요. 무서워요. 하지만 지금 포기한다면 난 계속 무서울 거예요. 그러니 무섭지 않으려면 부딪치는 수밖에 없어요. 난 반드시 검의 주인을 찾아낼 거예요.”

아렌은 그런 소년의 대답에 아무런 말도 할 수 없었다.

소년이 고개를 들어 아렌을 바라보았다. 아렌과 소년의 눈이 마주쳤다. 아렌은 소년의 눈동자가 낯설지 않음을 또다시 느꼈다. 그리고 아렌은 소년의 눈동자가 왜 낯설지 않음을 깨달을 수 있었다.

어릴 적, 그를 토루에서 떠나보내던 할아버지의 눈동자를 닮았다. 용병길드 연합총단 수련단에서 수많은 어려움을 이겨내고 언제나 당당하던 네린의 눈동자를 닮았다. 두려움을 짊어진 채 스스로를 이겨낸 바카스의 눈동자를 닮았다. 스스로의 정의를 실현하는 데 조금의 의심도 없던 빅톤의 눈동자를 닮았다. 자신의 꿈을 위해 누구도 대적할 수 없을 거라는 강력한 적에 맞서 싸우던 반야의 눈동자와 닮았다. 외로움과 그리움에도 항상 밝게 웃는 레이나의 눈동자와 닮았다.

그리고… 외로움과 시련에도 포기하지 않고 검을 휘두르던 아렌, 그 자신의 눈동자와 닮았다.

그들의 눈동자에선 모두 하나의 동질성을 찾을 수 있었다.

포기하지 않는 자의 눈빛. 스스로를 이겨내는 자의 눈빛.

아렌은 소년의 눈동자에서 그것을 볼 수 있었다. 그리고 그 것이 아렌으로 하여금 소년의 눈동자가 낯설지 않음을 느끼게 했다.

'지금의 난……?

아렌은 소년의 눈동자에 비친 자신의 눈동자를 보았다. 그리고 자신의 눈동자에서 소년과 같은 빛을 찾아낼 수 있었다. 하지만 그의 빛은 조금씩 꺼져 가고 있었다. 희미해진 빛만이 남아 있을 뿐이었다.

그때 소년의 목소리가 들렸다.

"진리를 찾고 싶다면 생각하고 생각해라. 때론 시간만이 진리를 알려주기도 하는 법이지만 그럼에도 포기하지 말고 생각해라. 너의 생각이 진리를 찾는 데 한 걸음 다가가게 해 줄 것이다."

아렌이 상념에서 깨어나 소년을 바라보았다. 그러자 소년이 다시 입을 열었다.

"이건 우리 할아버지가 해주셨던 말이에요. 아저씨는 어쩐지 나와 비슷한 것 같아요. 그래서 해주는 말이에요. 난 아직 어려서 이 말이 무슨 뜻인지 모르겠지만… 아저씨는 알겠죠?"

소년은 그 말을 마친 채 고개를 숙였다. 평소 대화를 끝내고 싶을 때 소년이 하는 행동이었다. 아렌은 소년이 더 이상 아무런 말도 하지 않을 것임을 알았다.

아렌이 몸을 돌려 발걸음을 옮겼다. 어째서인지는 모르겠지만 발걸음이 쉽사리 떨어지지 않았다. 그러나 아렌은 발걸음을 옮겨 장터를 떠나갔다.

그렇게 아렌이 멀어지는 동안 소년은 아렌의 뒷모습을 보며… 아니, 아렌의 허리춤에 메어진 검을 보며 나직이 중얼거렸다.

"안녕……."

아렌은 집으로 돌아와 있었다.

장터에서 얼마 떨어지지 않은 곳에 위치하고 있었지만 오늘따라 그 거리가 천 길이나 되는 것처럼 멀게 느껴졌다.

집으로 돌아온 아렌은 검을 들고 마당에 멍하니 서 있었다. 그리고 그는 생각에 빠져들었다. 그가 무슨 생각을 하는지는 알 수 없었다. 그저 수많은 생각이 그의 머릿속을 빠르게 스쳐 지나가고 있다는 것만을 알 수 있을 뿐이었다.

생각에 빠진 아렌은 자신도 모르게 나직한 목소리로 무엇인가를 중얼거리고 있었다.

"진리를 찾고 싶다면 생각하고 또 생각해라. 때론 시간만이 진리를 알려주기도 하는 법이지만 그럼에도 포기하지 말고 생각해라. 너의 생각이 진리를 찾는 데 한 걸음 다가가게 해줄 것이다."

하루가 지났다. 하지만 아렌은 망부석이라도 된 듯 그 자리에 멈춰 선 채 움직이지 않았다.

레이나가 아렌을 깨우려고 했지만 보노보노가 막아섰다. 조금 더 두고 보라는 의미였다. 레이나는 보노보노가 그러는 이유를 알 수 없었지만 결국 보노보노의 말대로 하기로 했다.

"보노보노, 아렌 사부가 왜 저러시는 거지?"

"글쎄다."

레이나는 보노보노의 성의없는 대답에 가늘게 뜬 눈으로 보노보노를 노려보았다. 하지만 보노보노는 그녀의 눈빛엔 전혀 신경 쓰지 않는 듯했다.

"아렌 사부께서 저러는 걸 보면 뭔가 큰일이 일어난 게 틀림없어. 혹시……!"

"혹시?"

"사랑에 빠진 게 아닐까? 왜 가슴 아픈 로맨스 있잖아. 첫눈에 사랑에 빠진 남자와 그런 남자를 매몰차게 거절하는 여자. 사랑에 거절당한 남자는 삶에 의욕을 잃고 저렇게 스스로를 태우는 거야. 그러다가 결국 목숨을……."

"레이나?"

"으, 으응?"

"아무래도 말이야. 넌 토루에 있으면서 소설을 너무 많이 본 것 같다? 그게 너네 인간들의 상식적으로 지금 상황에 말이 되냐?"

레이나는 보노보노의 이 말에 입술을 쭉 내밀고 뾰루퉁한 표정을 지었다. 그리고는 어깨로 손을 뻗어 보노보노를 확 낚아채고는 땅에 던져 버렸다.

"으악! 무, 무슨 짓이야!"

땅에 패대기쳐진 보노보노는 레이나를 향해 버럭 소리를 질렀다. 하지만 이번엔 레이나도 지지 않았다.

"몰라! 오늘 하루 보노보노는 내 어깨 위에 올라오는 거 금지야!"

"그러시던지. 누가 아쉬워할 줄 알고?"

"이익!"

보노보노의 빈정거림에 얼굴을 빨갛게 물들이던 레이나는 몸을 휙 돌려 어디론가로 가버렸다. 보노보노는 그런 그녀의 뒷모습을 보며 있지도 않은 혀를 찼다.

"쯧쯧! 아직 애야, 애. 그나저나……."

보노보노의 시선이 아렌을 향했다. 아렌은 보노보노와 레이나의 시끄러운 다툼에도 전혀 깨어날 기미를 보이지 않았다. 그런 아렌을 보며 보노보노가 입을 열었다.

"어서 깨어나라, 이 바보야."

"흥! 보노보노 바보."

레이나는 투덜거리고 있었다. 제 딴에는 아렌 사부가 걱정
되는 마음에 애써 마음을 진정시키려 농담을 한 것뿐인데 핀
잔을 주는 보노보노가 미웠던 것이다.

그러던 레이나는 걷던 걸음을 우뚝 멈춰 세웠다.

"혹시 정말 그런 건 아니겠지?"

정말 아렌이 사랑에 빠진 게 아닐까 하는 생각이 문득 들었
다. 그러다가 자신의 머리를 쥐어박았다.

"바보, 그럴 리 없잖아. 정말 소설을 너무 많이 본 건가?"

그녀는 자기 탓을 하며 걸음을 다시 옮겼다. 그렇게 도착한
곳은 평소 아주머니와 함께 가꾸는 밭이 있는 곳이었다. 밭이
라고는 해도 집 앞마당쯤에 만든 것이었기에 사실 밭이라고
하기에도 민망한 곳이었다. 그래도 레이나는 자기가 직접 정
성스레 가꾼 밭과 농작물들이 너무도 좋았다.

밭에 도착한 레이나는 아주머니를 불렀다. 하지만 아주머
니는 잠시 어디에 나갔는지 없는 것 같았다. 고개를 갸웃거리
던 레이나는 아주머니가 돌아올 때까지 잠시 검을 휘두르기
로 했다.

밭을 가꾸랴, 음식을 차리랴 바쁜 레이나는 이처럼 남는 시

간마다 틈틈이 검을 휘둘렀다. 그래서 항상 허리춤에 레이피어를 차고 다녔다.

아주머니는 여자아이에게 검은 어울리지 않는다고 했지만 레이피어는 이미 레이나의 신체나 다름없었기에 레이나는 항상 레이피어를 지니고 다녔다.

레이피어의 손잡이가 손에 착 감겨왔다. 그리고 햇빛을 받아 어스름하게 스스로 빛을 발하는 것 같은 레이피어는 정말 아름다웠다.

그녀의 레이피어는 전설의 신검까지는 아니었지만 대륙에서도 몇 보기 힘든 명검 중에 명검이었다. 그것은 데미안의 마검과 부딪치고도 아무런 이상이 없는 것만 봐도 알 수 있는 사실이었다.

토루까지 오는 동안 그녀의 레이피어를 탐내는 이들이 많았지만, 개중에 레이나와 아렌의 이목을 속이고 접근할 수 있는 사람은 없었다. 때로는 무력으로 그녀의 레이피어를 뺏으려는 사람도 있었다. 그럴 때마다 정작 빼앗으려던 레이나의 레이피어에 혼쭐이 나 도망가고는 했다.

레이나는 레이피어를 뽑아 들고는 검을 휘두르기 시작했다.

그녀의 검은 산에서 처음 내려왔을 때와는 비교도 되지 않을 만큼 많은 발전을 거친 상태였다. 그녀의 천부적인 재능과 아렌의 가르침이 만난 결과였다. 거기다가 그녀는 지금도 끊임없이 발전하고 있는 상태였다.

예전 그녀의 검은 실전 검술만이 배어 있어 조급하고 거친 감이 없지 않았는데, 지금 그녀의 검에는 여유와 부드러움이 느껴졌다. 어느새 그녀의 검은 아렌의 검을 닮아가고 있었던 것이다.

레이나는 그렇게 검을 펼쳐 갔다. 그리고 정말 한참이 지난 후 레이나는 검을 거둬들였다. 아주머니가 도착한 까닭이었다. 생각보다 훨씬 늦게 아주머니가 온 덕분에 레이나는 오랜만에 마음껏 검을 휘두를 수 있었다.

그런데 돌아온 아주머니의 표정이 밝지 않았다. 아니, 오히려 창백한 표정이라고 해야 함이 정확하리라.

"아주머니, 왜 그러세요?"

"레, 레이나! 큰일이 났단다!"

"큰일이요?"

"모, 몬스터들이……!"

아주머니의 설명을 듣는 동안 레이나의 표정이 조금씩 굳어갔다. 그리고 그녀는 재빨리 레이피어를 챙겨 든 채 어느 한곳을 향해 뛰어가기 시작했다.

"어디 가는 거니, 레이나!"

"걱정 마세요, 아주머니!"

레이나는 그렇게 말하며 달리는 다리에 힘을 주어 빠르게 달려나갔다. 아주머니는 계속해서 레이나에게 돌아오라고 외쳤지만 그녀는 이미 사라진 뒤였다.

얼마나 많은 시간이 지났을까.

얼마나 많은 생각을 했을까. 그리고… 얼마나 오랫동안 검과 함께했을까.

영원히 움직이지 않을 것 같던 아렌의 검이 천천히… 아주 천천히 움직이기 시작했다. 하지만 그 움직임이 너무도 느려 얼핏 보면 움직이는 것을 눈치 채지 못할 정도였다. 하지만 분명 아렌의 검은 움직이고 있었다. 그리고 눈에 띄지 않을 만큼 아주 조금씩 속도를 늘여갔다.

검이 움직이기 시작하자 아렌 역시 움직이기 시작했다. 아렌의 움직임 또한 느리기 그지없었다.

또다시 시간이 흘렀다. 아렌과 검은 아직도 느리지만 평소 아렌이 펼치는 검의 속도에 점점 가까워져 가고 있었다.

아렌은 검무를 추었다. 형식도 없고 제한도 없는 검무였다. 강을 뒤에 두고 펼치면 강을, 숲을 뒤에 두고 펼치면 숲을, 노을을 뒤에 두고 펼치면 노을을 닮아가는, 그 속에 녹아들어가는 그 검무였다.

바람결이 검을 따라 흘러갔고 아렌의 숨결과 하나가 되었다. 그리고 아렌과 검은 하나가 되었다. 그들은 둘이자 하나가 되어 그렇게 춤을 추었다.

검무는 오랫동안 이어졌다. 마치 지금까지 추지 못했던 만큼을 추려는 듯 끝이 나지 않을 것만 같았다.

아렌의 검이 희미한 빛을 뿜어내기 시작했다. 희미하던 빛은 조금씩 그 밝기를 더해갔고, 이내 검 전체를 뒤덮으며 완전한 검의 형상을 갖추었다.

아렌은 광검이 펼쳐진 검을 든 채 검무를 추고 있었다. 하지만 무엇이든 베어버린다는 광검이 스쳐 지나가도 아무것도 베이지 않았다. 그저 가져다 대기만 해도 싹둑 잘려 나갈 것만 같은 짚단이나 나뭇잎들조차도 베이지 않았다. 베이지 않은 것만이 아니라 흠집조차 나지 않았다.

마치 아렌이나 광검이나 모두 허상인 듯, 꿈을 꾸고 있는 듯했다.

그러던 아렌의 광검이 지금까지와는 비교도 되지 않을 만큼의 밝은 빛을 내뿜기 시작했다. 눈이 멀어버릴 것만 같은 너무도 밝은 빛은 곧 세상을 덮었다.

잠시 후 빛이 잦아들고, 그 자리엔 아렌이 서 있었다.

검무를 추기 전과 다를 바가 없는 모습이었지만 그의 입가에 머물러 있는 희미한 미소와 그의 맑은 눈동자가 많은 변화가 있음을 말해주었다.

아렌은 살며시 눈을 감은 채 조금 전의 검무를 음미하고 있었다. 그때 그의 귓가로 시큰둥한 목소리가 들려왔다.

"이제야 제정신을 차린 것 같구먼."

아렌은 그 목소리의 주인을 알고 있었다. 그는 눈을 뜨고 목소리가 들려온 곳을 바라보았다. 그곳에는 진한 하늘색의 살찐 물방울이 뚱한 표정으로 그를 바라보고 있었다.

"보노보노."

"이제 네가 모르던 걸 알아냈냐? 왜 검을 휘둘러야 하는지, 그 책임이 무엇인지 모르겠다고 매일 중얼거리고 다녔잖아."

아렌은 보노보노의 그 말에 어색한 미소를 지으며 머리를 긁적였다.

"아니, 아직 모르겠어."

"엑? 그럼 뭐야? 나아진 게 하나도 없잖아."

"나아진 게 없진 않아. 적어도 책임을 질 만한, 검을 계속 휘두를 만큼의 용기를 되찾았으니까. 모르는 건 지금부터 알아가도 늦지 않다는 걸 깨달았으니까."

"말은 청산유수로구먼."

말은 그렇게 하는 보노보노였지만 한편으론 안도의 한숨을 내쉬고 있었다. 그런 보노보노를 보며 아렌은 푸근한 미소를 지었다. 그리고 곧 자신의 검에게로 시선을 돌렸다.

"네게도 미안했……."

검에게도 미안하다는 말을 전하던 아렌은 끝내 말을 잇지 못했다. 그의 검이 검봉에서부터 조금씩 부서져 가고 있었던 것이다. 가루가 되어가는 검이 불어오는 바람결에 날려가고 있었던 것이다.

"아……!"

아렌은 자신도 모르게 소성을 내뱉었다. 바람에 흩날려 사라져 가는 그의 검을 보며 아렌은 이런 소성밖에 내뱉을 수 없었다. 그렇게 검은 모두 가루가 되어 날아가 버렸다. 아렌의 손에 남아 있는 것은 검신이 사라진 검의 손잡이뿐이었다.

아렌은 멍한 눈으로 검신이 날아간 허공과 검의 손잡이를 번갈아 보았다. 그러더니 이내 입을 열었다.

"그랬구나. 사실이었어. 넌 내게서 할 일을 모두 마쳤던 거야."

아렌은 언젠가 소년이 자신의 검을 보며 했던 말을 떠올렸다.

그의 검은 할 일을 모두 마쳤다는 그 말. 그때는 이해할 수 없었던 말이지만 이제는 이해할 수 있었다. 하지만 그것을 깨닫는 덴 조금 늦은 감이 없지 않았다.

아렌은 자신도 모르게 눈에서 눈물 한 방울을 떨어뜨렸다. 떨어진 눈물 한 방울은 그의 손에 쥐어져 있는 검의 손잡이에 스며들었다. 그것이 아렌이 해주는 마지막 이별의 선물이었다.

그때 그의 귓가로 누군가의 목소리가 들려왔다.

"이제야 편히 쉴 수 있겠군요."

아렌이 고개를 돌려 목소리가 들려온 곳을 바라보았다. 그곳에는 어느새 소년이 아렌을 바라보며 서 있었다. 아렌이 아무리 다른 곳에 신경을 쓰고 있었다고는 해도 그의 이목을 속인 채 이토록 가까이 접근해 온 것은 놀라운 일이었지만, 그런 것에는 아렌이나 소년 그 누구도 신경 쓰지 않았다.

소년은 아렌을 보며 다시 입을 열었다.

"아저씨도 사실 알고 있었잖아요. 아저씨의 검이 얼마 버티지 못하리라는 사실을."

"내가… 알고 있었다고?"

아렌은 소년의 말에 머리를 망치로 얻어맞은 것만 같은 기분이 들었다. 그리고 이내 고개를 끄덕였다.

"어렴풋이… 짐작은 했던 것 같아."

"그런데 왜 검을 계속 잡아두었던 거죠? 왜 검을 조금 더 일찍 쉬게 하지 않았던 거죠? 그럼 형태만이라도 보존할 수 있었을 텐데."

"글쎄, 그땐 확신이 없었으니까. 그 때문이 아닐까?"

이렇게 말하던 아렌은 곧 고개를 저었다.

"아니, 그 때문이 아니구나. 그냥… 그래야만 할 것 같았어. 끝까지 함께해야 할 것 같았어. 그걸 검이 원하는 것만 같았어."

왠지 그래야만 할 것 같았다.

일찍 쉬게 해주었다면 형태만은 보존할 수 있었겠지만, 그것은 검이 바라는 일이 아닐 것 같았다. 그리고 검은 끝까지 아렌과 함께하다 그와 마지막 춤을 추고 떠나갔다.

그것이 검과 아렌의 마지막 작별 인사나 다름없었다.

아렌이 검무를 떠올리며 검의 손잡이를 바라볼 때 소년이 입을 열었다.

"아저씨는 검의 목소리가 들리나요?"

"응? 그게 무슨……?"

"난 들려요. 검이 나에게 하는 말이, 검이 각자의 주인에게 하는 말이. 다른 사람들은 검의 목소리를 듣지 못하지만 난 들을 수 있어요. 기쁨, 슬픔, 분노, 이해, 자잘한 푸념까지도. 난 들을 수 있어요."

Chapter 41

아렌의 검

토루를 감싸 안는 성루엔 많은 이들이 올라가 있었다. 토루의 자치단체 병사들과 용병들이었다. 그들은 모두 한마음이 된 것처럼 사색이 된 채 한곳으로 시선을 고정하고 있었다. 그때 그들의 귓가에 소란스런 목소리가 들려왔다.

"올라가면 안 된다니까!"

이 목소리는 분명 밑에서 일반 시민들의 통제를 막고 있는 병사의 목소리가 분명했다. 그리고 그 목소리가 들려오고 얼마 지나지 않아 성루 위로 작은 그림자가 뛰어 올라왔다.

작은 그림자의 정체는 다름 아닌 레이나였다. 레이나는 성루로 뛰어 올라온 즉시 성루의 끝자락으로 달려갔다. 그리고 나직한 탄성을 터뜨렸다.

"세상에……!"

탄성을 터뜨린 것에는 이유가 있었다. 성루 밖 멀지 않은 곳에서 보이는 무수한 몬스터들 때문이었다. 그 수가 족히 1천은 넘어 보였다.

"넌 뭐야? 여긴 올라오면 안 되는 곳이야!"

한 병사가 레이나를 보며 소리쳤다.

분명 성루에 일반 시민들의 출입을 통제하고 있는 상황인데 왜 여자아이가 여기에 올라와 있단 말인가. 병사는 레이나를 쫓아내려고 성큼성큼 그녀를 향해 다가갔다.

그러자 레이나는 허리춤의 레이피어를 내밀며 말했다.

"나도 용병이에요."

"하? 용병? 너 같은 어린아이가 무슨……."

병사는 말을 끝까지 잇지 못했다. 어느새 레이나가 레이피어를 뽑아 그의 코끝 앞에 세워놓았던 것이다. 병사는 레이나가 레이피어를 휘두르는 것은커녕 검을 뽑는 것조차 볼 수 없었다.

그는 코앞의 레이피어의 날카로움에 마른침을 삼켜야 했다.

"이제 믿겠어요? 아니면… 정말 찔려봐야 알겠어요?"

레이나의 이 물음에 병사는 고개를 저어야 했다. 칼이 찔리지 않으려면 그럴 수밖에 없었다. 그제야 레이나는 레이피어를 거두어들였다.

병사는 코앞에서 레이피어가 사라지자 안도의 한숨을 내쉬었지만 이내 다시 한 번 레이나를 잡기 위해 손을 뻗으려 했다. 그러나 그 순간 레이나가 다시 레이피어를 뽑으려는 시늉을 취하자 병사는 얼른 손을 거둘 수밖에 없었다.

"도, 도대체 네 나이가 몇이기에 용병이라고 하는 거냐…요."

병사가 기어 들어가는 목소리로 묻자 레이나는 간단히 대답해 주었다.

"열다섯이에요."

"에엑?!"

"왜요? 무슨 문제 있어요?"

"아무리 봐도 고작해야 열 살쯤으로밖에……."

병사는 말을 끝까지 잇지 못했다. 레이나가 날카로운 눈빛으로 그를 쏘아봤기 때문이다. 그 눈빛엔 일말의 살기마저 담겨 있었다. 이에 그 눈빛을 정면으로 받은 병사는 가슴이 덜컥 내려앉는 기분이 들었다.

결국 그는 조용히 뒤로 물러설 수밖에 없었다. 열다섯 살 정도 되는 용병들은 흔치는 않지만 없는 것은 아니었기 때문이다. 그러니 어리다고 용병이 아니라 말할 수도 없는 노릇이었다. 물론 정말 레이나가 열다섯이나 되었을 거라고는 믿지 않는 병사였지만 어쩌겠는가. 레이나의 칼은 너무나 가까운 곳에 있었다.

병사는 레이나에게서 신경을 끄고 물러서려고 했지만 그 전에 레이나가 병사에게 말을 걸었다.

"도대체 저 많은 몬스터들이 왜 나타난 거죠?"

"그게……."

레이나는 병사로 하여금 대략적인 설명을 들을 수 있었다.

얼마 전 용병들이 몬스터 섬멸 작전을 위해 토루를 떠났다. 보통 토루에서 사흘 즈음 가면 작고 약한 몬스터 부락 하나 정도는 나오는 것이 일반적이었다. 사실 몬스터 섬멸 작전도 이름만 그럴듯하지 그런 부락 한두 개쯤 부수고 오는 것이 전부인 작전이었다.

그런데 용병들은 사흘을 넘게 이동했음에도 몬스터의 부락을 찾을 수가 없었다. 원래 목표로 하고 이동했던 몬스터들의 부락은 어느새 다른 곳으로 옮겨진 뒤였고, 결국 용병들은 다른 몬스터 부락을 찾으러 다녀야 했다.

그렇게 찾은 것이 '와리' 라는 몬스터의 부락이었다.

와리는 몸집이 잡고 힘도 약하기 때문에 성인남자 한 명이라면 때려눕힐 수 있을 정도의 약한 몬스터였다. 하지만 머리가 일반 몬스터들보다 똑똑하고 단체성이 강했기에 무리로 몰려다녔다.

몬스터를 찾다가 지친 용병들은 와리 부락을 발견하자마자 옳다구나 하며 제대로 된 주변 파악도 하지 않고 막무가내로 공격을 하고야 말았다.

디오니스 용병길드만이 출전한 것이라면 이런 일이 일어날 수는 없었을 것이나, 이번 몬스터 섬멸 작전을 위해 다른 곳에 소속되거나 떠돌아다니는 용병들까지 죄다 끌어모으다 보니 상관의 명령이 끝까지 전달되지 못한 것이 원인이었다. 그러나 문제가 그것뿐이었다면 괜찮았으리라.

보통 와리의 부락은 이백여 마리쯤으로 이루어져 있었는데, 가끔 가다가 여러 부락이 합쳐 하나의 대부락을 이루는 경우가 있었다.

문제는 용병들이 공격한 곳이 바로 이 대부락이었던 것이었다. 그것도 천여 마리가 훨씬 넘는 엄청난 숫자의 부락을 말이었다.

고작해야 삼백여 명밖에 되지 않던 용병들은 비교조차 되지 않는 수적 차이에 단숨에 와리에게 포위되었다. 디오니스 용병길드가 주축이 된 용병들은 죽을힘을 다해 포위망을 뚫었지만 그러는 사이 많은 용병들이 죽었고, 토루로 도주하는 사이 추적을 당해 살아남은 대부분의 용병들마저도 죽고 말았다.

그런 이유로 지금 살아서 토루의 성루에 올라와 있는 용병들의 숫자는 고작해야 백 명이 채 넘지 않았다.

"그럼 저 와리라는 몬스터는 복수를 위해 이곳까지 쫓아온 건가요?"

"그게 좀……."

"어서 말해봐요."

"와리라는 몬스터는 똑똑한 축에 드는 몬스터란 말이지. 그냥 맞부딪치는 거라면 모를까, 이렇게 도시 안으로 들어온 상대로 싸운다면 자신들도 많은 피해를 입을 거라는 걸 알고 있을 거야. 그래서 보통 이런 경우 그냥 돌아가는 게 일반적이지. 아니, 보통 때 같았으면 여기까지 추적해 오지도 않았을 거야. 이미 자기들을 공격했던 용병들도 태반이 다 죽어나간 상태이니. 그런데 무엇 때문인지 끝까지 살기를 불태우고 있어."

"혹시 뭔가 다른 이유가 있을지도 모른다는 얘기인가요? 그럼 살아 돌아온 용병에게 물어보면 되잖아요."

"그렇긴 한데 돌아온 용병들이 하나같이 입을 다문 채 아무런 말도 하지 않고 있어. 용병들의 대장인 디오니도 살아 돌아왔으니 감히 용병들을 채근할 수도 없는 노릇이고."

지금 레이나의 곁에 있는 병사를 비롯한 다른 병사들도 답답한 건 마찬가지인 것 같았다.

토루를 피 바다로 만들지도 모르는 몬스터들이 도시 밖에 진을 치고 있는데 정작 일을 벌인 용병들은 입을 다물고 있고, 거기다 거의 이 도시의 지배자라고 할 수 있는 디오니가 눈치를 주고 있으니 어찌할 수가 없는 것이었다.

병사는 구시렁거리면서 시선을 다른 곳으로 옮겼는데, 그 곳에는 레이나도 언젠가 본 적이 있던 디오니가 창백한 안색을 애써 감추며 성 밖의 와리들을 바라보고 있었다.

'뭔가 있어.'

레이나는 분명 디오니가 무엇인가를 숨기고 있다고 확신했다. 그리고 그렇게 생각한 그녀는 망설임없이 디오니를 향해 다가가기 시작했다. 구시렁거리던 병사는 깜짝 놀라 그녀를 잡으려 했지만 그녀는 병사의 손길을 가볍게 피하며 디오니의 지척에 도달했다.

"도대체 뭐죠?"

디오니의 근처에 도착하자마자 레이나가 내뱉은 말이었다. 창백한 안색의 디오니는 레이나에게로 시선을 돌렸다. 그리고 잔뜩 인상을 찌푸렸다.

"누가 이런 애를 여기에 출입시키라고 했어!"

"죄, 죄송합니다! 지금 당장 내쫓겠습니다."

어느새 뒤쫓아 온 병사가 황급히 레이나를 끌고 나가려 했지만 레이나는 손짓 한 번으로 병사를 밀쳐 내며 다시 입을 열었다.

"도대체 무슨 짓을 한 거죠? 무슨 짓을 했기에 와리라는 저 몬스터들이 저렇게 흥분을 한 거죠?"

디오니의 눈빛이 이채를 띠었다. 디오니도 토루라는 도시의 실력자. 토루가 비록 변방의 작은 도시라고는 하나 디오니는 분명 제법 뛰어난 실력을 가진 용병이었다. 그렇기에 레이나가 병사의 손길을 뿌리친 한 수가 보통이 아님을 눈치 챌 수 있었다.

하지만 그것뿐이었다. 레이나가 한 수가 있는 꼬마라고 생각할 뿐, 그녀가 굉장한 실력을 갖추고 있을 거란 생각은 상상조차 하지 못하는 디오니였다.

그는 레이나를 끌어내기 위해 다가오는 병사들을 향해 손짓했다. 멈추라는 의미였다. 그리고 레이나를 보며 입을 열었다.

"아주 당돌한 꼬마로군. 좋아, 말해주지. 우리는 예정대로 몬스터 섬멸 작전을 펼쳤고, 정보의 오차가 있었기에 와리의 대부락을 건드렸을 뿐이지 다른 잘못은 아무것도 한 게 없다. 이제 알았나?"

"난 잘못했다고 말한 적은 없는데요? 스스로 잘못을 왈가왈부하는 것을 보니 분명 무슨 짓을 하긴 한 거로군요?"

레이나의 이 말에 디오니의 눈썹이 꿈틀거렸다. 스스로 괜한 말을 꺼냈음을 깨달았기 때문이다. 심기가 상한 그는 더 이상 레이나와 대화할 필요성을 느끼지 못했다.

"끌어내!"

디오니는 그렇게 명령을 내리며 도시 밖으로 시선을 돌렸다.

레이나는 화가 나 있었다. 자신을 꼬마라 부르는 것부터 시작해 스스로의 책임을 회피하는 것, 그리고 진실을 숨긴 채 모두를 위험에 빠뜨리는 행동까지 그 모두가 화가 났다.

그녀는 결국 두들겨 패서라도 디오니에게서 자백을 받아

넬 생각을 했다. 여기에 있는 전부가 덤빈다 하더라도 레이나
는 자신이 있었다. 더욱이 성루라는 지리적 위치는 많은 사람
이 한자리에 모여들기 힘든 곳이었기에 숫자의 우세 따위는
레이나에게 아무런 방해도 되지 않았다.

그렇게 그녀가 레이피어를 뽑아 들려 할 때였다. 도시 밖에
서 누군가의 비명 소리가 들려왔다.

"으아아악! 무, 문을 열어줘!"

레이나는 재빨리 성루의 바깥쪽으로 가 비명 소리가 들려
온 곳을 바라보았다. 비명 소리가 들려온 곳은 토루의 입구였
다. 그곳에는 웬 마차와 말에 탄 스무 명 정도 되는 사내들이
성문을 열어달라 소리치고 있었다.

만약 아렌이 이 자리에 있었다면 그 마차가 상당히 눈에 익
다고 생각했을 터였다. 바로 아렌과 한차례 부딪침이 있었던
얍삽한 사내의 마차였기 때문이다.

아렌에게서 도망친 얍삽한 사내는 분한 마음을 참지 못하고
복수하기로 다짐했다. 그래서 토루와 하루 거리에 있는 도시
로 가 그곳에서 열댓 명의 용병을 고용하여 돌아온 것이었다.

하지만 토루로 돌아오고 나니 갑자기 엄청난 수의 몬스터
들이 토루 앞에 진을 치고 있는 게 아니겠는가. 얍삽한 사내
는 재빨리 왔던 길로 돌아가려 했지만 이미 자신들의 뒤는 몬
스터들에 의해 막혀 있는 상태였다. 그래도 다행히 말과 마차
를 타고 있었기에 그들에게서 도망쳐 토루의 입구까지 도달

할 수 있었던 것이다.

레이나가 그 모습을 보고는 성문을 담당하는 병사들에게 얼른 외쳤다.

"얼른 문을 열어줘요!"

하지만 병사들은 우물쭈물할 뿐 성문을 열어주지 않았다. 레이나가 다급한 음성으로 다시 외치려는 찰나, 그녀의 뒤편에서 디오니의 목소리가 들려왔다.

"성문을 열어줘선 안 된다!"

병사들은 디오니의 명령에 문을 열어주는 기계에서 손을 떼었다. 그러자 레이나가 도끼눈을 치켜 뜬 채 디오니를 노려봤다.

"어째서 성문을 열어주지 않는 거죠?"

"성문을 열어주었다가 와리들이 공격해 오면 어떻게 할 거지? 지금 저들이 쉽사리 공격해 오지 못하는 것도 문은 굳건히 닫혀 있고, 성루가 높아서 그런 것이다."

"와리들과는 거리가 있잖아요! 저들만 들어오도록 잠시만 열었다 닫으면 되는데 그게 그렇게 어려운 문제인가요?"

"넌 이런 도시의 성문을 열었다 닫는 데 얼마나 많은 시간이 걸리는지 아느냐?"

"와리들이 이곳에 도착할 때까지 닫히지 못할 정도는 아니겠죠!"

"어떻게 그렇게 확신하지? 만약 성문을 열어줬다가 성문을 닫는 장치가 고장이라도 난다면? 아니면 저 밑의 녀석들이 와리의 스파이이기라도 한다면?"

"그런 억지가……!"

디오니의 억지에 레이나는 소리를 쳤지만 디오니는 고개를 흔들었다.

"잘 들어라, 꼬마. 난 일말의 가능성도 배제할 수 없다. 내가 이러는 건 나 혼자만이 살기 위한 게 아니야. 밑에서 떨고 있는 토루의 시민들과 여기의 병사, 그리고 너까지 모두 살리기 위해 결정을 내려야 한단 말이다. 저 녀석들은 안됐지만 어쩔 수 없는 일이다. 그리고 와리들이 아무리 공격해도 성문을 뚫지는 못할 터. 이대로 버티다 보면 돌아갈 것이다."

"……비겁하군요. 비겁한 변명일 뿐이에요."

"비겁하다? 용병이란 원래 그런 거다. 살기 위해 싸우지. 살기 위한 비겁함은 비겁함이 아니야. 그렇게 잘난 용기… 아니, 만용을 부리는 꼬마라면 어디 한번 나가서 혼자 싸워보시지?"

디오니는 그렇게 잔뜩 빈정거리고는 다시 자신의 원래 자리로 돌아갔다. 그때 다시 도시 밖에서 비명 소리가 들려왔다. 이번에는 단지 문을 열어달라고 지르는 비명 소리가 아니었다.

와리들 쪽에서 그들을 포획하기 위해 사십여 마리의 와리를 도시로 보내오고 있었기 때문이다. 와리가 지척으로 접근한 상태였지만 성루 위의 그 누구도 활조차 당기지 않았다.

괜히 공격해서 와리를 자극시키지 말라는 엄명이 있었기 때
문이다.

레이나의 표정이 다급해졌다. 만약 이대로 저들이 와리들
에게 잡혀간다면 그들은 죽은목숨이나 다름없기 때문이다.
결국 레이나는 디오니를 한 번 강하게 노려보고는 주변에서
긴 밧줄을 찾아 성루의 기둥에 묶었다. 그리고 그 줄을 잡은
채 성루 밖으로 떨어져 내렸다.

그런 그녀의 모습에 많은 이들이 놀랐으나 디오니만은 그
렇지 않았다.

"쯧쯧, 용병이 될 만한 자질은 아니야. 괜히 용병이 된다고
설쳐서 다른 사람까지 죽이기 전에 여기서 죽는 게 더 낫겠지."

그는 그렇게 중얼거리고는 병사를 시켜 레이나가 메어놓
은 밧줄을 풀어버리게 하였다. 레이나는 이미 땅에 도착한 상
태라 밧줄을 풀어도 상관없었지만 밧줄을 풀어버리면 다시
올라오지 못하는 터라 병사들은 우물쭈물할 뿐이었다.

그런 병사들을 보며 디오니가 버럭 소리를 질렀다.

"와리들이 그 밧줄을 타고 올라오면 네놈들이 책임질 거
냐!"

결국 병사들은 얼른 밧줄을 풀어버릴 수밖에 없었다.

한편 땅에 도착한 레이나는 토루의 입구로 달려갔다.

"이보세요, 괜찮아요?"

"무, 문을 열어줘!"

레이난 그곳의 한 사람에게 괜찮냐고 물었지만 그는 레이나에겐 신경조차 쓰지 않은 채 오로지 문만을 두드리고 있었다. 다른 사람들은 문을 열어주지 않을 것임을 깨달았는지 각자 무기를 챙겨 든 채 적에게 맞설 준비를 하고 있었지만 유독한 이 사람만은 울고불고 난리도 아니었다.

레이나는 그를 보며 한숨을 내쉬고는 다른 사내들이 전투 준비를 하고 있는 곳으로 다가갔다. 그러자 그들 중에서 턱수염을 덥수룩 기른 사내가 레이나를 향해 말했다.

"보아하니 마법사는 아닌 것 같고… 제길! 진짜 여기서 죽는 건가?"

"제가 마법사였다면 이 위기를 벗어날 수 있는 건가요?"

"물론 그럴 리 없지. 네가 뇌전의 카니야나 화염의 파오덴 정도라면 모를까, 어차피 꿈 같은 이야기야."

사내는 이미 살 수 있는 가능성을 포기한 것 같았다. 하지만 죽어도 그냥 죽어주지는 않겠다는 듯 머리통만 한 철퇴를 이리저리 휘둘렀다. 그러다가 다시 레이나를 보며 입을 열었다.

"어리석은 행동이야. 그래도 저 위에 있었다면 살 수 있었을 텐데 왜 여기로 내려온 거지? 그것도 너 같은 어린 여자 아이가 말이야."

"저, 어린아이 아니거든요? 이래 봬도 열다섯 살 숙녀란 말이에요."

"아, 그러셔? 어린아이건 숙녀건 이 상황에 달라질 게 있나?"

"아저씨는 아직 모르는군요. 숙녀의 검은 무척이나 매운 법이에요."

레이나의 이 말에 덥수룩한 수염의 사내는 씨익 웃음을 짓다가 머리를 박박 긁으며 입을 열었다.

"어서 저 마차로 피해. 그럼 그나마 좀 오래 살 수 있을지도 모르지."

"싸우지 않을 거라면 내려오지도 않았어요."

"허! 정말 당돌한 꼬마네?"

"꼬마 아니라니까요!"

"네네, 숙녀님. 어차피 죽을 거라면 빨리 죽는 게 나을 수도 있겠지. 어쨌든 전투가 시작되면 내 곁에 딱 달라붙어 있어. 내 고향의 딸 생각이 나서 말하는 거야."

사내는 그렇게 말하고는 시선을 다가오는 사십여 마리의 와리들에게로 돌렸다. 그런 사내를 보며 레이나는 미소를 지어주었다. 그리고는 와리에게로 시선을 돌리며 조용히 레이피어를 뽑았다.

그러는 사이 와리들은 이미 지척으로 접근해 있었다. 그들은 낫같이 생긴 병기를 거머쥐고는 레이나들을 빙 둥글게 포위하기 시작했다. 그러던 어느 순간, 와리 중 한 마리가 갑작스레 레이나를 향해 덮쳐 왔다.

와리들은 덩치가 작고 힘이 약한 대신 머리가 좋고 몸놀림이 제법 빨랐기에 보통의 여자 아이 같았으면 와리가 덮쳐 오면 비명만 지를 뿐 아무것도 할 수 없었을 것이다.

하지만 레이나는 달랐다. 레이나는 핏빛의 사신 데미안과의 대결에서도 엄청난 속도로 막상막하의 실력을 펼친 전력이 있었다. 그런 데미안과 비교해서 와리의 몸놀림은 마치 지렁이가 기어가는 것만 같이 느리게 느껴졌다.

레이나는 지척으로 접근한 와리를 향해 타이밍을 맞춰 레이피어를 뻗어내려 했다. 그러나 레이나는 이내 레이피어를 멈추었다. 그녀보다 앞서 와리를 공격한 사람이 있었기 때문이다.

퍼억!

카악!

둔탁한 타격음과 와리의 비명이 울려 퍼지며 와리가 뒤로 나가떨어졌다.

"어딜 감히 우리 숙녀 분을 노리는 거냐, 이놈들아!"

와리를 공격한 것은 다름 아닌 덥수룩한 수염의 사내였다. 그는 와리가 레이나를 공격하자 철퇴를 힘껏 휘둘러 와리의 얼굴을 갈긴 것이었다. 그리고 그는 고개를 돌려 레이나를 향해 씨익 웃어주었다. 그런 그를 보며 레이나 역시 작게 미소 지어주었다.

그러나 언제까지 그러고 있을 수만은 없었다. 레이나를 향해 달려들던 와리를 시작으로 사십여 마리의 와리가 일제히 그들을 향해 달려들기 시작한 것이었다.

사내들은 제각기 병기를 거머쥔 채 와리들에 맞서 싸우기 시작했다. 레이나 역시 직접적으로 나서서 싸우진 않았지만 덥수룩한 수염의 사내 뒤에서 사내의 빈틈을 메워주었다.

사실 사내의 실력으로 레이나를 지키네 마네 하는 것엔 문제가 있었지만, 레이나는 그런 사내의 의지를 거부할 수 없었다. 때문에 사내의 빈틈을 막아주고 있었던 것이다.

빈틈을 막아주는 게 전부였지만 레이나의 레이피어는 언제나 시기적절한 타이밍에 와리들을 처리하고 있어서 사내는 마음 놓고 철퇴를 휘두를 수 있었다.

하지만 역시 수적 열세가 너무 컸다. 거의 두 배나 되는 와리들에게 사내들은 하나둘씩 상처를 입고 있었다. 레이나의 보조 덕분에 덥수룩한 수염의 사내는 아무런 상처도 없이 말짱했지만 다른 사람들은 그렇지 못했다.

'이대로 가다가는 오래 싸우지 못해.'

레이나는 상황이 불리함을 깨달았다. 그리고 이제는 자신이 앞으로 나서야 함을 깨우쳤다. 그녀는 덥수룩한 수염의 사내가 크게 철퇴를 휘두르는 사이의 틈을 파고들며 앞으로 뛰쳐나갔다.

"이봐!"

사내가 깜짝 놀랐는지 그녀를 불렀지만 그녀는 사내를 향해 미소를 지어주고는 레이피어를 휘두르기 시작했다.

파파파팟!

레이나의 레이피어는 빛살과도 같았다.

빛이 한 번 번쩍하는가 하면 어김없이 와리 한두 마리쯤은 사방으로 나가떨어졌고, 그런 레이피어만큼이나 레이나의 몸놀림 역시 다른 와리들을 찾아 재빠르게 움직였다.

그 모습을 보는 덥수룩한 수염의 사내를 비롯한 다른 사내들 모두가 입을 다물지 못했다.

레이나가 본격적으로 나서기 시작하자 사십여 마리의 와리는 더 이상 위협적이지 않았다. 레이나의 레이피어에 와리 스무 마리 정도가 당하고 나자 와리들은 안 되겠는지 뒤로 돌아 도망치기 시작했다.

그렇게 와리들이 도망치고 나자 레이나는 한숨을 내쉬며 뒤를 돌아봤다. 그곳에는 많은 사내들이 레이나를 보며 입을 쩍 벌리고 있었다. 그들의 눈동자에는 경악의 빛이 가득했다.

그중에서도 레이나는 덥수룩한 수염의 사내를 보며 입을 열었다.

"어때요? 숙녀의 검은 맵다고 했죠?"

덥수룩한 수염의 사내는 그저 고개를 끄덕이는 일밖에 할 수 없었다. 레이나는 그에게 싱긋 웃어주고는 다시 뒤로 돌며 입을 열었다.

"지금까지는 몸 풀기였어요. 이제부터 시작이에요. 와리들도 이번엔 제대로 나올 거예요. 모두 조심하세요.”

과연 그녀의 말대로 저 멀리 와리 진영에서 거의 백여 마리에 가까운 와리가 그들을 향해 다가오고 있었다. 그들만으로는 사십여 마리의 와리들도 벅찬 판에 백여 마리의 와리라니…….

분명 절망스러운 상황이었지만 사내들은 어쩐지 용기가 나는 것을 느꼈다. 그들에게는 희망의 여신이 존재하는 것일지도 몰랐다.

비록 아직은 작고 어리게만 보이는 꼬마 여신이지만.

아렌은 소년을 멍한 눈빛으로 바라보았다.

그간 소년이 검과 대화를 나누는 것만 같은 행동을 많이 보기는 했지만 정말 검과 대화를 할 수 있다고 말할 줄은 몰랐다.

“특이한 녀석이군. 검과 대화를 할 수 있다니.”

어느새 아렌의 어깨 위로 올라온 보노보노가 소년을 보며 말했다. 그러자 아렌이 보노보노에게 물었다.

“그게 가능한 거야?”

“아니, 불가능해. 나조차도 불가능한 일이야. 세상에 검과 대화를 할 수 있는 건 오직 검의 정령뿐. 그게 아니라면 에고 소드여야 대화든 뭐든 할 수 있겠지.”

아렌은 보노보노의 말에 고개를 끄덕였다.

“그렇다면 거짓말을 하고 있다는 거야?”

“네가 보기엔 거짓말을 하고 있는 것 같아?”

"아니. 그렇진 않아."

"나도 마찬가지야. 불가능한 일이지만, 믿을 수 없는 일이지만 저 꼬마… 검과 대화를 할 수 있는 것 같아. 네 검에 붙어 있던 검의 정령도 어지간히 놀란 것 같군. 도대체 저 꼬마가 전생에 검의 정령이기라도 했다는 거야, 뭐야?"

혼란스럽기는 보노보노도 마찬가지인 것 같았다. 소년이 검의 목소리를 들을 수 있다는 건 분명 신이 정한 세상의 이치에 어긋나는 것이었으니까. 그렇다고 거짓말로 치부하기에는 지금까지 소년이 보여온 말과 행동, 그리고 검의 정령의 증언이 결정적으로 반박해 왔다.

결국 보노보노는 한마디를 내뱉고 말았다.

"에이, 나도 몰라."

그런 보노보노를 무시한 아렌은 다시 소년을 바라보았다. 그리고 이내 소년의 말이 진실임을 믿게 되었다.

"난 믿어. 네가 정말 검과 대화를 하고 있다는걸."

"……할아버지를 빼고는 처음이에요, 내 말을 믿어준 사람은."

"뭐, 나도 어릴 때부터 비슷한 상황을 겪어왔거든."

사실 어릴 때부터 그가 보아왔던 검로 역시 다른 사람들은 아무도 보지 못했다. 소년 역시 그럴 뿐이었다. 다만 아렌과 다른 점은 아렌이 검을 보는 눈이라면, 소년은 검의 목소리를 듣는 귀라는 것이었다.

그러니 믿지 못할 것도 없었다.

아렌이 자신을 믿는다며 고개를 끄덕이자 소년은 다시 입을 열었다.

"난 아저씨의 검이 불러서 온 거예요."

"내 검이? 어째서?"

"여기에 검의 주인이 있다는 걸 알려주기 위해."

아렌은 고개를 갸웃거렸다.

"검의 주인?"

"그래요. 아저씨의 검이 말했어요. 아저씨가 검의 주인이라고. 그리고 할아버지의 검도 그렇게 말하고 있어요. 지금의 아저씨가 자신의 주인이라고."

아렌은 놀란 표정을 지었다. 그러더니 이내 물었다.

"저번에 나에게 검의 주인이 아니라고 했잖아."

"그때의 아저씨는 검의 주인이 아니었어요. 하지만 지금의 아저씨는 검의 주인이에요. 나 역시 왜 검들이 아저씨를 검의 주인이라 말했는지 조금 알 것 같으니까요."

소년은 그렇게 말하고는 아렌을 향해 다가왔다. 그리고 품속에 안고 있던 거무튀튀한 금속, 검을 아렌에게 내밀었다.

"이제 아저씨의 검이에요."

아렌은 당황스러웠다. 너무 급작스런 일이었던 것이다. 하지만 소년의 눈동자가 자신을 향해 계속 머물러 있자 아렌은 검을 거부할 수 없었다.

아렌이 조심스레 소년에게서 검을 건네받자 소년이 다시 입을 열었다.

"검의 주인을 찾았으니 해야 할 일이 있어요."

"해야 할 일?"

"검의 모습을 찾아야죠. 저와 함께 가요."

소년은 아렌의 손을 잡아끌었다. 소년의 손에는 많은 힘이 담겨 있진 않았지만 아렌은 소년의 손에 이끌려 집을 나와야 했다. 그런데 그때 아렌을 부르는 누군가의 목소리가 들려왔다.

"아렌!"

"아주머니?"

목소리의 주인은 아주머니였다. 그녀는 멀리서부터 달려왔는지 창백한 안색으로 거친 숨을 내쉬고 있었다. 하지만 그녀는 숨을 가다듬을 틈도 없이 아렌을 향해 입을 열었다.

"레이나가… 레이나가……!"

아주머니는 자신이 레이나에게 해준 이야기와 그녀가 그 이야기를 듣고 레이피어를 거머쥔 채 어디론가 뛰어갔다는 말을 아렌에게 전했다.

아주머니의 이야기를 듣는 아렌의 표정이 점점 굳어갔다. 레이나라면 분명 현장으로 갔을 것이기 때문이다.

"어떡하지? 설마 정말 거기 갔을 리는 없겠지만 너무도 불안하고 걱정이 되는구나."

아주머니는 레이나가 걱정되는지 안절부절못하고 있었다.

아렌은 일단 아주머니를 진정시켜야 할 필요성을 느꼈다. 그는 그녀의 어깨에 손을 얹고는 그녀를 달래었다.

"아주머니 진정하세요. 레이나는 똑똑하니 별일 없을 거예요. 제가 지금부터 찾아보도록 할게요."

"그래, 아렌. 얼른 레이나를 찾아봐. 아니, 같이 찾아보도록 하자구나."

"아네요. 아주머니는 너무 흥분하신 것 같아요. 일단 마음을 좀 가라앉히고 여기에서 쉬고 계세요. 제가 금방 레이나를 데리고 올게요."

그렇게 아주머니를 진정시킨 아렌은 레이나를 찾기 위해 발걸음을 옮기려 했다. 그때 아렌의 옷자락을 잡는 손길이 있었다. 손길의 주인은 소년이었다.

"아저씨, 나랑 함께 가야 해요."

"지금은 내가 조금 바쁘거든. 나중에 가면 안 될까?"

"안 돼요. 지금 가야 해요."

"그렇게 급한 일이니?"

아렌은 소년이 옷자락을 놓아줄 생각을 하지 않자 다급한 마음에 그렇게 물었다. 하지만 돌아오는 소년의 대답은 의외의 것이었다.

"필요할 거예요."

"응?"

"검… 잠시 후에 반드시 검이 필요할 거예요. 그러니 나와 함께 가요."

"도대체 무슨……."

아렌은 소년이 무슨 말을 하는지 이해를 할 수가 없었다. 그때 보노보노의 목소리가 들려왔다.

"저 꼬마의 말대로 해."

"하지만 보노보노."

"레이나가 걱정되는 건 알겠는데, 걱정할 사람을 걱정해야지. 네가 보기엔 레이나가 몬스터들에게 당할 만큼 약해 보여? 내가 인간을 많이 본 건 아니지만 개 정도면 대단한 실력 축에 들걸? 그리고… 검의 정령도 그렇게 말하는군. 반드시 검이 필요할 거라고."

보노보노까지 이렇게 말하니 아렌은 결국 고개를 끄덕일 수밖에 없었다. 그는 소년이 이끄는 곳으로 걸음을 옮기기 시작했다.

소년이 아렌을 이끈 곳은 허름한 대장간이었다. 벌써 몇 년째 일을 하지 않은 것인지 연장을 비롯한 구석구석이 먼지로 가득했다.

아렌은 그곳이 소년의 할아버지의 대장간임을 눈치 챌 수 있었다. 하지만 그것이 소년이 왜 자신을 이곳으로 이끌고 왔는지를 알게 해주는 것은 아니었다.

소년은 아렌을 세워두고는 화로로 뛰어갔다. 그리고 싸늘

하게 식은 화로에 불을 붙였다. 화로는 제 기능을 발휘할까 의심스러울 정도로 낡고 허름했지만 소년이 몇 번 불을 붙이자 이내 뜨거운 불길을 내뿜으며 달궈지기 시작했다.

소년은 이번엔 풀무질을 했다. 풀무질을 할 때마다 쌓여 있던 먼지가 허공으로 풀풀 날렸지만 소년은 그런 것엔 전혀 신경 쓰지 않았다. 그렇게 풀무질을 하길 얼마 지나지 않자 화로의 불길이 거세져 대장간 전체가 빨갛게 달아오르기 시작했다.

화로에서 멀리 떨어진 곳에 서 있던 아렌까지도 얼굴이 뜨겁게 달아오르는 것을 느낄 정도로 불길은 거세었다. 하지만 화로의 바로 지척에 있는 소년은 그런 뜨거움을 느끼지 못하는지 계속해서 풀무질을 할 뿐이었다.

그러다가 소년은 아렌에게로 다가와 손을 내밀었다.

"검을 빌려주시겠어요?"

얼마 전까지만 해도 자신의 검이었지만 소년은 그게 예전부터 아렌의 것이었던 것처럼 깍듯하게 빌려줄 것을 부탁했다. 아렌은 소년에게 검을 넘겨주었다.

"아저씨 검의 손잡이도요."

"이것도?"

"네."

아렌은 손잡이까지 달라는 소년의 의도가 무엇인지 궁금했지만 이내 손잡이까지 소년에게 넘겨주었다. 그러자 검과 손잡이를 받아 든 소년은 다시 화로로 다가가더니 화로 속으로 검을 던져 넣었다.

소년이 아렌을 돌아보며 입을 열었다.

"사람들은 할아버지의 검이 완성되지 않았다고 했어요. 하지만 그건 사실이 아니에요. 할아버지는 검을 완성했어요. 다만 주인을 찾지 못했을 뿐이에요. 그래서 할아버지는 검의 모습을 숨겼어요. 검이 제 모습을 드러내고 있으면 주인이 아닌 자들이 탐낼 거라 생각하고 검에 새로운 철을 입혔어요. 하지만 이제 검의 주인을 찾았으니 다시 원래의 모습을 찾을 때가 되었어요."

아렌은 고개를 끄덕였다.

소년이 팔던 검은 사실 검의 모습이라고 하기에는 이상한 점이 많았던 검이다. 그래서 아렌조차도 한눈에 검이라고 알아보기에 힘들 정도였다.

하지만 소년의 말을 들으니 이제 이해가 되었다. 검 위에 제멋대로 다른 쇠를 입혔으니 알아볼 수 없는 게 당연했다. 사실 검이라는 것을 알아본 아렌이 더 신기했다.

그런 생각이 든 아렌은 머리를 긁적이다가 문득 저 불길 속에서 쇠 안의 검마저 다 녹아버리는 건 아닐까 하는 생각이 들었다. 그만큼이나 불길은 거세고, 또 뜨거웠다.

그러나 화로를 바라보는 소년의 눈빛에서는 일말의 흔들림도 느껴지지 않았다. 결국 아렌은 소년을 믿고 기다리는 수밖에 없었다.

시간이 흘렀다. 오랜 시간이 흐른 것은 아니었지만 그렇다고 적은 시간도 아니었다. 지옥의 불길같이 뜨거운 불길 속에서 하나의 검이 모두 녹아버리기엔 충분한 시간이었다.

얼마의 시간이 지나자 소년은 큰 집게를 가지고 와 화로 속으로 집어넣었다. 그리고 집게를 빼냈을 때엔 빨갛게 달궈진 긴 금속이 집게에 잡혀져 있었다. 아렌은 그것이 검임을 눈치챌 수 있었다.

소년은 미리 준비해 놓은 물통에 빨갛게 달궈진 검을 집어넣었다.

곧이어 푸쉬식, 하는 소리와 함께 수증기가 피어올랐다. 얼마나 많은 수증기가 피어오르는지 대장간 안이 가득 찰 정도였다.

소년은 그것으로도 모자랐는지 옆에 가져다 놓은 또 다른 물통의 물을 그대로 검을 집어넣은 물통에 붓기 시작했다. 그러자 또다시 푸쉬식! 하는 소리와 함께 수증기가 피어올랐다. 처음과 다른 점이라면, 이번엔 수증기가 그리 많지 않다는 것이었다.

소년은 다시 집게를 들어 물통 속으로 집어넣었고, 또다시 검을 건져 올렸다. 집게에 의해 들려진 검에는 검은 재들이 덕지덕지 붙어 있었다. 소년은 이제 집게를 내려놓고 검을 손으로 잡고서는 수건을 꺼내어 정성스레 검을 닦아내기 시작했다.

소년이 검을 닦아낼 때마다 검에 붙어 있던 재들이 떨어져 나갔다. 그리고 잠시 후, 마침내 검이 제 모습을 드러냈다.

"아……!"

아렌은 자신도 모르게 탄성을 흘렸다.

검은 은백색의 찬란한 빛을 뿌리고 있었다. 마치 그 속으로 빨려 들어갈 것만 같은 너무도 아름다운 빛이었다. 검은 오랜 시간 동안 다른 쇠를 입고 있으면서도 결이 하나도 상하지 않았다. 그리고 뜨거운 화로 속에서 방금 나왔으면서도 마치 금방 손질을 끝낸 듯한 아름다움을 뽐내고 있었다.

레이나의 레이피어처럼 화려하진 않았지만 은백색의 찬란함과 정갈함을 간직한 검이었다. 아니, 정확히 말하자면 검이 아닌, 검신이었다. 아직 검의 손잡이가 달려 있지 않았기 때문이다.

그때서야 아렌은 왜 소년이 검의 손잡이를 달라고 했는지 이유를 알 수 있었다. 소년은 어느새 검신을 완전히 닦아내고는 검신과 손잡이를 잇고 있었다.

본디 다른 검신을 위해 만들어진 손잡이라 잇기가 힘들 것이라 생각했지만 검신과 손잡이는 너무나도 손쉽게 이어졌다. 마치 처음부터 검은 손잡이를, 손잡이는 검을 생각하고 만든 것만 같았다.

검과 손잡이를 연결한 소년은 다시 한 번 수건으로 검을 조심스레 닦아내고는 아렌에게로 다가와 아렌을 향해 검을 내밀었다. 아렌은 소년에게서 조심스레 검을 건네받았다.

언제나처럼 익숙한 손잡이가 손에 감겨왔다. 아렌은 검을 찬찬히 쓸어보기 시작했다.

새로운 검은 이전에 아렌이 가지고 다니던 검과 차이가 나지 않는 듯하면서도 또 다른 차이가 났다.

여전히 롱 소드보다 약간 더 긴 길이였기에 한 손, 또는 두 손으로 휘둘러도 상관이 없었다. 하지만 무게의 균형이나 양극 간의 비율 같은 것이 예전의 검과는 비교도 되지 않을 만큼 안정적이었다.

잠깐 훑어본 검이었지만 아렌은 묘한 느낌을 받았다. 검의 전체적인 길이나 무게 등 검을 이루는 모든 것들이 원래 아렌을 위해, 아렌의 움직임에 맞춰서 만들어진 것만 같은 느낌이 들었던 것이다.

그런데 독특한 점은 검신의 날이 서 있지 않다는 것이었다.

"할아버지께선 무슨 이유에서인지 날을 세우지 않으셨어요. 아쉽게도 저는 날을 세우는 것까지는 배우지 못했구요. 그러니 다른 대장간에 가서 날을 세우시는 것이 좋을 거예요."

소년의 이 말에 아렌은 고개를 저었다.

"아니, 난 이대로가 좋아. 나에게 검이 무디고 날카로운 것은 상관이 없단다."

서 있지 않은 날마저 아렌을 위한 것 같았다. 어쩌면 소년의 할아버지는 이미 검의 주인이 아렌임을 알고 있었을지도 몰랐다. 그래서 아렌을 위한 검을 만들어두고 소년을 통해 아렌에게 전하게 했을지도 몰랐다.

그러나 아렌은 고개를 저었다. 아무리 생각해도 그건 말도 안 되는 이야기였기 때문이다. 하지만 그런 생각이 들 정도로 모든 것이 아렌에게 맞춰진, 아렌을 위한 검이었다.

그때 소년이 다시 입을 열었다.

"할아버지는 그 검을 내게 맡기며 이렇게 말하셨어요. 그 검은 검의 주인이 모든 할 일을 끝내기 전까지 영원히 주인과 함께할 검이다. 검의 주인이 죽으면 검은 가루가 되어 사라질 것이고, 검의 주인이 죽지 않는 한 검은 자그마한 상처도 생기지 않을 것이다. 그 검을 만든 것이 내가 해야 할 마지막 책임이었다."

소년은 이 말을 마치고 고개를 숙였다. 아렌은 착잡한 기분이 되어 소년을 바라보았다. 고개를 숙인 소년의 땅 아래로 물방울이 떨어져 내렸다. 그것은 소년의 눈물이었다.

소년은 그렇게 울고 있었다. 하지만 이내 소년은 다시 고개를 들었다. 소년의 얼굴은 검댕이와 눈물로 얼룩져 있었지만 소년은 개의치 않았다.

소년은 아렌을 향해 말했다.

"이제 가세요. 아저씨에겐 해야 할 일이 있잖아요."

소년의 그 말에 아렌은 레이나를 다시 떠올릴 수 있었다. 아렌은 급히 뒤돌아 나가려다 잠시 멈칫했다. 이대로 소년을 홀로 두고 떠날 수가 없었던 것이다.

하지만 소년은 고개를 저었다.

"전 조금 쉬고 싶어요. 그간 너무 힘들었어요. 그러니 얼른 가세요."

소년이 이렇게까지 말하자 아렌은 더 이상 남아 있을 수 없었다. 아렌은 뒤돌아 달려나갔다. 소년의 말대로 그는 해야 할 일이 남아 있었다.

그렇게 아렌이 사라지고 나자 아렌이 사라진 곳을 하염없이 바라보던 소년은 이내 풀썩 제자리에 쓰러지고야 말았다.

하지만 소년은 웃고 있었다. 눈물과 검댕으로 얼룩진 얼굴이었지만 소년은 웃고 있었다. 검의 주인을 찾았다는 사실이, 검을 주인에게 건네주었다는 사실이, 해야 할 일을 마쳤다는 사실이 소년을 웃게 만들었다.

소년은 쓰러져 잠이 들었다. 그리고 할아버지를 만나는 꿈을 꾸었다.

검의 주인을 찾아 검을 건네주었다고 자랑도 했고, 보고 싶었다고 어리광도 피웠다. 울기도 했고 웃기도 했다.

소년은 그렇게 너무나도 행복한 시간을 보내고 있었다.

제안

"하아! 하아!"

레이나는 거친 숨을 내쉬었다.

벌써 와리들을 몇 마리나 상대한 것인지 생각도 나지 않았다. 아니, 와리들이 세 번째 무리를 보내오면서부터 세는 것을 포기했다.

레이나는 선전했다. 홀로 거의 이백여 마리에 가까운 와리를 쓰러뜨린 지금도 중상이라고 할 만한 상처는 입지 않았다. 하지만 체력은 무척이나 떨어진 상태였다.

그녀 혼자뿐이었다면 이 정도로 체력이 소모되지 않았으리라. 하지만 그녀가 이 자리에 내려온 이유인 사람들을 보호하기 위해 그녀는 체력의 안배를 생각할 틈도 없을 정도로 바쁘게 움직여야 했다.

그런 덕분에 중상을 입은 사람만이 두어 명 정도 있을 뿐이지 사상자는 단 한 명도 나오지 않았다.

지치기는 다른 사내들도 마찬가지였다.

레이나처럼 격렬한 움직임을 선보인 것은 아니었지만 그들도 나름대로 많은 와리들을 상대했고, 힘겹게 싸움을 펼쳤다. 또한 애초에 레이나와 단련의 강도부터가 다른 그들이었기에 자연스레 지치는 것이 당연했다.

하지만 그들은 지친 기색을 내보일 수 없었다. 자신들에게 등을 보인 채 누구보다도 힘겹고 대단한 싸움을 해나가고 있는 레이나 때문이었다. 레이나는 그들을 지키기 위해 저렇게 지쳤는데 그들마저 지친 기색을 내보이면 안 된다는 생각이었다.

어느 누구도 그렇게 하자고 말을 꺼내지는 않았지만 사내들은 모두 지친 기색을 내보이지 않으려 이를 악물고 있었다.

상황은 점점 더 좋지 않게 변해가고 있었다. 레이나와 사내들이 지친 것은 물론이고 그들을 공격하는 와리들의 공격 방법이 변한 것도 그 이유 중 하나였다.

와리들은 레이나의 손에 약 백여 마리가 죽었을 때부터 이대로 계속한다면 더욱 큰 피해를 입을 것이라는 걸 깨달았는지 철저히 체력 싸움을 펼치기 시작했다.

와리들은 레이나의 근처에는 가지도 않았으며, 그녀를 피

해 사내들만을 공격했다. 그렇게 되니 레이나는 다가오는 적
들을 상대하는 것이 아니라 그녀가 직접 적들을 찾아 몸을 움
직여야 했고, 그만큼 그녀의 체력도 급격히 소모되기 시작했
다.

그 결과 레이나와 체력을 거의 바닥에 가깝게 빼앗을 수 있
었다.

와리들은 레이나에게 쉴 시간을 주지 않았다. 백여 마리의
와리 무리가 먼저 레이나들을 공격하다가 그들이 빠짐과 동
시에 다른 백여 마리의 와리 무리들이 곧장 레이나들을 공격
했다. 그러니 레이나는 한시도 쉴 틈 없이 와리들을 상대해야
했다.

와리들은 사내들을 죽이지 않았다.

레이나가 워낙 열심히 뛰어다녔기도 했지만 사내들을 모
두 죽이면 그만큼 레이나가 보호해야 하는 대상이 줄어들 것
이고, 그만큼 움직이지 않을 것이었다. 그렇게 된다면 레이나
의 부담감이 덜어진다는 것을 알았기에 적당히 상처를 입히
는 선에서 물러섰다.

하지만 이젠 그럴 필요가 없을 것 같았다.

레이나는 이미 상당히 지쳐 버렸고, 그런 그녀가 사내들을
모두 보호하며 검을 휘두르기란 힘든 일이었다. 때문에 와리
들은 이제 끝장을 볼 때가 왔다고 생각했는지 지금까지처럼
백여 마리의 무리가 아닌 그 두 배의 이백여 마리가 한꺼번에

몰려오고 있었다.

레이나는 그런 와리들의 모습에 애써 레이피어를 쥔 손에 힘을 불어넣어 봤지만 마음처럼 몸이 움직여지지 않았다. 언제나 솜털처럼 가볍던 레이피어는 천근, 만근 무거웠고 다리는 땅에 달라붙은 듯 쉽사리 떨어지지가 않았다.

그러는 사이 와리들이 지척에까지 접근해 있었다. 그리고 마침내 이백여 마리의 와리가 레이나와 사내들을 노리고 공격해 오기 시작했다.

카캉!

조금 전까지 레이나가 있던 자리로 와리의 낫이 꽂혀들었다. 피하는 것이 조금만 늦었어도 낫에 큰 상처를 입고 말았을 터였다.

레이나는 낫을 피하며 레이피어를 휘둘렀다.

레이피어는 검신의 폭이 무척이나 좁아 힘을 실은 공격을 하기는 힘들었지만 레이나의 레이피어는 검날이 무척이나 예리하였기에 휘두르는 공격만으로도 치명상을 입힐 수 있었다.

레이나가 레이피어를 휘두르자 한 마리의 와리가 비명을 지르며 쓰러졌다. 보통 검을 휘두르면 두세 마리의 와리들을 쓰러뜨리던 레이나가 고작 한 마리밖에 쓰러뜨리지 못한 것만을 봐도 레이나가 얼마나 지쳤는지 알 수 있었다.

하지만 레이나는 몸놀림과 레이피어를 멈추지 않았다. 그녀의 검은 여전히 날카로웠고 와리들이 막아낼 수 없을 만큼

빨랐다. 하나의 검에서 십수 개의 검으로 나뉘는 듯한 잔영이
남을 정도였다.

그녀의 레이피어는 더 이상 한번에 많은 수의 와리를 쓰러
뜨리지는 못했지만, 대신 한 번의 휘두름에 꼭 한 마리의 와
리만은 쓰러뜨렸다. 하지만 문제는 와리들이 공격하는 대상
이 그녀뿐만이 아니라는 것이었다.

"으악!"

비명 소리가 레이나의 귓가로 들려왔다. 레이나는 레이피
어를 휘두르는 와중에도 시선을 돌려 비명 소리가 들려오는
곳을 바라보았다. 그곳에는 한 사내가 와리의 낫을 어깨에 꽂
은 채 비명을 지르고 있었다. 그리고 그런 그를 향해 다른 와
리가 낫을 내려치려 했다.

그 모습을 본 레이나는 레이피어를 크게 휘둘렀다. 크게 휘
두른 만큼 속도 또한 줄어들어 그녀의 검에 당한 와리는 없었
지만 대신 몸을 날릴 수 있는 틈을 만들어냈다.

"찻!"

파팟!

레이나는 짧은 기합과 함께 땅을 박차며 몸을 날렸다. 어깨
에 낫을 꽂은 채 비명을 지르고 있는 사내를 향해서였다.

그녀의 빠르고 유연한 몸놀림은 단숨에 사내가 있는 곳으
로 도달하게 해주었고, 레이나는 곧장 레이피어를 휘둘러 사
내를 공격하려는 와리들을 베어갔다.

그녀가 주변의 와리를 베어버리자 비명을 지르던 사내는 비명을 그치고 억지로 몸을 일으켜 세웠다. 그리고 어깨에서 낫을 뽑아 들고는 와리를 향해 던져 버렸다. 사내는 자신의 병기를 주워 든 채 다시금 와리들과 싸우기 시작했다.

그 모습을 보고 레이나는 안도의 한숨을 내쉬었다. 하지만 그런 안도의 한숨이 길지는 않았다. 그때 또다시 비명 소리가 들려왔던 것이다. 레이나는 검을 휘두르고 틈을 만들어 몸을 날렸고, 또 한 명의 사내를 구해내었다.

그러나 문제는 지금부터였다. 와리들의 숫자가 무척이나 많았기에 위험에 처하지 않은 사내가 하나도 없었던 것이다. 거의 동시다발적으로 들려오는 비명 소리에 레이나는 몸이 열 개라도 부족할 정도였다.

그러던 레이나는 비명 소리가 들리는 곳으로 몸을 날리다가 다리를 삐끗하고 말았다. 평소의 그녀라면 결단코 있을 수 없는 실수였지만 지친 상태에서 수많은 이들을 보호하기 위해 급한 마음으로 움직이다 보니 나온 실수였다.

다리를 삐끗한 레이나는 그대로 넘어지고야 말았다. 와리들이 옳다구나 하고 그녀를 공격해 왔지만 레이나는 넘어진 상태에서도 레이피어를 휘둘러 와리들의 낫을 막아내었다. 하지만 그뿐이었다. 넘어진 상태에서 제대로 된 공격을 할 수 있을 리 없었다.

또한 그녀가 그렇게 쓰러지고 나자 주변에서 비명 소리가 끊이지 않고 들려왔다. 그녀는 조급한 마음이 들어 얼른 자리에서 일어나려고 했지만 다리에서 느껴지는 고통이 그녀의 움직임에 제동을 걸고 있었다.

그러는 사이 주변의 와리들이 그녀를 노리고 동시에 공격해 왔다. 다리에서 느껴지는 고통과 주변의 비명 소리에 잠시 한눈을 판 사이 공격해 온 것이라 그녀가 공격을 알아차렸을 때는 너무 늦은 감이 없지 않았다.

'위험해!'

그녀는 급히 몸을 비스듬히 틀며 쓰러졌다. 그러자 그녀를 노리던 낫들 중 태반이 허공을 휘저었다.

하지만 레이나도 그 많은 낫을 다 피하지는 못했다. 그녀는 등에 제법 깊은 상처를 입고 말았다. 치명상은 아니었지만 그녀가 전투를 시작하고 나서 입은 가장 큰 상처였다.

게다가 안 그래도 다리를 삐었는데 급히 몸을 움직이자 다리에선 더욱 큰 고통이 느껴졌다. 그러는 사이 와리들의 공격이 재차 레이나를 노리고 날아들었다.

예전 같았으면 눈을 감고도 피할 공격이었지만 지금의 레이나는 와리들의 공격에 어찌 대응할 방도가 없었다. 결국 그녀는 피하는 것을 포기했다. 대신 상처를 입더라도 와리들을 공격하기 위해 쓰러진 상태에서도 레이피어를 다시 휘두르려 했다.

치명상만 입지 않는다면 이 위기를 넘길 수 있는 유일한 방법이었다.

"이익!"

레이나는 이를 악문 채 레이피어를 휘둘러 갔고 와리들의 낫이 레이나의 살을 헤집어놓을 듯한 순간이었다.

그때 빛이 번쩍였다. 한순간 눈이 멀어버릴 것만 같은 착각이 들 정도로 강렬한 빛이었다. 찰나의 시간이 지나고 빛이 걷힌 순간, 레이나는 주변의 와리들이 모두 가로로 갈라져 쓰러지는 것을 볼 수 있었다. 그리고 레이나의 귓가로 너무나도 낯익고 반가운 목소리가 들려왔다.

"넌 정말 어딜 가든 얌전히 있지를 못하는구나."

"아렌 사부!"

그녀는 환한 표정으로 아렌의 이름을 불렀다. 과연 그녀의 곁에는 어느새 다가왔는지 아렌이 검을 든 채 서 있었다. 그는 레이나를 향해 입을 열었다.

"레이나, 요 말썽꾸러기 아가씨야. 대체 언제쯤 얌전한 요조숙녀가 될 거니?"

"아렌 사부……."

레이나는 아렌에게 핀잔을 들었지만 전혀 기분이 상하지 않았다. 아니, 아렌의 핀잔을 이렇게 가까이서 들을 수 있다는 게, 핀잔을 하는 아렌이 지금 이 자리에 있다는 게 너무도 고마웠다.

아렌이 이 자리에 있는 이상 레이나는 아무것도 두렵지 않왔다. 그녀는 이 세상의 누구보다도 아렌을 믿었다.

아렌은 레이나의 머리를 쓰다듬으며 조용히 미소를 지었다.

"조금만 기다리렴."

아렌은 그렇게 말하고는 와리들을 향해 뛰어들었다.

웅웅웅!

어느새 그의 검은 진하고 청명한 검명과 함께 빛을 뿜어내며 커다란 광검을 만들어내고 있었다.

아렌은 커다란 광검을 그대로 휘둘렀다. 광검의 사정거리 안에는 와리 말고도 많은 사내들이 있었지만 아렌은 그런 것엔 전혀 개의치 않는 듯했다.

"아악! 아렌 사부!"

놀란 레이나가 아렌을 불렀을 땐 이미 아렌의 광검은 사정거리 안의 모든 와리들을 베어버린 후였다. 모든 와리들만을.

와리들과 함께 광검에 스친 사내들도 있었지만 그들은 광검에 작은 생채기 하나도 입지 않았다. 아렌의 광검은 어떻게 된 것인지 스쳐 지나간 모든 것을 베지 않고 오직 와리들만을 베어버린 것이었다.

레이나는 이 놀라운 광경에 눈을 휘둥그레 뜰 수밖에 없었다. 그때 그녀의 귓가로 또다시 낯익은 목소리가 들렸다.

"뭘 그렇게 놀라?"

"보노보노!"

어느새 보노보노가 레이나의 어깨 위에 앉은 채 그녀에게 말을 하고 있었던 것이다.

"베지 않으려 한다면 그 무엇이든 베지 않을 수 있고, 베려고 한다면 그 무엇이든 베어버릴 수 있다. 너도 배웠잖아. 근데 뭘 그렇게 놀라."

보노보노는 언젠가 아렌이 레이나에게 가르쳐 주었던 광검의 요결을 떠올리며 말했다. 하지만 그것만으로 레이나가 납득할 수 있을 리 만무했다.

"그것만 가지고는 말이 안 되잖아. 사람들은 베지 않고 와리들만을 베어버리다니… 그럼 지금은 베려고 했다는 거야? 안 베려고 했다는 거야?"

"바보야. 당연한 거잖아. 와리들은 베려고 했고, 사람들은 베지 않으려 했지."

레이나는 보노보노의 말에 벙찐 표정을 지었다. 하지만 보노보노의 말에서 틀린 점은 찾아볼 수 없었다. 다만 그걸 직접 해내는 아렌이라는 존재가 레이나에게서마저 괴물로 보이고 있다는 게 문제였다.

자신을 사부라 부르는 레이나에게마저 괴물이라 생각되고 있는 아렌은 보노보노와 레이나가 대화를 나누는 사이 주변의 모든 와리들을 베어버리고 있었다.

그의 광검은 거침이 없었다. 그 무엇도 걸리는 것 없이 종횡무진으로 사방을 누볐다. 그렇게 막무가내로 검을 휘두르는 것 같았지만 그의 광검에 목숨을 잃는 것은 오로지 와리들

뿐이었다.

아렌의 광검은 이전과는 또 다른 경지에 도달해 있었다.

더 이상 사내들은 검을 휘두르지 않았다. 아니, 휘두를 수가 없었다. 아렌의 엄청난 신위에 모두 넋을 잃었기 때문이다. 물론 그렇다고 해서 그들이 와리들에게 공격을 당하거나 하지는 않았다. 이미 주변의 와리는 아렌에 의해 전부 정리가 된 상태였다.

아렌은 이백여 마리의 와리들이 대부분이 죽고 나머지는 본진으로 도망가 버리자 광검을 거두려 했다. 하지만 멀리 와리들의 본진에서 또다시 움직임을 보이자 아렌은 광검을 거두지 않고 공중으로 높이 뛰어올랐다. 그리고 와리와 자신들의 중간 지점의 땅을 향해 광검을 휘둘렀다.

그것은 언젠가 디프론이 아렌에게 광검을 가르쳐 줄 때 선보였던 것과 비슷한 것이었다. 그때의 디프론이 만든 것과 다른 점이라면 바로 그 스케일이었다.

아렌이 광검을 긋고 땅에 내려앉았을 때 와리들의 진영은 찬물을 끼얹은 듯 모든 움직임이 멈추었다. 그럴 수밖에 없었다. 그들과 아렌들이 있는 곳의 중간에 눈으로는 그 깊이를 측정하기 힘든 거대한 구덩이가 만들어졌기 때문이다.

정확히 말하자면 검으로 땅을 벤 흔적이라는 게 맞겠지만, 세상 어느 누가 검으로 땅에 이처럼 거대한 흔적을 만들어낼 수 있단 말인가. 그것은 도저히 한 사람의 일검이 만들어낸 것이라고는 믿을 수 없는 일이었다.

땅에 내려앉은 아렌은 시간이 멈춘 듯 멈춰 서 있는 와리들을 보며 외쳤다.

"돌아가라! 더 이상 이곳을 위협하지 말라!"

아렌의 외침은 단순한 외침이었지만 모든 와리들의 귓가에 쩌렁쩌렁 울려 퍼졌다. 아렌의 믿을 수 없는 신위를 본 후였기에 더욱더 그러했다.

하지만 와리들은 물러가지 않았다. 주춤주춤 조금씩 물러서기는 했지만 끝내 물러가지 않았다. 대신 와리들 중에서 한 와리가 앞으로 나오며 외쳤다.

"카악! 우, 우리는 카악! 이대로 물러갈 수 없다!"

그 와리는 사람의 언어를 하고 있었다. 와리 특유의 괴성이 섞여 있었지만 그것은 분명 사람의 언어였다. 하지만 그 와리도 아렌의 신위에 겁을 먹었는지 잔뜩 말을 더듬고 있었다.

아렌은 와리가 물러갈 수 없다고 말하자 다시 소리쳤다.

"무엇 때문에 물러갈 수 없다는 것이지?! 그대들의 부락을 공격한 일은 수많은 용병들의 피와 목숨으로 충분히 치러졌다고 생각한다. 또한 이곳에서 그대들이 동족을 잃은 것은 그대들이 공격해 왔기에 살아남기 위해 자기 방어를 한 것뿐이다. 설마 우리 모두의 목숨을 원하는 것인가?"

"카악! 그, 그것이 아니다! 카악! 우리는 복수를 원하지 않는다!"

“그렇다면 원하는 것이 무엇인가!”

“카악! 우리들의… 카악! 우리들의 보물을 돌려다오!”

아렌은 와리의 말에 인상을 찌푸렸다.

“보물?”

“카악! 너희 인간들이 카악! 우리 부락을 공격하며 카악! 부락의 보물을 훔쳐 갔다! 카악! 그것을 돌려다오!”

아렌 역시 레이나를 구하러 오기 전에 대략적인 상황을 들은 터였다. 하지만 보물에 관한 건 아무에게도 듣지 못했다. 아렌의 시선이 토루의 성루로 향했다. 그리고 이내 와리를 향해 외쳤다.

“잠시만 시간을 주길 바란다!”

“카악! 알겠다!”

아렌은 그렇게 말한 후 뒤돌아서 걷기 시작했다. 토루를 향한 채였다. 그때 그의 곁으로 덥수룩한 수염의 사내에게 부축을 받은 레이나가 다가왔다.

아렌은 그녀를 보며 물었다.

“보물이라니… 무슨 말이지?”

“살아 돌아온 용병들이 무언가를 숨기는 것 같았어요. 저기 성루의 가장 중앙에 있는 사람이 디오니라는 사람인데, 그라면 아마도 알고 있을 거예요.”

아렌은 고개를 끄덕였다. 그리고 토루로 향하는 발걸음을 더욱 빨리했다. 그리고 잠시 후 아렌은 토루의 입구에 도착할 수 있었다.

"성문을 열어요!"

아렌은 성루 위의 사람들을 향해 소리쳤다. 그러자 성루 위에서 다급한 누군가의 목소리가 들려왔다.

"서, 성문을 열어서는 안 된다! 절대로 안 돼!"

아렌은 그 목소리가 분명 디오니의 것이며 이번 일과 관련이 있음을 확신할 수 있었다. 그는 나직하지만 힘있는 목소리로 다시 소리쳤다.

"열지 않으면 성문을 베어버릴 것이오!"

이런 아렌의 엄포가 단번에 먹혀들어 갔는지 잠시 후 성문이 열리기 시작했고, 아렌은 성문을 통해 토루 안으로 들어갔다.

토루의 안으로 들어가자 수많은 시선들이 느껴졌다. 하지만 아렌은 그런 시선들에 개의치 않고 곧장 성루 위로 올라갔다. 그리고 성루의 중심에서 바들바들 떨고 있는 한 사내에게로 다가갔다.

그 누구도 아렌을 제지하지 않았다. 아니, 제지할 수가 없었다. 성루 위의 모든 이들이 아렌의 신위를 직접 목격했기 때문이다.

"당신이 디오니인가요?"

"으으……"

"저들이 찾고자 하는 보물… 당신이 가지고 있나요?"

"아, 아닙니다! 나, 난 가지고 있지 않습니다!"

디오니는 그렇게 말했지만 누가 보든 그가 지금 거짓말을 하고 있음을 알 수 있을 정도로 티가 났다. 아렌은 그가 보물을 훔쳤다는 것을 확신할 수 있었다.

"보물 때문에 토루의 수많은 시민들을 위험에 처하게 했다는 건가요? 이 일과 무관한 사람이 죽어도 상관이 없다는 건가요?"

아렌이 그렇게 물었지만 디오니는 대답하지 않았다. 아렌은 그를 향해 손을 내밀었다.

"보물은 어디 있죠? 보물을 내놓아요."

"으으……!"

아렌의 재촉에도 디오니는 끝내 보물이 있는 장소를 얘기하지 않았다. 그때 옆에 서 있던 한 사람이 조심스레 그들 사이에 끼어들었다.

"저, 저기… 전 저기 계신 디오니님의 부관입니다. 제가 보물이 있는 곳을 알고 있습니다."

부관은 아렌에게 디오니가 보물을 숨긴 곳을 모두 말하였다. 아렌은 병사에게 부탁하여 보물을 가져오게 하였고, 잠시 후 병사는 큰 상자 하나를 짊어지고 성루 위로 올라왔다.

"그게 그 보물인가 보군요."

"아, 안 돼!"

디오니는 상자를 보자 크게 소리를 지르며 상자를 짊어진 병사를 향해 달려들려고 했다. 디오니는 본디 뛰어난 용병으로 달려나가는 그 속도 또한 무척이나 빨랐다.

하지만 그에게는 불행하게도 그의 곁에는 아렌이라는 존재가 버티고 서 있었다.

아렌은 달려나가는 디오니를 잡아채고는 그대로 업어쳐 버렸다. 디오니는 비명을 지르며 성루 바닥을 나뒹굴 수밖에 없었다. 아렌은 병사에게서 상자를 받아 들고는 성루를 내려가려 했다. 그런데 그때 디오니의 악에 받친 목소리가 들려왔다.

"그, 그게 어떤 건 줄이나 알아! 마정석이라고… 그것도 마탑에 있는 것과 똑같은 진마정석이란 말이다! 그것만 있으면 이 대륙의 절반도 사들일 수 있는데, 그걸 저 미개한 몬스터들 따위에게 돌려준다는 말이냐! 돌려줘! 그건 내 거야! 어떻게 손에 넣은 것인데 그것을 빼앗아 가는 것이냐!"

아렌은 디오니의 말이 뭔가 이상함을 느꼈다. 그리고 곧 그것이 무엇인지를 깨달았다.

"설마, 당신… 정보의 오류가 아닌, 애초에 이것을 노리고 그곳으로 용병들을 이끌고 간 건가요? 그리고 이것을 훔쳐 낸 건가요?"

아렌의 이 말에 성루 위에는 싸늘한 침묵이 감돌았다. 그리고 잠시 후 정적을 깬 것은 디오니의 웃음소리였다.

"크크크! 크하하하! 그래! 그렇다. 그게 무슨 문제지? 어차피 용병들은 돈을 위해 목숨을 파는 놈들이다. 그게 용병이다. 난 그들에게 돈을 주고 그들의 목숨을 샀다. 그 목숨으로 내가 얻고자 하는 것을 얻었을 뿐인데 그게 무슨 문제냔 말이다!"

"당신… 정말 구제불능이군요."

"이놈! 내 보물을 내놓아라!"

디오니는 옆에 서 있는 병사의 칼을 빼앗아 들었다. 그리고 아렌을 향해 달려들었다. 아렌은 현재 커다란 상자를 짊어지고 있는 상태였고, 그런 상태로 자신의 검을 막아낼 수 없을 거라는 게 디오니의 생각이었다.

일단 아렌만 처치하고 나면 다른 건 문제될 게 없었다. 자신은 토루의 지배자였다. 아무리 자신을 증오하고 불만을 쏟아낸다고 해도 감히 자신에게 대적할 수 있는 이는 존재하지 않았다.

눈앞의 저 아렌만 없어진다면!

"이야악!"

디오니는 기합인지 비명인지 모를 소리를 지르며 아렌을 향해 달려들었다.

분명 그의 생각대로였다. 아렌은 커다란 짐을 짊어지고 있었기에 검을 뽑을 수가 없었다. 하지만 디오니가 미처 알지 못하고 있던 게 있었으니, 아렌은 빅톤에게서 약간의 체술을 배웠다는 것이고, 그런 약간의 체술도 아렌이라는 존재가 펼치면 더 이상 쉽게 볼 수 있는 성질의 것이 아니라는 점이었다.

아렌은 자신을 향해 달려오는 디오니를 향해 짐을 짊어진 채로 가볍게 회전하며 돌려차기를 날렸다. 설마 발이 날아올 것이라 예상하지 못한 디오니는 돌려차기를 얼굴에 얻어맞고 뒤로 나가떨어졌다. 그리고 그는 그대로 정신을 잃었다.

아렌은 그런 그를 쳐다보며 한마디를 남겼다.

"당신이 남용한 힘의 책임… 이제부터 뼈저리게 느끼게 될 것이에요."

사건은 일단락되었다. 아렌을 통해서 보물을 넘겨받은 와리들은 모든 것을 덮어둔 채 자신들의 부락으로 돌아갔다.

언제고 그들이 피의 복수를 하러 다시 쳐들어올지도 모른다며 몇몇 사람들은 불안해했지만, 땅에 남겨진 거대한 구덩이에 남긴 신위를 기억하는 한 그럴 리는 없을 거라는 이야기가 퍼지기 시작하면서 토루는 점차 안정을 찾아갔다.

디오니는 자신의 모든 것을 잃었다. 디오니스 용병길드의 길드장이라는 자리도 잃었고, 그간 그가 뒤에서 모아오던 재산도 잃었다. 그리고 그는 팔과 다리의 힘줄이 모두 잘린 채 밀리온으로 연행되었다. 그는 그곳에서 공개 처형을 당할 것이었다.

눈가에 초점을 잃고 입에서 침을 질질 흘리며 연행되어 가는 그의 모습이 어쩐지 불쌍하게도 보였지만 그가 지은 죄를 대가는, 그가 남용한 힘의 책임은 죽음으로도 모자란 감이 없지 않을 정도였기에 아렌은 애써 동정심을 거두었다.

디오니스 용병길드는 사실상 해체되고 말았다. 와리들의

부락에서 도주하는 중에 용병길드에 소속된 용병들의 대다수를 잃었고, 이제는 믿었던 길드장마저 큰 죄인으로 사형에 처하게 되었다. 그들까지도 싸잡아 죄인으로 몰려 잡히지 않은 것만으로도 다행이었다.

그렇게 많은 용병들이 토루를 떠나갔다.

언젠가는 다시 팔시온 용병길드나 디오니스 용병길드처럼 새로운 용병길드가 토루에 자리를 잡겠지만, 그것이 지금은 아니었다.

레이나가 구해주었던 사내들은 모두 레이나에게 감사의 마음을 감추지 못했다. 개중에 덥수룩한 수염의 사내를 비롯한 몇몇 사내들은 레이나를 모시고 싶다고 말했으나 간신히 말린 끝에 그들을 원래의 자리로 돌려보낼 수 있었다.

물론 얍삽한 사내는 복수 따위는 꿈도 꾸지 못하게 되었다.

사내들은 레이나를 일컬어 은검(恩劍)의 레이나라는 호칭을 붙여주었다. 그녀가 그들을 위해 기꺼이 몸을 던졌던 은혜를 잊지 않겠다는 의미였다.

사내들이 레이나를 은검의 레이나라고 부르고 다니자 곧 토루의 전체로 레이나의 호칭이 널리 퍼졌다. 미래의 세븐스타를 지금 보고 있다고 말하는 사람들까지 있을 정도였다.

레이나는 그 호칭을 무척이나 쑥스러워했지만 기분이 나쁜 것 같지는 않았다.

하지만 뭐니 뭐니 해도 현재 토루에 있어서 가장 유명하고 또 수많은 관심을 받고 있는 이는 어깨에 하늘색의 이상한 생물을 얹고 다닌다는 청년 검사였다.

주신 푸우께서 토루를 가엾게 여기사, 하늘에서 내려 보낸 신의 기사라느니, 토루를 세운 개척자가 환생을 했다느니, 검을 한번 휘두르면 하늘이 진동하고 땅이 갈라지느니 하는 오만 가지 소문을 몰고 다니는 주인공이 바로 현재 토루 최대의 관심사였던 것이다.

토루의 수많은 소녀와 여인들은 청년 검사가 신의 실수로 땅에 내려 보낸 천사의 외모를 가졌다고 굳게 믿으며 한 번만이라도 만나보길 간절히 빌었고, 소년과 청년들은 그에게서 아주 작은 한 수만이라도 배워 미래에 그처럼 토루를 지키는 검사가 되기를 꿈꿨다.

하지만 소문만 무성했지 정작 그를 직접 본 사람은 많지 않았다.

사건이 일어나는 당시 일반인들은 성루는커녕 입구의 근처도 통제되어 들어갈 수 없었기에 청년 검사의 모습을 볼 수 없었고, 성루 위의 병사들도 실제 싸움은 얼굴을 알아보기 힘들 정도로 먼 곳에서 펼쳐졌기에 자세히 보지 못했다. 또 성루 위로 청년 검사가 올라왔을 때는 그의 기세가 너무도 위압적이었기에 감히 그의 얼굴을 제대로 쳐다볼 수 없었다고 병사들은 말했다.

개중에는 그 청년 검사가 토루의 한구석에서 신입 용병들

의 대련 상대를 해주는 이라는 걸 눈치 채고 말하는 이도 있
었지만 아무도 그 사실을 믿지 않았다. 그렇게 엄청난 신위를
발하는 검사가 무엇 때문에 신입 용병들을 상대로 대련을 해
주고 돈을 버느냐는 이유였다.

그 정도의 실력을 가진 사람이 돈을 벌고 싶다면 훨씬 더
돈을 잘 벌 수 있는 직업이 널려 있을뿐더러, 명예를 위함이
라면 당장 제국으로 찾아가더라도 높은 귀족이 될 수 있을 것
이라는 게 사람들의 일반적인 생각이었다.

사람들은 이 청년 검사를 찾기 위해 사방곳곳을 누비고 다
녔지만 그날 이후로 청년 검사를 본 사람은 나타나지 않았다.
그러자 곧 청년 검사가 명리를 따지는 것을 바라지 않아 토루
를 떠났다는 소문이 토루 전체에 돌기 시작했다. 그리고 사람
들은 세속을 초월한 청년 검사의 모습에 또 한 번 감탄을 터
뜨렸다.

토루의 사람들은 모두들 한마음이 되어 청년 검사의 석조
각상을 토루의 중심에 세우기로 했다. 하지만 그의 얼굴을 잘
몰랐기에 병사들의 증언대로 그가 펼치던 거대한 빛의 검을
중점으로 석조각상을 제작하기 시작했다. 그리고 곧 빛의 검
을 치켜세우며 세상을 호령하는 듯한 석조각상이 토루의 중
심에 세워졌다. 하지만 끝내 얼굴만은 조각하지 못하였기에
석조각상은 얼굴 없는 조각상이 되어버리고 말았다.

사람들은 이 신비한 청년 검사에게 그가 펼치던 빛의 검을

따라 '광휘(光輝)'라는 호칭을 붙여주어 광휘의 검사라고 명명하기에 이르렀고, 그를 토루의 영웅으로 추켜세웠다.

하지만 토루의 사람들은 알지 못했다.

그들이 한참 광휘의 검사의 석조각상을 제작하자고 말하고 다닐 때까지만 해도 그들이 찾는 광휘의 검사가 버젓이 토루의 거리를 돌아다니고 있었음을. 레이나라는 소녀와 함께 한가하게 작별 기념 장터 나들이까지 했음을, 그들은 알지 못했다.

때론 모르는 게 나을 때도 있는 법이었다.

"할아버지… 저 이제 떠나요."

아렌은 나직한 목소리로 할아버지를 불렀다. 그리고는 할아버지의 묘 앞에 세워진 비석을 쓰다듬었다.

"할아버지의 곁에 오랫동안 계속 있고 싶었지만 아직 저에겐 절 기다리는 사람들과 또 해야 할 일이 남아 있어요. 할아버지가 말씀해 주셨던 제가 가진 힘의 책임이 무엇인지도 알고 싶구요."

아렌은 묘의 앞에 무릎을 꿇고 앉았다. 그리고 두 팔을 벌려 묘를 감싸 안았다.

"힘에는… 반드시 책임이 따른다. 이 말… 잊지 않고 있어요. 그리고 앞으로도 잊지 않을 거예요."

그렇게 묘를 감싸 안은 채 한참을 있던 아렌은 곧 자리에서 일어나며 입을 열었다.

“다음에 올 때는 조금 더 당당하고 성장한 아렌이 되어서 돌아올게요. 그때까지 제 걱정은 마시고 푹 쉬세요. 할아버지… 사랑해요.”

마지막 혼잣말을 마친 아렌은 이내 몸을 돌려 묘를 떠났다. 다시 찾아올 그날을 기약하며…….

와리들을 돌려보낸 다음날 아렌은 소년을 찾았다.

소년은 더 이상 장터에 나오지 않았다. 나올 이유가 없었던 것이다. 그래서 아렌은 소년과 마지막으로 헤어졌던 대장간으로 향했다. 그리고 아렌은 그곳에서 쓰러져 있는 소년을 발견했다.

아렌은 놀란 마음에 얼른 소년을 데리고 의사를 찾았다. 그리고 의사의 진단 결과 그간 심한 육체적, 정신적 피로가 소년을 괴롭히다 한번에 긴장이 풀리며 터져 나온 것이라 하였다.

한 며칠간 푹 쉬면서 요양을 하고 나면 나을 것이라는 의사의 말에 아렌은 그제야 안도의 한숨을 내쉬었다.

아렌은 소년을 자신의 집으로 데려갔다. 아무래도 대장간보다는 어설프게 지은 집이지만, 그래도 그의 집이 나을 것 같았다. 그리고 잠시 후 소년은 정신을 차렸다.

“여긴……?”

“우리 집이야. 오늘 대장간에 갔다가 쓰러진 널 발견하고 여기로 데려온 거야."

"아……."

소년은 대충 어떻게 된 건지 알겠다는 듯 고개를 끄덕였다. 그리고는 잠시 침묵을 지키더니 이내 다시 입을 열었다.

"꿈을 꿨어요."

"꿈?"

"할아버지가 나오는 꿈이었어요. 난 할아버지에게 검의 주인을 찾았다고 말했고, 할아버지는 그런 나를 칭찬해 주셨어요. 난 너무 기뻤어요. 너무 기뻐서 그 시간이 조금만이라도 더 오래가기를… 그러기를 바랐는데……."

소년은 차오르는 감정에 목이 메여 말을 끝까지 잇지 못했다. 아렌 역시 그런 소년의 모습을 보며 아무런 말도 하지 못했다.

그간 잊고 있었지만 소년 역시 아직 어리기만 한 아이였다. 누군가에게 사랑을 받고 누군가에게 어리광을 피우며 자라야 할 아이였다. 어른스런 흉내를 내었지만 그것은 말 그대로 어른의 흉내일 뿐이었다.

아렌은 아이를 보며 할아버지와 헤어지던 날의 자신을 떠올렸다.

그렇게 방 안에는 한동안 침묵이 감돌았다. 그리고 잠시 후 소년이 다시 입을 열며 침묵은 깨졌다.

"이제 토루를 떠날 건가요?"

“……그래야겠지.”

“그렇군요. 할아버지의 검이 드디어 세상으로 나가는군요.”

“그래.”

고개를 끄덕이던 아렌은 마침 생각나는 것이 있다는 듯이 입을 열었다.

“아참, 검의 값을 치러야지?”

“아뇨, 어차피 검의 주인이 나타나지 않는 한 영원히 빛을 보지 못할 검이었어요. 그 검을 내게서 찾아가 준 것만으로도 내게 큰 대가를 지불한 셈이에요.”

“하지만…….”

아렌은 그럴 수 없다고 말하려 했지만 소년은 조용히 고개를 저을 뿐이었다. 그간 지내면서 소년의 고집이나 외골수적인 성격을 잘 알게 된 아렌이었기에 결국 한숨을 내쉴 수밖에 없었다.

그러다가 그가 다시 입을 열었다.

“넌 이제 어떻게 할 거지?”

“글쎄요. 잘 모르겠어요.”

“또 모르겠다야?”

“하지만 정말 모르겠어요. 검의 주인을 찾기 전엔 검의 주인을 찾으면 정말 하고 싶은 일이 많았는데 막상 검의 주인을 찾고 나니 뭐부터 해야 할지, 내가 정말 하고 싶은 일이 무엇인지 나도 모르겠어요. 지금부터 천천히 찾아봐야죠.”

아렌은 소년의 끝까지 모른다는 말에 절레절레 고개를 저었다. 모른다는 말이 입버릇이기라도 하는 양 소년은 계속해서 모른다는 말만 반복했기 때문이다.

고개를 젓던 아렌은 이내 소년을 보며 나직이 말했다.

"그럼 나와 함께 가지 않을래?"

"네?"

"나와 함께 세상으로 나가지 않을래? 토루에만 있는 것보다 대륙을 돌아다니다 보면 정말 하고 싶은 일이 뭔지 더 빨리 찾게 되지 않을까?"

소년은 눈을 동그랗게 뜬 채 아렌을 바라보고 있었다. 설마 아렌이 자신에게 이런 말을 할 줄은 예상하지 못한 것이었다.

아렌은 소년이 자신을 빤히 쳐다보자 어색한 미소를 지으며 머리를 긁적였다.

"난 대단한 사람이 아니야. 아직 나이도 그리 많지 않고, 그렇다고 부자도 아니야. 하지만 네가 하고 싶은 일이 무엇인지를 찾는데 도움을 주고 싶어."

그렇게 말한 아렌은 소년을 향해 손을 내밀었다.

"나와 함께 가자."

Chapter 43

성령의 단

황태자의 난 이후로 한동안 조용했던 대륙이 또다시 발칵 뒤집어졌다.

마탑이 무너졌다!

유구한 역사를 지켜오며 서부 지방의 몬스터들로부터 대륙을 보호해 오던 마탑이 무너지고야 말았다. 마탑의 마법사들은 대부분 목숨을 잃었으며, 살아남은 마탑의 인물이라고는 뇌전의 카니야를 비롯한 몇몇밖에 되지 않았다.

뇌전의 카니야는 복수를 위해 전 대륙에 퍼져 있는 마탑의 마법사들을 모두 소집하는 공문을 보내었다. 그 공문에 응하는 마법사도, 그렇지 않은 마법사도 있었지만 이것은 분명 큰 사건임에 틀림없었다.

마탑이 무너진 것은 단지 놀라는 것으로 끝날 만한 일이 아니었다. 마탑을 무너뜨린 괴물들이 마탑을 넘어 서부 지방을 공격하고 있었기 때문이다.

전신에서 축수를 뿌리는 진한 고동색의 괴물들은 감히 변방의 병사들이 상대할 만한 수준이 아니었다. 또한 그 숫자마저 대군이라 명해도 과언이 아니었기에 서부 지방의 많은 이들이 아무런 힘도 쓰지 못하고 괴물에게 죽임을 당했다.

그 괴물의 정체는 다름 아닌 키메라였다. 카니야가 대륙 전역으로 퍼뜨린 공문으로 인해 사람들의 괴물들의 정체에 대해 알게 되었다.

카니야는 키메라들 중에 마족이 포함되어 있을지도 모른다는 사실은 제외했다. 아직 마족을 직접 목격하지 못했기에 그 존재 여부를 확신할 수 없었던 것이다. 카니야나 다른 마탑의 인물들이 확신한다 하더라도 대륙의 사람들은 헛소리로 치부해 버릴 공산이 컸다. 때문에 카니야는 마족의 증거가 발견되기 전까지는 마족에 대해서는 구설수에 올리지 말라는 명령을 마탑의 인물들에게 내렸다.

한편, 서부 지방의 사람들의 피난이 시작되었다. 원래 각 영지의 농노나 그런 이들은 함부로 영지를 이탈해서는 안 되었지만 영주마저 도망가 버린 판에 그런 것을 지킬 사람은 아무도 없었다.

사람들은 제국이 나설 것이라 믿었다. 지금껏 언제나 외세의 모든 음모에서 대륙을 지켜낸 제국이었기 때문이다.

하지만 제국은 참으로 바보 같은 행동을 벌이고 있었다. 키메라들이 발호하여 수많은 사람들이 목숨을 잃고 나자 제국은 각 대륙의 군사들을 끌어모으기 시작했다. 그것도 키메라들이 피 바다를 만들고 있는 서부 지방이 아닌, 수도에 병사들을 모으고 있었다.

제국에선 수도에 병사들을 집결시켜 키메라들을 처단할 것이라고 공식적으로 발표를 했지만 그것을 믿는 사람은 없었다. 모두 수도로 도망친 높으신 귀족 나리들이 제 목숨을 지키고자 수도를 철저히 방어한다는 생각만이 가득했다.

설상가상으로 제국이 오래전부터 키메라들의 존재를 알고 있었으며, 그럼에도 제 목숨을 지키기에 바빠 키메라들을 나 몰라라 했다는 소문이 대륙 전체로 퍼져 나갔다.

제국을 향한 국민들의 원성은 날이 갈수록 점점 커져 갔다. 그리고 제국을 향했던 굳은 믿음이 조금씩 깨져 나가고 있었다.

오래전 제국의 초대 황제 마이언 대제 때부터 제국을 세우는 데 가장 기반에 두었던 국민들의 믿음이 현실과 소문이 어우러져 깨져 갔다. 그것은 곧 발판을 잃은 거대한 제국이 흔들릴 것이라는 걸 암시하고 있었다.

신뢰라는 건 얻기는 힘들지만 잃기는 쉬운 법이라는 사실을 제국은 직접 체험하고 있었다.

어쨌든 제국은 당장 나서지 못하고 있었고, 사람들은 키메라들을 피해 동쪽으로 계속해서 이동하고 있었다. 아직까지는 전혀 피해를 입지 않은 중부 지방과 동부 지방의 사람들도 언제 키메라들이 여기까지 밀고 올지 모르는 두려움에 잠을 못 이루었다.

서부 지방은 거의 초토화가 되어가고 있었다. 키메라들은 모든 것을 부수었고, 모든 생명체를 하나도 남김없이 죽였다. 키메라들은 이미 대륙 전체에 퍼진 공포의 대상이나 다름없었다.

이런 암울한 상황이 계속되는 가운데 사람들에게도 한줄기 빛이 열렸다. 영웅이 키메라들과의 전쟁을 선포한 것이다.

그 영웅은 황태자의 난이 벌어졌을 때 제국의 검 카고라스를 쓰러뜨리며 세븐스타에 오른 전장의 야수 용병왕 타이온이었다.

용병길드 연합총단의 총제이기도 한 타이온은 전 대륙의 용병길드에게 키메라들과의 싸움에 맞서기 위해 용병들을 소집시키라는 공문을 내렸다. 그냥 용병을 소집시키라는 말은 아니었다. 각자의 용병길드에서 자금을 풀어 용병들을 고용하라는 것이었다.

아직까지는 살 만한 중부 지방이나 동부 지방의 일부 용병길드 중에선 자신들의 자금을 풀어야 한다는 사실에 불만을 터뜨리기도 했지만 용병길드 연합총단 자체에서 막대한 자금을 내놓은 것은 물론, 공문을 내린 것이 그들의 정신적 지주이자 영웅인 타이온이라는 사실에 모두들 자금을 풀어 용병들을 소집하기 시작했다.

용병들은 신속히 소집되었고, 북쪽의 용병길드 연합총단에서 출발한 거대한 용병단이 대륙을 종횡함에 따라 각 지방에서 소집된 용병들이 합류하게 되었다.

곧 역사상 유례가 없었던 거대한 용병단체가 한자리에 소집됨에 비로소 키메라들을 쳐부술 영웅들이 서부 지방으로 빠른 발걸음을 옮기기 시작했다.

상황이 이렇게 되자 사람들은 제국을 향한 불신이 더욱 커졌다. 제국과 같은 나라가 아닌 용병들의 집합체인 용병길드 연합총단에서도 이처럼 대륙을 위해 온갖 힘을 쓰는데 제국은 국민들을 보호하지 않고 귀족들을 지키기에 바쁘다는 이유였다.

또한 서부 지방의 귀족들 역시 황실에 불만을 가지기 시작했다. 자신들의 영지가 초토화되는 데도 황실은 넋 놓고 바라보기만 했기 때문이다.

이렇게 제국을 흔들리게 하는 요인이 늘어날수록 제국은 점점 사분오열되어 가고 있었다.

이것 외에도 사람들의 관심을 끄는 몇 가지 소문들이 더 나돌았으니, 또 하나의 세븐스타가 무너졌다는 것이 그중 하나였다.

죽음의 그리모스. 언제부터인지 모를 정도로 오래전부터 세븐스타의 일인으로서 존재해 온 전설적인 악인. 그가 죽었다는 소문이 대륙 전역에 퍼지기 시작했다.

소문의 진상지는 어느 한 상단이었다.

그들의 말에 따르자면, 그들은 상행을 가던 중 태풍과 번개가 동시에 세상을 휘감는 모습을 보았다. 그들은 신이 노하셨다며 벌벌 떨었지만 얼마간의 시간이 지나자 태풍과 번개는 사라졌고, 그들은 두려우면서도 호기심을 못 이겨 태풍과 번개가 치던 곳으로 발걸음을 옮겼다. 그리고 그들은 그곳에서 수많은 언데드들의 시신과 그 중심에서 쓰러져 있는 한 청년을 발견할 수 있었다.

다행히도 청년은 아직 숨을 쉬고 있었고, 상단은 청년을 치료하여 그를 살려내기에 이르렀다. 그리고 청년으로 하여금 믿지 못할 이야기를 들었으니, 그가 그리모스를 쓰러뜨렸다는 것이었다.

상단 역시 처음엔 그의 이야기를 믿지 못했으나 그들이 보았던 수많은 언데드들의 파편과 그리모스가 항상 품에 가지고 다닌다는 '악마의 열매' 라는 검은빛의 보석을 청년이 보여주자 그의 말을 믿을 수밖에 없게 되었다고 했다. 그리고 청년은 정령을 부렸기에 그 믿음은 더욱더 증폭되었다.

놀라운 사실은 청년이 부리던 정령이 한 종류가 아닌 두 종류라는 것이었다. 청년은 몸을 회복하며 때로는 바람의 정령을, 때로는 번개의 정령을 불러내었다고 했다.

처음 이 소문이 대륙 전역으로 퍼져 나가자 말도 안 된다는 의견이 대다수였다. 애초에 그리모스가 쓰러졌다는 것을 믿을 수 없을뿐더러 두 종류의 정령을 부린다는 것은 허황되도 너무나 허황된 말이었기 때문이다.

하지만 곧 어디서부턴가 바람과 번개의 정령을 부리는 한 청년에 의해 여러 악인들이 죽었다는 소문이 돌기 시작하고, 상단에서 청년에게 건네받은 악마의 열매를 제시하면서부터 청년의 소문은 소문이 아닌 진실이 되어갔다.

사람들은 이 영웅의 탄생에 바람과 번개의 정령을 부리는 그에게 풍뢰(風雷)라는 호칭을 붙여주었고, 곧 그의 이름을 따 '풍뢰의 반야'를 그리모스를 대신하여 세븐스타의 일인에 올려놓기를 주저하지 않았다.

청년은 몸이 낫는 즉시 신형을 감추었지만 이미 그는 대륙 전역에서 가장 유명한 인사 중 하나에 올라가 있게 되었다.

하나 여기에는 비하인드 스토리가 있었으니, 대륙의 대부분의 사람들은 알지 못했지만 이 모든 것이 반야가 상단을 통해 자신의 명성을 알리기 위해 노력한 덕분에 가능했던 일이다.

상단과 합의하여 그의 소문을 퍼뜨리고, 대신 상단은 그로 하여금 광고 효과를 톡톡히 본 것이었다. 어차피 반야가 그리모스를 쓰러뜨리고 그가 정령을 다룬다는 사실은 거짓이 아니었으니 그들이 꺼림칙할 이유 따윈 없었다.

반야는 그렇게 유명해지고자 했던 꿈을 이루었다.

그리고 대륙 변방의 작은 도시로부터 '광휘의 검사' 라는 이의 소문도 조금씩, 아주 조금씩 퍼져 나가고 있었다.

"풍뢰의 반야라는 사람 굉장한데? 아직 20대라잖아. 그런데 벌써 세븐스타라니……."

푸우의 성기사 트리폰은 요즘 한창 떠들썩한 풍뢰의 반야 얘기를 꺼냈다. 그러자 미넬이 고개를 끄덕였다.

"그러게. 그렇게 젊어서 세븐스타에 오른 사람은 드문데 말이야."

"정령사라… 젊은 나이에 유명세를 타고, 좋겠다."

"꼭 정령사라 그런 건 아니야. 대륙에 정령사가 몇 없다고는 하지만, 그렇다고 그들 모두가 세븐스타에 든 건 아니잖아. 게다가 대지의 빅톤도 서른이 넘어서야 간신히 세븐스타에 오르게 됐고 말이야. 그에 비한다면 풍뢰의 반야라는 사람은 대단한 거야."

"그래, 대단하겠지. 누군 정령사의 자질이 없어 정령사 같은 건 꿈도 못 꾸는데 누군 두 종류의 정령을 가지고 말이야. 정말 선택받은 사람이라니까."

트리폰의 이 말엔 미넬도 이견은 없었다.

애초에 정령사라는 이들 자체가 선택받은 이들이다. 그런데 그중에서도 두 정령을 다루는 정령사라니… 이건 선택받은 사람을 떠나서 신의 실수라고밖에는 설명되지 않는 일이었다.

그런데 그때 트리폰의 말에 이견을 다는 사람이 나왔다.

"단순히 선택받은 사람이어서 세븐스타에 들기에는 세븐스타의 입구는 좁아. 상상도 못할 만큼의 고통스런 수련과 인내가 뒤따랐겠지."

"어라, 브리드?"

트리폰의 말에 이견을 제시한 사람은 다름 아닌 브리드였다. 그는 전신이 땀으로 흠뻑 젖은 채 문 안으로 걸어 들어왔다. 트리폰은 그를 보며 혀를 찼다.

"또 수련이냐? 이젠 지겨울 만도 하지 않아?"

"선택받은 사람 타령이나 하는 것보다는 이게 그들에 조금이라도 더 가까워지는 법이니까."

트리폰은 입맛을 다셨다. 딱히 반박할 말이 떠오르지 않은 것이다.

"쳇! 그래, 너 수련 많이 해서 꼭 세븐스타가 돼라."

브리드는 그런 트리폰의 피식 웃음을 흘렸다.

그는 옷을 갈아입으려다가 잠시 멈칫했다. 트리폰은 브리드가 옷을 마저 갈아입지 않자 뭣 때문에 그러는가 하다가 곧 그 이유를 발견할 수 있었다.

"아주 뚫어지게 쳐다보는구나. 그러다가 브리드의 몸에 빵 꾸나겠다."

트리폰은 방 한쪽에 앉아 있는 미넬을 향해 말했다. 그러자 미넬은 얼굴을 빨갛게 물들인 채 소리를 질렀다.

"무, 무슨 소리야!"

"미넬, 이 변녀야. 그렇게 브리드의 몸매가 보고 싶나? 아주 노골적으로 쳐다보네?"

"트, 트리폰! 이 불경스러운 녀석! 흐, 훙!"

미넬은 트리폰에게 그렇게 콧방귀를 뀌고는 얼른 방을 나갔다. 나가는 그녀의 얼굴은 홍당무처럼 붉게 물들어 있었다. 그런 그녀와 트리폰을 번갈아보며 브리드가 입을 열었다.

"적당히 해. 그러다가 미넬, 정말 화나겠다."

"어라? 그럼 걔가 네 몸매 감상하게 가만히 놔뒀어도 됐다는 거야? 이야! 브리드, 너 그렇게 안 봤는데… 음흉한 놈이구나!"

트리폰이 장난을 걸어왔지만 브리드는 애써 무시할 뿐이었다.

브리드가 대꾸하지 않자 놀릴 재미를 잃은 트리폰은 마침 생각났다는 듯이 입을 열었다.

"너, 그거 들었냐?"

"뭐?"

"저기 변방의 작은 도시에서……."

"광휘의 검사라는 이에 대한 소문 말이야?"

"어라, 알고 있었냐?"

트리폰은 브리드가 자신이 말하고자 하는 바를 알고 있자 김이 샌 표정을 지었다. 그러자 이번엔 브리드가 말을 이었다.

"광휘의 검사. 토루라는 도시에서 갑작스레 나타나 빛의 검을 든 채 천여 마리의 와리를 물러가게 한 의문의 검사."

"거기까지 알고 있다면 내가 말하고자 하는 바가 뭔지 알겠지?"

"아렌⋯⋯."

브리드는 기억 속에서 지워지지 않는 두 글자의 이름을 나직이 중얼거렸다. 그런 그의 중얼거림에 트리폰은 손바닥을 쳤다.

"그래, 그 아렌이라는 사람 말이야. 그 사람이 향하던 방향도 토루라는 도시 쪽 방향과 비슷하고, 결정적으로 빛의 검이라니⋯⋯."

"아마도 그가 맞겠지. 빛의 검이 아무나 쓰는 흔한 기술이 아니라면."

"쩝, 그게 아무나 쓰는 흔한 기술이면 그런 기술에 넋을 잃은 우리는 뭐냐? 어쨌든 그 사람도 대단한걸? 핏빛의 사신을 물리칠 때부터 알아봤지만 천여 마리의 와리를 홀로 돌아가게 해? 으레 그렇듯 과장이 좀 섞여 있겠지만 정말 대단한 일 아니냐?"

브리드는 트리폰의 말에 고개를 끄덕였다. 그러자 트리폰은 인상을 조금 찌푸리며 말을 이었다.

"하지만 과장이 너무 심하잖아. 천여 마리의 와리를 단신으로 물리치다니… 이래선 믿을 사람도 안 믿겠다."

"애초에 빛의 검이라는 것부터 믿을 사람은 적을 거야."

"하긴… 우리도 직접 보지 않았으면 못 믿었을 테니까. 어쨌든 그 사람도 키메라의 발호나 풍뢰의 반야라는 사람만 아니었으면 제법 유명세를 탔을 텐데, 아깝네."

여기까지 트리폰의 말을 듣던 브리드는 고개를 저었다.

"유명세나 재물을 바라는 사람 같았으면 핏빛의 사신을 물리친 후 그렇게 떠나지는 않았을 거야. 원한다면 게틀린 후작에게서 재물이든 명예든 얻을 수 있었으니까."

"하긴… 좀 멍해 보이기는 했지만 그럴 것 같지는 않았어."

"그리고 그의 실력이라면 원하던 원치 않던 곧 세상에 알려지게 될 거야. 세상은 영웅을 원하니까. 그리고 그때 가면 신탁이 그를 가리키는 것인지 아닌지도 알 수 있겠지."

"이 자식, 그 사람과 대련 한 번 해보더니 완전히 뻑 갔나 보군."

"그런 게 아니야. 난 그저 또 하나의 목표를 찾았을 뿐이야."

브리드는 그렇게 말하고 밖으로 나갔다. 결국 혼자 남게 된 트리폰은 다시 입맛을 다셨다.

"그나저나 단께서는 도대체 어딜 가신 거야? 키메라를 섬멸하기 위해 템플 기사단 모두가 출전 준비를 마친 상태인데……"

성역 라빈스에는 템플 기사단이 출전 준비를 마친 상태로 대기 중이었다. 트리폰이나 브리드 역시 마찬가지였다.

모두 키메라의 발호 때문이었다. 신의 의지에 반하는 인조 합성 생물체인 키메라가 발호했으니 푸우의 신전으로서도 가만히 있을 수 없는 일이었다. 하여 템플 기사단을 소집하여 출전 준비를 마친 상태인데, 정작 템플 기사단을 이끌 성령의 단이 부재중이었기에 아직도 출전을 하지 못하고 있는 상태였다.

몇 달 전 잠시 무엇인가를 알아볼 게 있다면서 떠난 단은 아직까지도 돌아오지 않고 있었다. 트리폰과 브리드 역시 단이 신전을 비운 것을 라빈스로 돌아오고서야 알게 되었다.

이대로 단이 빠른 시일 내로 돌아오지 않는다면 템플 기사단은 단이 아닌 다른 이에 의해 출전하게 될 것이었지만, 템플 기사단의 모든 이들은 자신들의 우상이자 경외의 대상인 단이 템플 기사단을 이끌어주기를 바라고 있었다.

트리폰 역시 그중 하나였다.

마탑이 있던 자리는 폐허가 되어 있었다. 이전까지만 해도 많은 생명의 숨결을 느낄 수 있었던 그곳이 이제는 생명의 숨결조차 느낄 수 없는 땅이 되어버렸다.

키메라에 의해 살아남은 몬스터들마저도 그곳에는 발길을 들여놓지 않았다. 마탑의 결계가 굳건할 때까지만 해도 대륙의 중앙 지방으로의 영역 확대를 위해 줄기차게 쳐들어왔던 몬스터들이었지만 이제는 그렇지 않았다.

몬스터들은 알고 있었다. 키메라들이, 그리고 마족이 대륙의 중앙으로 향하고 있다는 사실을.

괜히 중앙은커녕 예전에 키메라들에 의해 몰살당할 뻔했던 곳에라도 발길을 들여놓았다가 키메라들을 만나기라도 하면 죽음을 면치 못할 것이라는 걸 몬스터들은 본능적으로 느끼고 있었다.

때문에 그 땅에는 요 몇 달간 어떠한 생명의 숨결도 느껴지지 않았다. 하지만 지금, 그곳에 누군가의 숨결이 느껴지고 있었다.

"흐음……."

그는 골치가 아프다는 듯이 머리를 매만졌다. 머리카락이 한 올 없는 민머리가 그의 손길을 반겼다. 그래도 그나마 머리카락이 없는 게 다행이었다. 아마 머리카락이 있었으면 골치 아픈 일이 생길 때마다 죄다 뽑아버렸을 테니까.

"이거참, 어려운데?"

그는 주변을 둘러보았다. 보이는 거라고는 마탑의 잔재나 뭐 그런 것이 전부였지만 그가 보고 있는 것은 그것만이 전부가 아니었다.

그는 머리카락이 없는 머리 대신 덥수룩하게 기른 수염을 매만지며 다시 고민에 빠져들었다.

"라빈스에서 발견한 흔적을 바탕으로 수사를 펼친 끝에 나온 장소가 무너진 마탑이 있는 장소이고… 거기서 희미하지만 마기가 느껴진다라. 이걸 어떻게 받아들여야 하지?"

그는 고민할 때의 버릇인 혼잣말을 중얼거리며 이리저리 왔다 갔다 하기 시작했다.

"키메라에 의해 무너진 마탑이니 흑마법사와 관련이 있을 테고, 흑마법사라면 마기를 남길 수도 있어. 하지만 이건 아니야. 이토록 희미하게 마기가 남아 있으려면 제법 오랜 시간 동안 천천히 희석되어 왔다는 건데… 뭐야, 마족이라도 나타났다는 건가?"

거기까지 결론을 내린 그는 고개를 들어 마탑의 잔해들이 쌓여있는 곳을 바라보았다. 그리고 그곳을 보며 입을 열었다.

"그쪽이 생각하기에는 어때? 내 추리 실력이 제법이지 않아?"

누구를 향해 말하는 것일까?

그의 물음에 대답하는 사람은 없었다. 하지만 그는 시선을 돌리지 않았다. 대답이 들려오지 않자 그는 다시 입을 열었다.

"내가 누구인지쯤은 알고 있을 텐데? 내 입으로 날 칭찬하기에는 좀 그렇지만, 성령의 단 앞에서 마기를 숨길 수 있다고 생각하는 건 아니겠지?"

스스로를 단이라 말한 그의 말이 끝나자 과연 그가 바라보고 있는 곳에서 한 사람이 걸어나왔다. 걸어나온 사람은 새까만 흑의에 검은 망토까지 입고 있었는데, 특히 눈에 띄는 것은 찬란한 황금색 머리카락과 금빛 눈동자였다.

단은 그를 보며 반갑게 인사했다.

"여어! 오랜만이야! 한 십 년 전 즈음에 보고 처음 보는 건가?"

"……."

"이봐, 그래도 인사 정도는 해달라구. 십 년 만에 보는 거잖아. 안 그래, 데미안 황태자?"

그랬다. 단과 마주 선 인물은 다름 아닌 데미안이었다.

데미안은 단이 아무리 반가운 척 손을 흔들어도 별다른 미동 없는 차가운 황금빛 눈동자로 단을 주시하고 있었다. 결국 단이 인사 받기를 포기해 버렸는지 손을 내렸다.

"쳇! 십 년 전에는 날 선망의 눈길로 봤던 착하고 귀엽던 황태자였는데. 그때의 귀여운 황태자를 돌려줘!"

"……데미안은 죽었소."

"그래? 이걸 어쩌나. 장례식에도 못 갔으니… 아아, 알았어. 장난은 그만 치지. 아무래도 우리 황태자 전하께서 데미안이라 불리는 게 싫은가 보군. 좋아, 그럼 뭐라 불러 드릴까? 핏빛의 사신?"

데미안은 단의 물음에도 답하지 않았다.

단의 말대로 그들은 십 년 전에 만난 적이 있었다. 데미안은 아직 어린 황태자였을 적이고, 단은 그때도 세븐스타의 일인이자 템플기사단의 단장으로 최고의 전성기를 구가하고 있었다.

성역 라빈스의 푸우의 신전에서 황궁에 사절단으로 단을 보냈고, 사절단을 환영하는 황궁의 파티에서 단과 데미안은 만났다. 한창 강함을 동경하던 당시의 데미안은 단과의 만남을 무척이나 기뻐했다.

데미안은 몇 번이나 단에게 어떻게 하면 그렇게 강해질 수 있냐고 물었고, 단은 귀여운 황태자에게 자기보다 강한 이들이 나이가 들어서 모두 죽으면 세상에서 제일 강해질 수 있다고 대답해 주었다.

그때 황당함에 젖어 아무런 말도 하지 못하던 데미안의 표정을 단은 아직도 잊지 않고 있었다.

하지만 지금 데미안에게서는 그때의 어리고 귀여운 황태자의 모습을 찾아볼 수 없었다. 지금 단의 앞에 서 있는 건 작고 어린 황태자가 아닌 핏빛의 사신이라는 마검의 주인이었다.

단은 장난치길 그만두기로 했다.

"소문은 들었어. 게틀린 후작의 저택에 집들이를 갔다면

서? 아주 크게 한바탕했다더군. 게틀린 후작이 너무 기뻐서 약간 정신이 나갔다고까지 하니. 도대체 집들이가 얼마나 재미있었기에 그런 건지……."

이건 그의 말투일 뿐 결코 장난을 치는 것이 아니었다.

"그건 그렇고, 여긴 왜 온 거지? 설마 여기에 집 짓고 살아보려는 건 아닐 테고… 아니면 지금은 다 흩어져 가는 저 마기를 찾으러 왔나?"

단은 손가락으로 하늘을 가리켰다. 보통 사람이 본다면 그곳은 그냥 하늘일 뿐이었다. 하지만 단은 그곳에서 희미한 마기를 찾을 수 있었다.

그것은 메니데스가 마탑의 결계를 파괴하기 위해 쏘아 보냈던 기운의 흔적이었다.

데미안은 단의 물음에 짧게 대답했다.

"당신에겐 볼일 없소."

"그럼 지나가다가 우연히 본 거라는 건가? 나더러 그걸 믿으라고? 좋아, 그렇다고 쳐. 하지만 나랑 볼일이 없는 건 아니야. 내가 아무리 쥐꼬리만 한 봉급에 일한다고 매일 불평불만을 터뜨리기는 해도 일단 성기사거든? 그런 성기사가 마검을 휘두르며 마기를 뿜어내는 마검사를 두고 그냥 갈 수는 없는 노릇 아니겠어?"

"원하는 것이… 이것 같군."

데미안은 천천히 허리춤에서 마검을 뽑아 들었다. 어느새 마검의 검신에는 아렌에게 당했던 상처가 모두 사라진 뒤였다.

데미안이 마검을 뽑아 들자 그의 전신으로 핏빛의 붉은 마기가 피어오르기 시작했다. 이전 아렌과 싸울 때보다 훨씬 진하고 폭발적인 힘이 느껴지는 마기였다.

데미안은 이전보다 한층 더 강해져 있었다.

그런 데미안의 모습을 보며 단은 탄성을 터뜨렸다.

"히야! 멋진데?"

그렇게 말하는 단의 손에는 어느새 뽑아 든 것인지 그의 애검이 쥐어져 있었다. 그리고 그의 전신에서는 뿌연 빛이 흘러나오고 있었다. 그것은 바로 신성력이었다.

"게틀린 후작의 집들이 때 우리 아이들을 귀여워해 줬다고 들었어. 그러니 나도 보답을 해야지. 참고로 내 신성력은 네가 귀여워해 줬던 아이들의 신성력보다 조금, 아주 조금 강할 뿐이니 느긋하게 하라구."

단의 말은 거짓이었다. 데미안은 게틀린 후작의 저택에서 보았던 두 명의 성기사와 한 명의 사제가 흘리던 신성력과는 비교도 할 수 없이 거대하고 깊은 신성력을 단에게서 느낄 수 있었다.

뺀질거리는 대머리 중년 같은 겉모습과는 달리 단의 신성력은 대신관의 신성력과도 비견할 수 있을 정도로 깊고 순수했다. 그리고 그의 검술은 제국의 검 카고라스와 비교해도 그리 떨어지지 않는 정도였다.

대륙에서 손꼽히는 강한 검 실력에 올바르지 못한 것을 멸하는 깊은 신성력까지 가진 단은 대륙 모든 악인들의 공포의 대상이라 할 수 있는 인물이었다.

과연 단이 검을 들고 신성력을 뿜어내자 뺀질거릴 것만 같던 그의 분위기가 바뀌었다. 더없이 위엄있고 더없이 성스러운 분위기가 그를 감싸 안았다. 또한 단의 눈빛까지도 바뀌었다. 그것은 적을 멸할 때의 그런 눈빛이었다.

데미안은 아렌과의 대결 이후 가장 강한 상대를 만났음을 직감했다.

사실이 그랬다. 사람들이 세븐스타를 말할 때는 동격에 두고 말하지만, 사실 그들 간에도 어느 정도 강함의 차이는 있었다. 다만 그들끼리 서로 부딪치는 일이 없었기에 그 강함의 우위를 점칠 수 없었을 뿐이다. 하나 몇몇 말하기 좋아하는 인물들이 세븐스타의 능력을 숫자로 바꾸어 통계를 냈는데, 그중에서 단이 첫 번째의 자리에 올랐다.

검술이면 검술, 마법이면 마법, 정령술이면 정령술, 보통 이 중 한 가지만으로 세븐스타에 오르는 것이 일반적인데 단은 검술과 신성력 모두를 갖추고 있었기 때문이다. 게다가 검술이나 신성력을 따로따로 떼어놓고 계산하더라도 각기 세븐스타에 오르기 충분할 정도의 능력이었으니 능력을 숫자로 계산한다면 단이 단연 우위에 있는 것이 당연했다.

하지만 그런 숫자만의 계산이 아닌, 실제로 겨룬다고 하더라도 단은 누구에게도 지지 않을 자신이 있었다. 그리고 그것은 비단 자신감만이 아니었다.

먼저 움직인 것은 단이었다. 그는 큰 체구에 맞지 않은 빠른 스피드로 데미안을 향해 쏘아져 나갔다. 마기가 그를 노리고 공격해 왔지만 단의 전신에서 흘러나오는 신성력이 마기를 흩어버렸다. 때문에 단은 어렵지 않게 데미안에게로 접근할 수 있었다.

단은 데미안에게 접근하는 순간 열댓 번의 검을 휘둘렀다. 인간의 눈으로 따라가기 어려운 속도였지만 데미안의 반응 역시 전혀 뒤지지 않았다.

카캉!

순식간에 데미안과 단의 검이 부딪치며 금속음을 만들어 냈다. 또한 퍼져 나가는 마기와 마기를 흩어내는 신성력의 싸움 역시 치열했다.

타탓!

발걸음 소리와 함께 데미안이 급속도로 단의 품으로 파고들었다. 단은 검을 떨쳐 내어 데미안의 진로를 막았지만 데미안은 그 순간 마기를 폭발적으로 뿜어내며 그의 검을 밀어냈다. 그러나 데미안은 단의 신성력까지는 신경 쓰지 못했다.

데미안의 검이 단의 심장을 노리고 찔러 들어가는 순간, 심장이 있는 가슴에서 터져 나오듯 뿜어져 나오는 신성력이 데미안의 검을 밀어냈다. 단의 이 한 수는 데미안이 단에게 써 먹은 한 수를 흉내 낸 것이었다.

"칫!"

데미안이 인상을 찌푸리며 검을 거두자 단이 씨익, 미소를 지으며 재빨리 검을 내려쳐 그를 노렸다. 그러나 그때 데미안은 급히 몸을 비틀며 단의 검을 피해내고는 발로 땅의 돌멩이를 그의 얼굴을 향해 차냈다. 하지만 그때 단의 신성력이 피어오르며 돌멩이를 가루로 만들었다.

단의 얼굴을 맞추는 것엔 실패했지만 데미안은 조금도 실망하지 않았다. 그는 애초에 돌멩이가 그에게 어떠한 상처도 입힐 수 없을 거라는 걸 알았다. 대신 그는 신성력이 일어나는 그 짧은 시간을 원했다.

단의 신성력이 일어나자 곧장 데미안의 마기가 날뛰기 시작했다. 날카롭게 날이 선 마기는 단숨에 단의 신성력을 베어버리며 단을 노렸다.

단은 데미안의 마기에 신성력이 갈라져 오자 결국 데미안을 노리던 검을 돌려 마기를 막아낼 수밖에 없었다.

쾅!

"큭!"

마치 손끝에서 폭발이 이는 것만 같은 충격을 받으며 단은 뒤로 물러섰다. 검에 신성력을 두르고 있어 마기를 막아내는 데는 지장이 없었지만 어찌나 지독한 마기인지 손 전체가 아릿했다.

그러나 그는 손의 아릿함을 맛보고 있을 수는 없었다. 곧장 데미안이 마기를 날려왔기 때문이다.

"좀 쉬엄쉬엄 하자고!"

단은 물러서던 것을 멈추고 도리어 앞으로 뛰쳐나갔다. 그런 그의 전신을 신성력이 둥글게 덮었고, 데미안이 날린 마기는 둥근 신성력에 빗겨 사방으로 날아갔다.

콰쾅!

멀리서 마기가 폭발을 일으키는 소리가 들려왔지만 정작 단은 별다른 충격을 받지 않았다. 데미안을 향하는 그의 속도에도 조금의 영향조차 끼치지 못했다.

순식간에 데미안과의 거리를 좁힌 그에게로 마검이 날아들었다. 하지만 이미 대비하고 있던 단은 자신의 검으로 마검을 쳐내며 데미안을 어깨로 들이박았다.

"컥!"

가슴에 충격을 받은 데미안은 주춤주춤 뒤로 물러섰고, 그때 단의 검이 데미안의 가슴을 가를 듯 쏘아져 나갔다.

카앙!

데미안의 가슴을 가를 듯하던 단의 검이었지만 주춤주춤 물러서던 데미안이 마검을 뻗어 단의 검을 걷어내어 간신히 위기를 넘길 수 있었다. 그리고 그때 데미안의 전신에서 퍼져 나가는 마기가 단을 삼킬 듯 덮쳐 가자 단은 훌쩍 뒤로 물러섰다.

그 순간 데미안이 숨을 가라앉히는 대신 마검에 마기를 담아 물러서는 단을 향해 수십 발의 마기를 날려냈다. 단은 마기가 덮쳐 오자 이를 악물더니 양손으로 방어 자세를 취하고 신성력을 전신으로 뿜어내었다.

콰콰콰콰쾅!

수십 발의 마기가 단이 있는 곳으로 꽂혀들며 굉장한 굉음이 울려 퍼졌다.

자욱한 모래먼지가 일어 시야를 가렸지만 데미안은 단이 별다른 충격을 입지 않았음을 알고 있는지 그곳에서 눈을 떼지 않고 있었다. 과연 잠시 후 단이 모래먼지를 뚫고 걸어나왔다.

입고 있던 옷의 이곳저곳이 약간 찢어진 것을 빼고는 조금 전과 차이가 없는 모습이었다. 하지만 정작 모래먼지를 뚫고 걸어나온 단은 엄살을 부리기 시작했다.

"아이고, 죽는 줄 알았네. 무슨 놈의 마기가 이렇게 지독해?"

그렇게 엄살을 부리던 단은 문득 자신의 옷이 찢어져 있는 것을 발견했는지 호들갑을 떨기 시작했다.

"으! 이 옷 산 지 얼마 안 된 건데… 좋아, 옷의 원수를 갚겠다. 어디 다시 한 번 붙어보… 엥?"

단은 말을 끝까지 잇지 못했다. 가만히 그를 주시하고 있던 데미안이 마검을 거둔 것이었다. 단은 눈을 동그랗게 뜨고 데미안을 바라보았다.

"뭐 하는 거냐? 검은 왜 집어넣어?"

"살기도 담기지 않은 검으로 수작을 부리려거든 그만 하지."

데미안은 그렇게 말하고는 뒤돌아서 걸어가기 시작했다. 적에게 등을 보였으니 언제 기습을 당해도 할 말 없는 행동이지만 데미안의 걸음걸이에는 조금의 망설임도 담겨 있지 않았다.

단 역시 그런 데미안을 잡지 않았다. 대신 입맛을 다실 뿐이었다.

"쩝, 눈치 챈 건가? 그나저나 다행히 마검에게 이성을 빼앗기거나 하진 않은 것 같군."

단은 데미안과 검을 겨루고 대화를 나누면서 그것을 깨달을 수 있었다. 보통 세상에 나오는 마검은 주인의 정신을 지배하여 미친 듯이 날뛰게 만들거나 몸까지 지배하여 음모를 꾸미는 것들이 대부분이었다.

그러나 데미안은 분명 이성이 있었으며, 마검에게서 역시 딱히 데미안의 정신이나 몸을 빼앗기 위해 움직인다는 느낌을 받을 수 없었다.

그렇다면 조금 더 지켜봐도 좋을 것 같았다. 데미안이 그간 많은 사람들을 죽이기는 했지만 그것은 제국에서 처리할 일이고, 일반인을 마구잡이로 죽인 것도 아니었기에 단은 그런 일엔 상관하고 싶지 않았다.

그렇게 조금 더 지켜보기로 데미안에 대한 생각을 일단락 지은 단은 문득 한숨을 내쉬었다.

"에휴! 요즘 애들은 왜 이렇게 강한 거야? 무지 치고 올라오네?"

단은 오래전 자신에게 검술과 신성력 다루는 법을 가르쳐주었던 스승님이 죽기 전 그에게 해주었던 말을 떠올렸다.

"이봐요, 스승님. 내가 수련을 않고 놀아도 적어도 내가 죽을 때까지는 나보다 잘난 놈이 나오지 않을 거라며? 그런데 이게 뭐야? 바로 밑에까지 치고 올라오잖아. 아니, 어쩌면 제대로 싸웠어도 내가 졌을지도 몰라. 대체 이걸 어떻게 책임질 거냐고!"

단은 그렇게 푸념을 늘어놓았지만 하늘에 있을 스승님에게서는 아무런 대답도 들려오지 않았다.

당연한 사실이지만 단은 그것을 스승님의 책임 회피라고 몰아세웠다.

"에휴! 정말 요즘 애들은 너무 무서워."

단은 그렇게 한숨을 내쉬며 터벅터벅 걸음을 옮겼다.

단이 한숨을 내쉬고 있을 때, 그곳과는 아주 멀리 떨어진 곳에서 또 다른 누군가 역시 한숨을 내쉬고 있었다. 그 누군가는 다름 아닌 아렌이었다.

아렌이 한숨을 내쉬는 것에는 다 이유가 있었다.

아렌은 와리와의 일을 해결한 후 며칠간 토루에 더 머물다가 토루를 떠났다. 그 이유는 이삭이 여행을 떠날 체력을 보충해야 했기 때문이다.

이삭은 검을 팔던 소년의 이름이었다. 아렌은 이삭이 자신과 함께 떠날 것을 결정하고 난 후에야 그의 이름과 나이를 알 수 있었다.

이삭의 나이는 열세 살이었다. 겉으로 보기에는 왜소한 체구 때문에 열 살쯤으로밖에 보이지 않았지만 이삭은 분명 열세 살이었다.

그렇게 토루에서 며칠을 보내며 이삭이 대충 체력을 보충했다는 생각이 들자 마침내 토루를 떠나왔다.

그런데 여기서 아렌을 당황하게 한 것이 레이나가 아렌을 아렌 사부라 부르는 것을 보고 이삭 역시 아렌을 사부님이라 부르기 시작한 것이었다.

사실 레이나에게도 아렌 사부라 불리기는 하지만 스스로가 사부라는 자각이 없던 아렌은 이삭이 자신을 사부님이라 부르자 당황하고 말았다. 하지만 이미 레이나라는 경험이 있는 만큼 빠르게 사부님이라는 호칭에 익숙해지고 말았다.

호칭만 사부님이라 불리는 것이 아니었다.

아렌은 이삭에게 검을 가르치기로 했다. 이삭은 생전 검이라고는 휘둘러 보지 못한 초보 중의 초보였지만 그런 것 따윈 상관없었다. 아렌 역시 제대로 검을 배우기 시작한 것이 열 살이었으니 겨우 삼 년밖에 차이가 나지 않은 셈이었다.

하지만 아렌은 이삭을 어떻게 가르쳐야 할지 감을 잡을 수 없었다. 레이나에게 검을 가르치기는 했지만 그거야 레이나가 이미 상당한 경지에 올라 있었기에 깨달음만을 가르치는 터라 별로 어려울 것이 없었고, 이삭은 검을 잡는 법조차 모르는 초보이니 경우가 달랐다.

초보에게 '검은 마음의 거울이다', '베지 않으려 한다면 모든 것을 베지 않을 수 있고, 베려 한다면 모든 것을 벨 수 있다' 등의 이론과 깨달음을 가르칠 수는 없는 노릇 아니겠는가.

그렇다고 그가 배운 것처럼 무식하게 납이 들어간 토시를 채운 채 체력 훈련부터 시키자니 여행 중이라 장소도 마땅치 않았고 준비해야 할 것도 무척이나 많아 힘들었다.

상황이 이렇게 되니 아렌은 이삭을 가르치기 위해 골머리를 썩을 수밖에 없었다. 그러나 이런 고민은 의외로 쉽게 해결되었다. 바로 레이나가 이삭의 기초 훈련을 맡게 된 것이었다.

아렌과는 달리 레이나는 어릴 때부터 그녀의 스승으로 하여금 체계적인 수련 방식에 따라 수련을 해왔다. 그것을 그대로 이삭에게 가르치기만 할 뿐이니 별로 힘들 것이 없었던 것이다.

하지만 문제는 여기에 있었다. 바로 레이나와 이삭.

"그거 하나 제대로 못하겠니?"

"……."

"아이 참, 그게 아니라니까."

레이나는 답답하다는 듯이 이삭을 다그쳤다. 이삭은 아렌이 깎아준 목검을 거머쥔 채 나름대로 열심히 자세를 수정하려 했지만 레이나의 눈에는 거기서 거기 같았다.

"왜 내려 긋기 하나를 제대로 못하는 거야? 내가 시범을 보여줄 테니. 잘 봐."

레이나는 그렇게 말하고는 목검을 위에서 아래로 천천히 내려 그었다. 천천히 펼친 동작이었지만 흔들림없고 무척이나 깔끔한 동작이었다. 거의 기본 자세의 교과서에서 볼 수 있는 자세나 다름없었다.

목검을 몇 번 내려 그은 레이나는 이삭을 돌아보며 물었다.

"봤지? 상대의 손목을 향해 내려 긋는 거란 말이야. 이제 알겠어?"

"……모르겠어요."

"아악! 도대체 넌 왜 이렇게 모르는 게 많아! 좀 간단하게 생각 하라구. 그냥 내려 긋기잖아!"

그녀는 너무도 쉬운 동작조차도 이삭이 모르겠다고 하자 그가 제대로 자신의 가르침을 따르지 않는다고 생각했는지 마구 성질을 부렸다. 그러자 이삭은 이삭 나름대로 그녀의 성질부림에 토라졌는지 눈초리가 조금 샐쭉해졌다.

이삭은 샐쭉해진 눈으로 레이나를 바라보며 입을 열었다.

"레이나는 참 간단하게 살아서 좋겠어요."

"뭐? 이 애늙은이 같은 게!"

"레이나는 나이를 먹고도 애처럼 살아서 좋겠어요."

"으으!"

이것이 바로 아렌이 한숨을 쉴 수밖에 없는 이유였다.

레이나와 이삭은 잠시라도 싸우지 않으면 안달이 나는 듯 둘이 붙어 있으면 하루가 멀다 하고 싸워댔다.

그들의 싸움 방식은 치고 박고 싸우는 게 아닌 말다툼을 하는 게 전부였는데, 말다툼은 언제나 이삭의 승리로 돌아갔다. 애늙은이 같은 이삭의 간결하면서도 임팩트 있는 말발에 성질만 앞세운 레이나는 도무지 이길 수가 없었던 것이다. 결국 마구 큰 소리를 질러 무마시키던가, 아니면 그전에 아렌이 그들의 말다툼을 말려야 끝이 났다.

그렇다고 이 둘의 사이가 나쁜 것은 아니었다. 무척이나 많이 싸워댔지만 레이나는 이삭을 아꼈고, 이삭 역시 레이나를 잘 따르며 그녀의 가르침 하나하나를 소중히 여겼다.

다만 처음 동생을 가져 본 레이나와 처음 누나를 가져 본 이삭 간에 감도는 어색함을 서로 말다툼으로 없애 버리려는 것뿐이었다. 사실 이 말다툼 역시 친하지 않으면 할 수 없는 것이었다.

레이나가 이삭을 아끼고 이삭이 레이나를 잘 따른다는 사실은 지금만 봐도 알 수 있었다.

"에잇! 안 되겠어. 대상이 안 잡혀서 자세가 나오지 않는 것일 수도 있어."

레이나는 그렇게 말하고는 직접 목검을 들고 이삭이 때릴 수 있는 자세를 취했다.

"내가 대상이 되어줄 테니까. 자, 내리 그어봐."

"네?"

"어서 내리 그어봐."

"하지만……."

"나도 처음에 자세의 느낌을 못 잡았을 때 사부님이 이렇게 해주셨어. 네가 잘만 내리 그으면 하나도 안 아플 테니까 어서 내리 그어. 하지만 잘못 내리 그어서 아프기만 해봐, 나중에 혼내줄 테다!"

레이나의 말에 이삭은 우물쭈물하더니 그녀가 계속 재촉을 하자 어쩔 수 없이 자세를 취했다. 그리고 그녀의 손목으로 목검을 내리 그었다.

딱!

"아아!"

이삭은 자신이 목검을 잘못 내리 그어 딱! 소리가 나자 깜짝 놀라 소성을 흘렸다. 하지만 레이나는 아무렇지도 않은 듯 입을 열었다.

"바보야, 조금 더 안쪽으로 당겨서 내렸어야지. 다시 해 봐."

이삭은 그녀의 재촉에 다시 목검을 들어 올렸고, 다시 한 번 그녀의 손목으로 목검을 내리 그었다. 하지만 이번에도 역시 목검은 잘못 그어지고야 말았다.

그녀의 손목은 빨갛게 변해 있었고, 이삭의 표정은 울상에 가깝게 변해 있었다. 하지만 레이나는 여전히 아무렇지도 않은 듯한 표정을 짓고 있었다.

"방금 느낌이 좋았어. 조금만 더 하다 보면 제대로 된 느낌을 받을 수 있을 거야. 자, 다시."

레이나가 이렇게 말하며 다시 손목을 대자 이삭은 억지로 울상을 짓던 표정을 바꾸었다. 그리고 모든 정신을 목검과 레이나의 손목에 집중하기 시작했다.

레이나가 더 이상 아프지 않으려면 자신이 최대한 정확하게 내려쳐야 함을 깨달았기 때문이다.

이삭은 그렇게 또다시 목검을 내리 긋기 시작했다. 하지만 제대로 목검을 내리 긋기까지에는 몇 번이나 더 실패를 겪어야 했다. 그러는 사이 레이나의 손목은 조금 부어오르기까지 했다.

그럴수록 이삭은 집중의 집중을 쏟아 부었다. 그리고……

탁!

“어?”

이건 소리부터가 달랐다. 그리고 목검을 쥔 손에서 느껴지는 느낌도 달랐다. 이삭은 동그랗게 뜬 눈으로 레이나를 바라보았다. 레이나도 방금 이삭이 느꼈던 게 무엇인지 아는 듯 환한 미소를 짓고 있었다.

“해냈다!”

레이나와 이삭은 서로를 부둥켜안고 폴짝폴짝 뛰기 시작했다.

레이나는 이삭의 성공에 기뻐했고, 이삭은 성공은 물론 레이나가 더 아파하지 않아도 된다는 사실에 기뻐했다. 그리고 그런 그들을 몰래 조용히 지켜보던 아렌의 입가에도 미소가 맺혔다.

레이나가 한 방법은 조금 무식하기는 해도 괜찮은 방법이었다.

검을 쥔 지 얼마 되지 않은 초보일수록 어느 부위를 공격하라는 말을 듣고 일정한 동작으로 그 부위를 정확히 공격하기가 힘든 법이었는데, 레이나는 이삭에게 동작을 심어주고는 직접 대상이 되어줌으로써 이삭이 어느 부위를 공격해야 하는지 정확히 알려주었던 것이다.

다만 보통 이 방법을 사용하기 전에는 맞는 부위에 두껍게 천을 감는 게 보통이었다. 아마도 레이나의 사부 역시 레이나에게는 보이지 않았겠지만 손목 쪽에 천을 감아두었을 게 분명했다.

아렌은 레이나의 손목이 아플 걸 알면서도 끼어들지 않았다. 서로 간에 저렇게 기뻐하는 모습을 보고 싶었기 때문이다. 대신 그는 짐에서 타박상에 좋은 약과 붕대를 찾기 시작했다.

그러는 아렌의 귓가로 레이나와 이삭의 목소리가 다시 들려왔다.

"이럴 게 아니라 그 느낌을 잊어 먹기 전에 다시 한 번 해보자. 어떻게 성공한 건데 이대로 잊어버리면 안 되는 거잖아. 그렇지?"

"네!"

"자, 어서 내리 그어봐!"

"네!"

이삭은 어느새 기합이 잔뜩 들어가 있는지 대답 소리 한번 우렁찼다. 그런데 아렌은 그런 대답 소리를 들으며 어쩐지 불안한 기분이 드는 것을 느꼈다. 대답 소리에 힘이 너무도 들어가 있던 것이었다.

과연 그 불안한 기분은 곧 현실이 되었다.

딱!

"악!"

경쾌하게 울려 퍼지는 소리와 함께 레이나의 비명 소리도 함께 들렸다. 아렌이 그들을 향해 시선을 돌렸을 땐 눈이 휘둥그레진 이삭이 뒤돌아서 도망을 가고 있었다. 그리고 마침내 레이나가 폭발했다.

"이삭, 이 녀석! 너 일부러 그랬지? 너 죽었어!"

레이나는 눈에 불을 켠 채 도망치는 이삭을 쫓아가기 시작했다. 아마도 지금 레이나에게 잡히면 이삭은 볼기짝을 걷어차일 것이 틀림없었다.

그런 그들을 보며 아렌은 오늘도 한숨을 내쉬었다.

"에휴……."

또 하나의 고향

　대륙의 북부에서 가장 유명한 것을 꼽으라면 사람들은 대부분 끊어진 숲을 말할 것이다.

　대륙 서쪽 끝의 금역인 망야의 평원보다도 더욱 지독하다고 알려진 곳. 한 번 들어가면 누구도 살아 돌아올 수 없다고 알려진 대륙 최대의 금역인 끊어진 숲이 가장 유명한 것은 어쩌면 당연한 일일지도 몰랐다.

　하지만 몇몇 사람들은 끊어진 숲이 아닌 하나의 도시를 꼽을 것이다. 바로 용병길드 연합총단이 자리 잡은 용병들의 대도시 알마탄이 그곳이었다.

　알마탄은 본디 황무지 위에 세워진 도시로, 농업을 주로 하는 일반적인 도시로써의 성과를 기대하기 힘들었다. 용병길드 연합총단을 구경하기 위해 사람들이 찾는 관광의 기능을 갖추고는 있었지만, 그것도 특별히 내세울 만큼의 것은 아니었다. 그런 알마탄이 대도시로 발전한 이유는 상업의 발전 때문이었다.

알마탄에는 수많은 용병들이 산재해 있다. 또한 그들 중에는 다른 곳에선 보기 힘들 정도의 뛰어난 용병들도 더러 있었다. 때문에 용병을 찾는 많은 이들이 알마탄을 방문했고, 그들을 상대로 시작한 상업이 흥성하면서 상업 위주의 대도시가 된 것이었다.

또한 각 지방으로 떠났던 용병들이 다시 알마탄으로 돌아오면서 각 지방의 특산물이나 특이한 물건들을 더러 사 와 알마탄에 팔았기에 알마탄에는 각 지방의 여러 것들이 갖춰져 있었다.

그런 이유로 알마탄에는 항상 사람들이 넘쳐 났다. 용병들은 물론이고 사고팔기를 목적으로 한 많은 이들이 알마탄을 가득 채웠다.

하지만 요즘의 알마탄은 조금 한산해져 버렸다. 알마탄에 머무르던 많은 용병들이 용병길드 연합총단에 고용되어 키메라들과 싸우기 위해 알마탄을 떠난 것이었다.

알마탄에는 워낙 많은 수의 용병들이 있었기에 그렇게 수많은 용병들이 떠났다 하더라도 아직 다른 지방에 머무르고 있는 용병들의 수보다는 훨씬 많이 알마탄에 남아 있었지만 그래도 어쩐지 한산하다는 느낌을 지울 수 없었다.

그렇다 하더라도 알마탄은 알마탄. 시끌벅적한 대도시의 모습은 여전했다. 그리고 그런 시끄러운 분위기라면 빠질 수 없는 이가 있었으니, 그건 바로 레이나였다.

"우와!"

레이나는 알마탄의 시끌벅적한 분위기에 좋아서 어쩔 줄 몰라 했다. 더욱이 토루의 한 길로만 선 장터와는 달리 알마탄은 도시 자체가 커다란 장터, 그 자체였기에 레이나는 가는 곳마다 함성을 질렀다. 그런 그녀의 어깨에는 토루에서 그녀와 상당히 친해진 보노보노가 먹을 것을 잔뜩 입에 넣은 채 함께하고 있었다.

"레이나, 너무 돌아다니지 마. 잘못하면 길 잃는다."

아렌은 이곳저곳을 멈추지 않고 돌아다니는 레이나의 모습에 가벼운 충고를 해주고는 자신의 옆에 딱 달라붙어 있는 이삭을 바라보았다. 이삭은 태어나서 이렇게 많은 사람들을 처음 보는지 아렌의 옆에 딱 달라붙어서 떨어질 생각을 하지 않고 있었다.

아렌은 그 모습을 보며 평소엔 애늙은이처럼 구는 이삭도 아직 아이라는 것을 다시 인식할 수 있었다. 그는 이삭의 머리를 쓰다듬으며 그를 달래었다.

"너무 겁먹지 마."

"……여긴 왜 지나가는 거의 모든 사람이 검을 가지고 있는 거죠?"

"그건 이곳이 용병들의 대도시 알마탄이기 때문이야. 여기에 있는 대부분의 사람들은 용병이거나 아니면 용병들과 어떻게든 관련이 있는 사람들이란다. 그런 사람들이라면 제 몸 하나 보호할 무기 하나쯤은 있는 게 당연하겠지. 그런데… 왜? 검들의 목소리가 시끄럽니?"

"아니요. 단지 조금 혼란스러워서요. 곧 익숙해질 거예요."

아렌은 애써 강한 척하는 이삭의 머리를 쓰다듬었다.

"혼자 힘들어하지 마. 이제 넌 혼자가 아니야. 네 곁에는 나도 있고, 레이나도 있고, 보노보노도 있잖아."

"……네, 사부님."

아렌은 이삭이 몸을 기대오는 것을 느끼며 미소를 지었다. 그러다가 여기저기 돌아다니며 구경하기에 정신없는 레이나와 보노보노를 보며 한숨을 내쉬었다.

'쟤들도 이삭, 네 곁에 있을 거야. 신기한 거 구경할 때만 빼놓고.'

아렌은 차마 이삭에게 이런 말을 할 수가 없어 꾹 참고 삼켜 버렸다.

아렌은 더 구경하려는 레이나와 보노보노를 애써 말리고

는 모두를 데리고 용병길드 연합총단으로 곧장 향했다. 그는 토루에서 할아버지와 곧 만날 수 있을 거란 기대에 부풀어 있었을 때처럼 지금도 가득 기대에 부풀어 있었다.

하지만 아렌은 용병길드 연합총단으로 들어가지 못했다. 용병길드 연합총단의 입구 앞에서 관계자 외의 인물들의 출입을 제한했기 때문이다.

원래 용병길드 연합총단은 누구든 출입을 제한하지 않았지만, 이번에 키메라를 섬멸하기 위해 상당수가 자리를 비운 상태였기에 혹시나 모를 사태를 위해 관계자 외의 인물들의 출입을 제한하게 된 것이었다.

엄연히 말하자면 아렌 역시 용병길드 연합총단 소속의 수련단원이었지만, 그것을 증명할 어떠한 증거도 없었다. 또한 아렌은 2년 전 황태자의 난 때 파오덴의 화염 마법에 의해 죽은 것으로 명단에 포함되어 있었기에 서류상으로는 이미 사망한 사람이었다. 그러니 아렌이 아무리 스스로의 존재를 주장한다 하더라도 출입이 허가될 리가 없었다.

결국 아렌은 총단 안으로 못 들어가는 대신 문지기에게 디프론과 네린, 그리고 바카스를 불러 달라고 청했다. 문지기는 처음엔 내키지 않는 표정이었으나 아렌이 빅톤과 함께 다니며 배운 처세술을 발휘해 그에게 얼마의 돈을 쥐어주자 그는 곧 총단 안으로 들어갔다.

아렌은 총단의 입구에서 문지기를 기다렸고, 시간이 조금 지난 후 문지기가 돌아왔다. 하지만 그는 아렌에게 그다지 좋은 소식을 알려주지는 않았다.

첫 번째로 네린과 바카스의 부재였다. 그들은 키메라를 섬멸하기 위해 떠난 용병들 중에 포함되어 오래전에 총단을 떠났다고 했다. 그리고 두 번째 소식은 디프론은 현재 용병길드 연합총단 소속이 아니라는 것이었다.

디프론은 아렌이 실종, 서류상으론 사망하고 나자 교관을 그만두고 총단을 떠났다고 하였다. 그나마 다행한 일이라면 그는 현재 알마탄 내에 살고 있으며, 그의 주소를 문지기가 알려주었다는 사실이다.

디프론이 거취할 곳의 주소도 남기지 않은 채 멀리 떠났을까 봐 걱정했던 아렌은 안도의 한숨을 쉬며 용병길드 연합총단을 떠났다. 그리고 문지기가 알려준 주소로 발걸음을 옮겼다.

주소를 찾아가는 길에 레이나에게 또다시 구경의 유혹이 손짓했으나 어쩐지 엄숙한 분위기를 아렌이 풍기자 애써 참으며 그의 뒤를 따라야 했다.

목적지에 가까워질수록 그렇게 많던 인적들이 하나둘씩 사라져 갔다. 여전히 사람들은 몇몇 보였지만 번화가에 비한다면 없는 거나 마찬가지일 정도였다. 그리고 목적지에 도착했을 때쯤에는 그런 사람들도 거의 보이지 않았다.

목적지에는 크지도 작지도 않은 평범한 집이 있었다. 이런 외딴곳에 집이 있는 게 좀 이상하기는 했지만, 그것만 제외한다면 그냥 어디서든 볼 수 있는 평범한 집이었다. 적어도 레이나와 이삭, 그리고 보노보노가 보기에는 그랬다.

"아……!"

아렌은 자신도 모르게 소성을 흘렸다.

그의 시선은 집을 향한 채 떠나지를 않았다.

똑같았다. 아렌의 눈앞에 오래전 용병길드 연합총단 내에서 디프론과 함께 지내던 그곳과 똑같은 풍경이 펼쳐져 있었다.

집 앞에는 넓지는 않지만 마당이 있었다. 그런 마당의 한쪽에는 아렌에게 가르침을 내릴 때 디프론이 주로 앉던 반석이 자리 잡고 있었고, 다른 한쪽에는 윗몸 일으키기나 기초 체력 훈련을 위해 박아놓았던 나무 기둥도 있었다. 그뿐만이 아니었다. 집의 아주 작은 것들까지도 예전의 그곳과 너무나도 똑같았다.

눈앞의 집은 분명 그때의 그곳은 아니었다. 하지만 아렌은 마치 2년 전 디프론과 함께 수련에 매진하던 그때로 돌아간 것만 같았다.

그러나 아렌은 곧 감상에서 깨어날 수밖에 없었다. 누군가가 집 안에서 걸어나왔기 때문이다. 그리고 그 누군가는 아렌에겐 상당히 낯익은 존재였다.

아렌은 그를 향해 나직한 음성을 토해냈다.

"스승님……!"

책이나 그런 것에서 흔히 펼쳐지는 감동의 재회 같은 것은
없었다.

디프론은 아렌의 얼굴을 보더니,

"돌아왔군."

이라고 한마디 했을 뿐이다.

디프론의 무뚝뚝한 성격을 잘 알고 있는 아렌은 그런 디프
론의 반응이 너무도 반가웠다. 행여나 자신이 돌아왔다고 디
프론이 난리를 피우기라도 했다면 아렌은 도플갱어가 디프론
으로 변장했다고 생각했을지도 몰랐다.

그렇게 사제 간의 무뚝뚝한 재회의 인사를 나눴지만 아렌
은 디프론이 사실은 자신이 돌아온 것에 진심으로 기뻐하고
있음을 알 수 있었다. 다만 그것을 밖으로 드러내지 않을 뿐
이었다.

아렌이 집과 마당을 둘러보자 디프론은 여전히 무뚝뚝한
어투로,

"익숙한 게 편했을 뿐이다."

라고 말했다. 하지만 그게 전부가 아님 역시 알 수 있었다.

만약 익숙한 게 편했을 뿐이라면 굳이 아렌만이 사용하던
나무 기둥을 저렇게 박아둘 필요까진 없었던 것이다. 그것도
윗몸 일으키기를 하기 위해 나무 기둥의 중간 부분에 철심을

박아놓았던 것까지 똑같이 해놓은 나무 기둥을 말이다.

디프론은 아렌이 언제 돌아오더라도 낯설어하지 않도록, 언제나처럼 있을 수 있도록 모든 것을 그대로 해둔 것이었다. 그것이 제자를 향한 디프론식의 배려이고 사랑이었다.

아렌은 이런 모든 것에 감동했지만 정작 그로 하여금 결국 눈물을 흘리게 한 이유는 다른 곳에 있었다.

디프론은 백발이 되어 있었다. 아렌이 떠나기 전까지만 해도 군청색으로 남아 있던 디프론의 머리카락이었는데 고작 2년이 지났을 뿐인 데도 새하얗게 새어버린 것이었다.

위험할 수도 있는 임무에 출전한 제자의 걱정에 한 올 머리카락이 새하얗게 물들고, 멀리서 들려오는 많은 이들이 죽었다는 소식에 또다시 한 올 머리카락이 새하얗고 물들고, 돌아온 네린과 바카스가 아렌이 사라졌다는 말에 또 한 올 머리카락이 새하얗게 물들었을 것이다. 그리고 돌아오지 않는 제자 생각에 매일 밤마다 한 올씩 새어버렸을 디프론의 백발을 보자 아렌은 눈물을 참을 수 없었다.

아렌은 그자리에 무릎을 꿇은 채 그렇게 오열했다.

못난 제자가 스승님을 모시지 못하고 걱정만 끼쳐 드린 것이 죄송해서, 조금이라도 빨리 돌아와야 했건만 그렇게 하지 못했던 것이 죄송해서, 못난 제자를 걱정하다 머리가 새하얗게 새어버린 스승님께 해드릴 게 없는 것이 죄송해서 아렌은 그렇게 오열했다.

“내 나이가 원래 일흔이 다 되어가니 머리가 새는 건 당연한 것이다. 네 잘못이 아니다.”

디프론이 오열하는 아렌에게 그렇게 말했지만 아렌은 눈물을 거두지 않았다.

디프론은 그런 아렌을 바라보다 그의 곁으로 다가가 조용히 그의 머리를 쓰다듬어 주었다.

“잘 돌아왔다.”

아렌은 디프론의 이 말이 그 어떤 인사보다도 깊은 의미를 담고 있음을 알고 있었다. 그리고 비로소 그는 알마탄으로, 스승님의 곁으로 돌아왔음을 실감할 수 있었다.

아렌은 고개를 들고 눈물 때문에 흐릿해진 시야로 디프론을 바라보았다. 울고 있는 아렌의 입가론 어느새 미소가 맺혀 있었다.

“돌아… 왔습니다, 스승님.”

아렌은 그렇게 또 하나의 고향으로 돌아왔다.

디프론은 반석 위에 앉아 있었다. 그리고 아렌과 레이나, 이삭은 그 아래에 앉아 있었다. 보노보노는 레이나의 어깨에서 잠든 지 오래였다.

아렌은 디프론에게 그간 있었던 일을 얘기하기 시작했다.

이야기는 길었다. 무려 2년간의 일이었으니 짧을 리가 없었다. 하지만 디프론은 물론이고, 레이나와 이삭까지도 아렌의 이야기를 조금도 지겨워하지 않은 채 끝까지 경청하였다.

한참이 지난 후에야 아렌의 이야기는 끝을 맺었다. 그나마 많이 줄여서 겨우 끝을 맺을 수 있었던 거지, 모두 얘기하고자 한다면 오늘 하루 가지고는 시간이 부족할 것이었다.

아렌의 이야기를 모두 들은 디프론이 입을 열었다.

"그렇다면 광검은 완성했겠군."

"베려고 하지 않으면 모든 것을 베지 않을 수 있게 되었습니다. 베려고 한다면 모든 것을 벨 수 있게 되었습니다. 하지만 광검을 완성했다는 생각은 들지 않습니다."

"검이 뜻에 응하는데 광검이 완성되지 않았다는 말인가?"

"광검은 무궁무진합니다. 익히면 익힐수록, 깨달으면 깨달을수록 그 끝이 보이지 않습니다. 하나의 깨달음을 얻으면 그 다음의 깨달음이 보입니다. 그리고 그 깨달음에 다다라 보면 또 다른 깨달음이 보입니다."

이런 아렌의 말에 디프론이 고개를 끄덕였다. 그리고 그는 자리에서 일어나 마당으로 걸어나갔다. 어느새 그의 손에는 긴 나무막대기가 들려져 있었다.

"내게 네 깨달음을 보여다오."

"네, 스승님."

디프론의 말에 대답한 아렌 역시 자리에서 일어나 마당으로 걸어갔다. 그리고 검을 뽑아 들었다.

나무막대기와 검.

얼핏 보기엔 상대가 되지 않을 것 같았지만 디프론과 아렌에게는 그런 것 따윈 아무런 차이도 만들어낼 수 없었다.

아렌과 디프론이 각자 검을 펼치기 시작했다.

아렌의 느리지만 자유로운 검과 디프론의 유연하고 자연스런 검이 허공을 휘저었다.

그들은 분명 서로를 공격하고 방어하는 대련을 하고 있었지만 레이나와 이삭의 눈에는 춤을 추고 있는 것처럼 보였다. 마치 춤을 추듯 두 검이 어우러지고 있었다.

그러길 잠시, 디프론의 나무막대기에서 빛이 뿜어져 나오기 시작했다. 그리고 그 빛은 곧 나무막대기 전체를 덮어가더니 이내 완전한 검의 형상을 갖추었다. 아렌의 검에서도 빛이 뿜어져 나오긴 마찬가지였다. 아렌의 검에서 뿜어져 나온 빛도 검을 감싸 안더니 이내 검의 형상을 갖추었다.

두 빛의 검이 허공을 수놓기 시작했다. 그 모습이 너무도 아름다워 레이나와 이삭은 눈을 뗄 수가 없었다. 하지만 무엇이든지 베어버린다는 광검의 위력을 생각한다면 그저 아름답다고만 볼 수는 없는 노릇이었다.

두 빛의 검이 본격적으로 맞붙기 시작했다. 지금까지 춤을 추던 모습은 어디로 사라졌는지 아렌과 디프론은 격렬한 움직임을 보이며 서로를 공격하고 또 방어해 나갔다.

웅웅웅!

두 빛의 검에서 흘러나오는 검명이 디프론과 아렌의 대결이 보통의 대결이 아님을 알려주고 있었다.

순식간에 수십 합의 맞부딪침이 지나갔다. 하지만 디프론이나 아렌이나 전혀 서로에게 밀리지 않았고, 또 지친 기색 역시 보이지 않았다. 하지만 끝내 둘은 마지막으로 승부를 보려는지 방어를 도외시한 채 서로를 향해 검을 베어갔다. 그리고 곧 빛의 검이 사그라졌다.

푸쉿!

핏줄기가 튀어올랐다. 아렌의 어깨에서 튀어오른 핏줄기였다.

어느새 아렌의 어깨엔 깊진 않지만 상처가 나 있었다.

"아렌 사부!"

"사부님!"

레이나와 이삭이 깜짝 놀라 아렌을 향해 달려가려 했지만 아렌은 그들을 향해 미소 지으며 손짓으로 멈추라는 시늉을 보냈다. 그리고 아렌은 검을 검집 안으로 집어넣었다.

그런 그의 귓가로 디프론의 목소리가 들려왔다.

"내가 졌군."

분명 상처를 입은 것은 아렌인데 디프론이 지다니?

레이나와 이삭은 디프론의 말을 이해할 수 없었다. 그때 어느새 잠에서 깨어난 보노보노가 그들을 향해 입을 열었다.

"너희들은 바보냐? 아렌이나 저 사람은 서로 베지 않으려는 마음을 가진 채 검을 겨루었다고. 그런데 아렌이 상처를 입었어. 그럼 누구의 마음이 흔들렸다는 거냐?"

"아!"

광검의 묘리에 대해 알고 있는 레이나는 그제야 알겠다는 표정을 지었지만, 아직 광검의 묘리에 대해선 배우지 못한 이삭은 무슨 말인지 여전히 모르겠다는 표정일 뿐이었다.

레이나는 그런 그에게 아직은 몰라도 된다며 놀려댔다. 말싸움에선 한 번도 이삭을 이기지 못했건만 지금은 이삭보다 우위를 선점하고 있다는 사실이 마냥 좋은 레이나였다.

그들이 그렇게 옥신각신하는 사이 디프론은 어느새 다시 반석 위로 돌아와 앉아 있었고, 아렌은 약을 꺼내어 어깨의 상처에 약을 발랐다.

그러다가 아렌은 문득 밀리온에서 들었던 레전드 나이츠가 생각났다.

"스승님, 밀리온에 갔을 때 레전드 나이츠라는 것에서 들을 수 있었습니다."

"으음."

디프론은 아렌이 레전드 나이츠의 이야기를 꺼내자 나직이 신음 섞인 소성을 흘려내었다.

"그 레전드 나이츠의 상징이 광검이라는 것도 알게 되었습니다. 그런 광검을 제게 전주해 주신 스승님과 레전드 나이츠는 무슨 관계인 거죠?"

디프론은 아렌의 말에 잠시 고민하는 듯하다가 이내 입을 열었다.

"좋다, 알려주겠다. 넌 레전드 나이츠에 대해서 얼마나 알고 있느냐?"

아렌은 디프론의 물음에 밀리온에서 들어서 알고 있는 만큼을 이야기했다. 그러자 디프론이 고개를 끄덕였다.

"그래, 네 생각대로 난 레전드 나이츠의 일원이었다. 그리고 지금은 마지막으로 남은 레전드 나이츠이기도 하지."

"레전드 나이츠는 50년 전에 사라졌다고 들었습니다. 광검이라는 기술을 가진 그들이 사라지다니… 그 이유가 무엇입니까?"

"레전드 나이츠는 모든 것을 잃었다. 목적, 의의, 광검까지도 잃고 말았지."

디프론은 밀리온에서 아렌에게 레전드 나이츠에 대해 알려준 노인과 같은 말을 하고 있었다. 그리고 당시에 갑자기 나타난 마기 때문에 듣지 못했던 뒷부분의 이야기를 디프론은 이어갔다.

"레전드 나이츠는 순수하게 검의 끝을 보기 위해 만들어진 단체였다. 시간이 흘러도 그 의의만은 변하지 않았어야 했지. 하지만 50년 전의 레전드 나이츠에는 검의 끝을 보기 위해 노력하는 사람은 거의 남아 있지 않았다. 또한 광검까지도 백 년 전부터 소실된 상태였지. 광검의 묘리는 남아 있었지만 광검을 펼칠 수 있는 사람이 나타나지 않았으니 사람들에게서 광검은 그저 전설에나 나오는 것이 되어 있었다."

이렇게 시작된 디프론의 이야기는 이러했다.

레전드 나이츠는 썩을 대로 썩어 있었다. 검의 끝을 보기 위해 수련을 하는 사람은 많지 않았고, 대부분의 이들이 레전드 나이츠라는 이름을 팔아 악행을 저질렀다.

결국 그렇게 타락해 버린 레전드 나이츠는 50년 전, 용병길드 연합총단에 의해 먹혀 버리고 말았다. 어차피 껍데기밖에 남아 있지 않았던 레전드 나이츠였기에 용병길드 연합총단에게 흡수당하는 것은 식은 죽 먹기였다.

물론 반대하는 이들이 없지는 않았다. 레전드 나이츠를 지키기 위해 살아 있는 의식을 가진 이들은 용병길드 연합총단에 저항했다. 하지만 그들 모두가 용병들의 손에 죽었다. 그리고 레전드 나이츠는 사라졌다.

"나의 스승님은 당시 레전드 나이츠의 수장이셨다. 그분은 레전드 나이츠를 다시 예전의 모습으로 돌리고자 개혁을 준비하고 계셨다. 하지만 그전에 용병길드 연합총단과 전쟁이 터져 결국 개혁은 실행조차 하지 못하고, 스승님께선 이내 용병들의 손에 의해 돌아가셨지. 난 스승님께서 하고자 했던 개혁 중에서 한 가지였다. 바로 소실된 광검의 부활을 나를 통해서 이루고자 하셨던 것이지. 레전드 나이츠의 상징인 광검만 부활된다면 의지를 잃은 수많은 레전드 나이츠의 일원에게 다시 의지를 불어넣을 수 있을 테니."

거기까지 말하던 디프론은 고개를 저었다.

"하지만 난 스승님께서 돌아가시기 전까지 결국 광검을 발현하지 못했다. 하지만 광검을 부활시켜야 한다는 책임감은 존재했지. 용병들과의 전쟁에서 가까스로 살아남은 나는 신분을 속이고 용병으로 살아왔다. 그리고 마침내 광검을 부활시켰지. 하지만 나에겐 광검을 완성할 재능이 없었다. 평생을 익혀온 광검이지만 얼마 전에야 비로소 베려 하지 않으면 베이지 않는 것을 깨우쳤을 뿐이니. 때문에 난 광검을 완성해줄 만한 제자를 찾아야 했다. 그래서 교관으로 남아 수련단의 단원들을 지켜보며 광검을 완성시킬 만한 그릇을 기다렸지."

"그게 바로 저인가요?"

"그렇다. 아무에게도 인정받지 못했지만 난 널 보고 있었다. 그리고 깨달았지. 넌 단순한 용병으로 남을 그릇이 아니라는 사실을. 그래서 널 내 제자로 삼은 것이다."

그렇게 디프론의 말은 끝을 맺었다.

한동안 그들 사이에 침묵이 맴돌았다. 그리고 잠시 후 아렌이 침묵을 깨고 물었다.

"그럼 전 레전드 나이츠의 후손이 되는 건가요? 레전드 나이츠를 부활시키기 위한?"

"아니, 레전드 나이츠는 내 대로 끝이다. 난 널 가르치며 깨달았다. 널 레전드 나이츠라는 굴레에 가둬둘 수 없다는 것을 말이다. 그래서 너에게 레전드 나이츠라는 존재에 대해서도 말하지 않은 것이다."

"하지만 전 광검을……."

"광검은 누구나 배울 수 있지만 누구나 펼칠 수는 없다. 언젠가 네게 이런 말을 한 적이 있었지. 이 말대로다. 광검은 광검일 뿐. 그것을 익히고 펼친 것은 너 자신이다. 네 검은 내 검과 다르다. 내 검에는 레전드 나이츠의 검이 묻어 있지만 네 검에는 그렇지 않다."

디프론은 눈은 아렌을 향한 채 떨어지지 않고 있었다. 그리고 디프론은 이내 마지막 말을 내뱉었다.

"넌 너의 길을 걷거라. 너의 검을 만들거라. 그리고… 너의 것으로 광검을 완성하거라."

[제4권 끝]

지금 유전자가 말하는 사랑과 성의 관한 솔직 대담한 진실이 펼쳐집니다!

남편의 후광을 등에 업는 것은 까마귀와 인간뿐…

모두에게 바보 취급받던 독신 암컷이 단번에 인생대역전을 해서
서열 1위인 수컷의 아내 자리를 차지하게 될 수도 있다는 말입니다.
모든 여성이 이상형의 남자와 결혼할 수 있는 것은 아닙니다.
적당한 선에서 타협하여 적당한 사람과 결혼하지요.
하지만 솔직히 말해서 당연히 멋진 남자가 더 좋지 않겠습니까?
따라서 여성은 생각합니다.
'그럼 어떻게 하지? 유전자만이라면 가질 수 있어!'
그리하여 장기계획형이나 단기승부형과 같은 여러 가지 방법의
외도가 생겨나는 것입니다.
물론 모든 여성이 이를 실행에 옮기지는 않습니다.

하지만 기회가 있다면 어떨까요?
다른 조건과 이미 타협을 봤다면?
남편이 사소한 일은 눈치 못 채는 둔한 남자라면?
뭔가 유전자의 음모가 느껴지지 않습니까?

실패를 모르는 남자 선택법!
「내 남자친구는 왼손잡이」 법칙

어째서 여성은 왼손잡이 남성에게 마음이 끌리는 걸까요?

여기서 기억해야 할 것은 몸의 좌우와 뇌의 좌우는 원칙적으로 반대 관계라는 점입니다.
따라서 왼손잡이 남성은 우뇌가 발달했습니다.
발달했다는 사실이 왼손잡이를 통해 반영된 것입니다.

그리고 두 번째로 생각해야 할 것은 우뇌는 남성 호르몬의 일종인 테스토스테론에 의해 발달한다는 점입니다.
요약하자면 왼손잡이 남성은 우뇌가 발달했는데, 그것은 테스토스테론 수치가 높기 때문입니다.
그것은 다름 아닌 생식 능력이 높다는 것을 의미하지요.

「내 남자 친구는 왼손잡이」에 감춰진 의미는… 내 남자 친구는 생식 능력이 높아… 인 것입니다.

입소문을 통해 아는 분은 다 알고 계십니다!
올 한해 공인중개사 최고의 화제작!

1~2권 합본 | 이용훈 지음
3~4권 합본 | 이용훈 지음
5~6권 합본 | 이용훈 지음
용어해설 | 이용훈 지음

수험생 기본 필독서
만화 공인중개사

제목 : 만화공인중개사 쓰신 분에게 감사드립니다.

학원을 두 달 다녔어요. 근데 과연 그 숫자 외우기 그런 게 몇 문제나 나올까 생각을 했어요.
아니라는 생각이 드네요. 학원강의를 뒤로하고 서점을 갔어요. 내 머리에 가장 이해될 수 있는
책이 없나 하구요. 거기서 만화를 발견했어요. 무조건 세 번 봤어요. 3개월 걸렸어요. 문제집을 보라고
했는데 그건 시행을 못했어요. 근데 합격을 했네요.
어떻게 감사의 말을 해야 될지……:
도서관에서 만화책 들고 다니니까 사람들이 비웃더라구요. 만화책으로 공인중개사를 공부한다고
미친 사람처럼 보더라구요. 근데 그거 다 감수하고 했던 내가 자랑스럽습니다.
어떻게 감사의 말을 해야 할지… 정말 감사합니다.
부디 행복하세요. 제 나이 41살에 좋은 스승을 만난 것 같습니다.
엎드려 감사드립니다.

—본사 홈페이지에 독자분이 올린 메일 中 에서 발췌—